MARCEL PROUST

A LA RECHERCHE DU
TEMPS PERDU

TOME VI

LA
PRISONNIÈRE

(SODOME ET GOMORRHE III)

⋆—⋆

nrf

PARIS
ÉDITIONS DE LA
NOUVELLE REVUE FRANÇAISE
3, RUE DE GRENELLE. 1923

LA PRISONNIÈRE

(SODOME ET GOMORRHE III)

ÉDITIONS DE LA NOUVELLE REVUE
FRANÇAISE

ŒUVRES DE MARCEL PROUST

MARCEL PROUST

A LA RECHERCHE DU
TEMPS PERDU

TOME VI

LA PRISONNIÈRE

(SODOME ET GOMORRHE III)

dix-septième édition

nrf

PARIS
ÉDITIONS DE LA
NOUVELLE REVUE FRANÇAISE
3, RUE DE GRENELLE. 1923

LA PRISONNIÈRE

CHAPITRE DEUXIÈME

(suite)

Les grosses plaisanteries de Brichot, au début de
son amitié avec le baron, avaient fait place chez
lui, dès qu'il s'était agi non plus de débiter des
lieux communs, mais de comprendre, à un sentiment pénible qui voilait la gaîté. Il se rassurait en
récitant des pages de Platon, des vers de Virgile,
parce qu'aveugle d'esprit aussi, il ne comprenait
pas qu'alors aimer un jeune homme était comme
aujourd'hui (les plaisanteries de Socrate le révèlent
mieux que les théories de Platon) entretenir une
danseuse, puis se fiancer. M. de Charlus lui-même
ne l'eût pas compris, lui qui confondait sa manie
avec l'amitié, qui ne lui ressemble en rien, et les
athlètes de Praxitèle avec de dociles boxeurs. Il ne
voulait pas voir que depuis dix-neuf cents ans (« un
courtisan dévot sous un prince dévot eût été athée
sous un prince athée », a dit La Bruyère) toute
l'homosexualité de coutume — celle des jeunes gens
de Platon comme des bergers de Virgile — a disparu, que seule surnage et se multiplie l'involontaire, la nerveuse, celle qu'on cache aux autres et
qu'on travestit à soi-même. Et M. de Charlus aurait

7

eu tort de ne pas renier franchement la généalogie
païenne. En échange d'un peu de beauté plastique,
que de supériorité morale ! Le berger de Théocrite
qui soupire pour un jeune garçon, plus tard n'aura
aucune raison d'être moins dur de cœur, et d'esprit
plus fin, que l'autre berger dont la flûte résonne pour
Amaryllis. Car le premier n'est pas atteint d'un mal,
il obéit aux modes du temps. C'est l'homosexualité
survivante malgré les obstacles, honteuse, flétrie,
qui est la seule vraie, la seule à laquelle puisse
correspondre chez le même être un affinement des
qualités morales. On tremble au rapport que le
physique peut avoir avec celles-ci quand on songe
au petit déplacement de goût purement physique,
à la tare légère d'un sens, qui expliquent que l'univers des poètes et des musiciens, si fermé au duc de
Guermantes, s'entr'ouvre pour M. de Charlus. Que
ce dernier ait du goût dans son intérieur, qui est
d'une ménagère bibeloteuse, cela ne surprend pas ;
mais l'étroite brèche qui donne jour sur Beethoven
et sur Véronèse ! Cela ne dispense pas les gens
sains d'avoir peur quand un fou qui a composé
un sublime poème leur ayant expliqué par les raisons
les plus justes qu'il est enfermé par erreur, par la
méchanceté de sa femme, les suppliant d'intervenir
auprès du directeur de l'asile, gémissant sur les pro-
miscuités qu'on lui impose, conclut ainsi : « Tenez,
celui qui va venir me parler dans le préau, dont je
suis obligé de subir le contact croit qu'il est Jésus-
Christ. Or cela seul suffit à me prouver avec quels
aliénés on m'enferme ; il ne peut pas être Jésus-
Christ, puisque Jésus-Christ c'est moi ! » Un instant
auparavant on était prêt à aller dénoncer l'erreur
au médecin aliéniste. Sur ces derniers mots et même

si on pense à l'admirable poème auquel travaille chaque jour le même homme, on s'éloigne, comme les fils de Mme de Surgis s'éloignaient de M. de Charlus, non qu'il leur eût fait aucun mal, mais à cause du luxe d'invitations dont le terme était de leur pincer le menton. Le poète est à plaindre, et qui n'est guidé par aucun Virgile, d'avoir à traverser les cercles d'un enfer de soufre et de poix, de se jeter dans le feu qui tombe du ciel pour en ramener quelques habitants de Sodome ! Aucun charme dans son œuvre ; la même sévérité dans sa vie qu'aux défroqués qui suivent la règle du célibat le plus chaste pour qu'on ne puisse pas attribuer à autre chose qu'à la perte d'une croyance d'avoir quitté la soutane.

Faisant semblant de ne pas voir le louche individu qui lui avait emboîté le pas (quand le baron se hasardait sur les boulevards, ou traversait la salle des Pas-Perdus de la gare Saint-Lazare, ces suiveurs se comptaient par douzaines qui, dans l'espoir d'avoir une thune, ne le lâchaient pas) et de peur que l'autre ne s'enhardît à lui parler, le baron baissait dévotement ses cils noircis qui, contrastant avec ses joues poudrerizées, le faisaient ressembler à un grand inquisiteur peint par le Greco. Mais ce prêtre faisait peur et avait l'air d'un prêtre interdit, diverses compromissions auxquelles l'avait obligé la nécessité d'excuser son goût et d'en protéger le secret ayant eu pour effet d'amener à la surface du visage précisément ce que le baron cherchait à cacher, une vie crapuleuse racontée par la déchéance morale. Celle-ci en effet, quelle qu'en soit la cause, se lit aisément, car elle ne tarde pas à se matérialiser et prolifère sur un visage, particulièrement dans les joues et

9

autour des yeux, aussi physiquement que s'y accumulent les jaunes ocreux dans une maladie de foie ou les répugnantes rougeurs dans une maladie de peau. Ce n'était pas d'ailleurs seulement dans les joues, ou mieux les bajoues de ce visage fardé, dans la poitrine tétonnière, la croupe rebondie de ce corps livré au laisser-aller et envahi par l'embonpoint, que surnageait maintenant, étalé comme de l'huile, le vice jadis si intimement renfoncé par M. de Charlus au plus secret de lui-même. Il débordait maintenant dans ses propos.

« C'est comme ça, Brichot, que vous vous promenez la nuit avec un beau jeune homme, dit-il en nous abordant, cependant que le voyou désappointé s'éloignait. C'est du beau. On le dira à vos petits élèves de la Sorbonne que vous n'êtes pas plus sérieux que cela. Du reste la compagnie de la jeunesse vous réussit, Monsieur le Professeur, vous êtes frais comme une petite rose. Je vous ai dérangé, vous aviez l'air de vous amuser comme deux petites folles, et vous n'aviez pas besoin d'une vieille grand' maman rabat-joie comme moi. Je n'irai pas à confesse pour cela, puisque vous étiez presque arrivés. » Le baron était d'humeur d'autant plus gaie qu'il ignorait entièrement la scène de l'après-midi, Jupien ayant jugé plus utile de protéger sa nièce contre un retour offensif que d'aller prévenir M. de Charlus. Aussi celui-ci croyait-il toujours au mariage et s'en réjouissait-il. On dirait que c'est une consolation pour ces grands solitaires que de donner à leur célibat tragique l'adoucissement d'une paternité fictive. « Mais ma parole, Brichot, ajouta-t-il, en se tournant en riant vers nous, j'ai du scrupule en vous voyant en si galante compagnie. Vous aviez l'air de deux amoureux. Bras dessus, bras dessous, dites donc Brichot, vous en prenez des libertés ! » Fallait-il attribuer pour cause à de telles paroles le vieillissement d'une telle pensée, moins maîtresse que jadis de ses réflexes, et qui dans des instants d'automatisme laisse échapper un secret si soigneusement enfoui pendant quarante ans ? Ou bien ce dédain pour l'opinion des roturiers qu'avaient au fond tous les Guermantes et dont le frère de M. de Charlus, le duc, présentait une autre forme quand, fort insoucieux que ma mère pût le voir, il se faisait la barbe en chemise de nuit ouverte, à sa fenêtre ? M. de Charlus avait-il contracté, durant les trajets brûlants de Doncières à Doville, la dangereuse habitude de se mettre à l'aise et, comme il y rejetait en arrière son chapeau de paille pour rafraîchir son énorme front, de desserrer, au début, pour quelques instants seulement, le masque depuis trop longtemps rigoureusement attaché à son vrai visage ? Les manières conjugales de M. de Charlus avec Morel auraient à bon droit étonné qui les aurait entièrement connues. Mais il était arrivé à M. de Charlus que la monotonie des plaisirs qu'offre son vice l'avait lassé. Il avait instinctivement cherché de nouvelles performances, et, après s'être fatigué des inconnus qu'il rencontrait, était passé au pôle opposé, à ce qu'il avait cru qu'il détesterait toujours, à l'imitation d'un « ménage » ou d'une « paternité ». Parfois cela ne lui suffisait même plus, il lui fallait du nouveau, il allait passer la nuit avec une femme de la même façon qu'un homme normal peut une fois dans sa vie avoir voulu coucher avec un garçon, par une curiosité semblable, inverse et dans les deux cas également malsaine. L'existence de « fidèle » du baron, ne vivant, à cause

11

de Charlie, que dans le petit clan, avait eu, pour
briser les efforts qu'il avait faits longtemps pour
garder des apparences menteuses, la même influence
qu'un voyage d'exploration ou un séjour aux colonies chez certains Européens qui y perdent les prin-
cipes directeurs qui les guidaient en France. Et pourtant la révolution interne d'un esprit, ignorant au
début de l'anomalie qu'il portait en soi, puis épouvanté devant elle quand il l'avait reconnue, et enfin
s'étant familiarisé avec elle jusqu'à ne plus s'apercevoir qu'on ne pouvait sans danger avouer aux
autres ce qu'on avait fini par s'avouer sans honte
à soi-même, avait été plus efficace encore pour
détacher M. de Charlus des dernières contraintes
sociales, que le temps passé chez les Verdurin.
Il n'est pas en effet d'exil au pôle Sud, ou au sommet
du mont Blanc, qui nous éloigne autant des autres
qu'un séjour prolongé au sein d'un vice intérieur,
c'est-à-dire d'une pensée différente de la leur. Vice
(ainsi M. de Charlus le qualifiait-il autrefois) auquel
le baron prêtait maintenant la figure débonnaire
d'un simple défaut, fort répandu, plutôt sympathique
et presque amusant, comme la paresse, la distraction ou la gourmandise. Sentant les curiosités que la
particularité de son personnage excitait, M. de
Charlus éprouvait un certain plaisir à les satisfaire,
à les piquer, à les entretenir. De même que tel pu-
bliciste juif se fait chaque jour le champion du catho-
licisme, non pas probablement avec l'espoir d'être
pris au sérieux, mais pour ne pas décevoir l'attente
des rieurs bienveillants, M. de Charlus flétrissait
plaisamment les mauvaises mœurs dans le petit
clan, comme il eût contrefait l'anglais ou imité
Mounet-Sully, sans attendre qu'on l'en prie, et pour

payer son écot avec bonne grâce, en exerçant en
société un talent d'amateur ; de sorte que M. de
Charlus menaçait Brichot de dénoncer à la Sorbonne
qu'il se promenait maintenant avec des jeunes gens
de la même façon que le chroniqueur circoncis parle
à tout propos de la « fille aînée de l'Église » et du
« sacré-cœur de Jésus », c'est-à-dire sans ombre de
tartufferie, mais avec une pointe de cabotinage.
Ce n'est pas seulement du changement des paroles
elles-mêmes, si différentes de celles qu'il se permettait autrefois, qu'il serait curieux de chercher l'explication, mais encore de celui survenu dans les into-
nations, les gestes, qui les uns et les autres ressem-
blaient singulièrement maintenant à ce que M. de
Charlus flétrissait le plus âprement autrefois ; il poussait maintenant involontairement presque les mêmes
petits cris (chez lui involontaires et d'autant plus
profonds) que jettent, volontairement, eux, les
invertis qui s'interpellent en s'appelant « ma chère » ;
comme si ce « chichi » voulu, dont M. de Charlus avait
pris si longtemps le contrepied, n'était en effet qu'une
géniale et fidèle imitation des manières qu'arrivent
à prendre, quoiqu'ils en aient, les Charlus, quand
ils sont arrivés à une certaine phase de leur mal,
comme un paralytique général ou un ataxique finissent fatalement par présenter certains symptômes.
En réalité — et c'est ce que ce chichi tout intérieur révélait — il n'y avait entre le sévère Charlus
tout de noir habillé, aux cheveux en brosse, que
j'avais connu, et les jeunes gens fardés, chargés de
bijoux, que cette différence purement apparente
qu'il y a entre une personne agitée qui parle vite,
remue tout le temps, et un névropathe qui parle
lentement, conserve un flegme perpétuel, mais

13

est atteint de la même neurasthénie aux yeux du clinicien qui sait que celui-ci comme l'autre est dévoré des mêmes angoisses et frappé des mêmes tares. Du reste on voyait que M. de Charlus avait vieilli à des signes tout différents, comme l'extension extraordinaire qu'avaient prise dans sa conversation certaines expressions qui avaient proliféré et qui revenaient maintenant à tout moment (par exemple : « l'enchaînement des circonstances »), et auxquelles la parole du baron s'appuyait de phrase en phrase comme à un tuteur nécessaire. « Est-ce que Charlie est déjà arrivé ? » demanda Brichot à M. de Charlus comme nous appercevions la porte de l'hôtel. « Ah! je ne sais pas », dit le baron en levant les mains et en fermant à demi les yeux de l'air d'une personne qui ne veut pas qu'on l'accuse d'indiscrétion, d'autant plus qu'il avait eu probablement des reproches de Morel pour des choses qu'il avait dites et que celui-ci, froussard autant que vaniteux, et reniant M. de Charlus aussi volontiers qu'il se parait de lui, avait cru graves quoique en réalité insignifiantes. « Vous savez que je ne sais rien de ce qu'il fait. » Si les conversations de deux personnes qui ont entre elles une liaison sont pleines de mensonges, ceux-ci ne naissent pas moins naturellement dans les conversations qu'un tiers a avec un amant au sujet de la personne que ce dernier aime, quel que soit d'ailleurs le sexe de cette personne.

« Il y a longtemps que vous l'avez vu », demandai-je à M. de Charlus, pour avoir l'air à la fois de ne pas craindre de lui parler de Morel et de ne pas croire qu'il vivait complètement avec lui. « Il est venu par hasard cinq minutes ce matin pendant

14

que j'étais encore à demi endormi, s'asseoir sur le coin de mon lit, comme s'il voulait me violer. » J'eus aussitôt l'idée que M. de Charlus avait vu Charlie il y a une heure, car quand on demande à une maîtresse quand elle a vu l'homme qu'on sait, — et qu'elle suppose peut-être qu'on croit être son amant, — si elle a goûté avec lui, elle répond : « Je l'ai vu un instant avant déjeuner. » Entre ces deux faits la seule différence est que l'un est mensonger et l'autre vrai, mais l'un est aussi innocent, ou, si l'on préfère, aussi coupable. Aussi ne comprendrait-on pas pourquoi la maîtresse (et ici M. de Charlus) choisit toujours le fait mensonger, si l'on ne savait pas que les réponses sont déterminées, à l'insu de la personne qui les fait, par un nombre de facteurs qui semble en disproportion telle avec la minceur du fait qu'on s'excuse d'en faire état. Mais pour un physicien la place qu'occupe la plus petite balle de sureau s'explique par la concordance d'action, le conflit ou l'équilibre, de lois d'attraction ou de répulsion qui gouvernent des mondes bien plus grands. Ne mentionnons ici que pour mémoire le désir de paraître naturel et hardi, le geste instinctif de cacher un rendez-vous secret, un mélange de pudeur et d'ostentation, le besoin de confesser ce qui vous est si agréable et de montrer qu'on est aimé, une pénétration de ce que sait ou suppose — et ne dit pas — l'interlocuteur, pénétration qui, allant au delà ou en deçà de la sienne, la fait tantôt sur et tantôt sous-estimer, le désir involontaire de jouer avec le feu et la volonté de faire la part du feu. Tout autant de lois différentes agissant en sens contraire dictent les réponses plus générales touchant l'innocence, le « platonisme »,

ou au contraire la réalité charnelle des relations
qu'on a avec la personne qu'on dit avoir vue le matin
quand on l'a vue le soir. Toutefois, d'une façon générale, disons que M. de Charlus, malgré l'aggravation
de son mal qui le poussait perpétuellement à révéler,
à insinuer, parfois tout simplement à inventer des
détails compromettants, cherchait pendant cette
période de sa vie à affirmer que Charlie n'était pas
de la même sorte d'homme que lui Charlus et qu'il
n'existait entre eux que de l'amitié. Cela n'empê-
chait pas (et bien que ce fût peut-être vrai) que parfois il se contredît (comme pour l'heure où il l'avait
vu en dernier lieu), soit qu'il dît alors en s'oubliant
la vérité, ou proférât un mensonge, pour se vanter,
ou par sentimentalisme, ou trouvant spirituel d'égarer l'interlocuteur. « Vous savez qu'il est pour moi,
continua le baron, un bon petit camarade, pour qui
j'ai la plus grande affection, comme je suis sûr
(en doutait-il donc, qu'il éprouvât le besoin de dire
qu'il en était sûr ?) qu'il a pour moi, mais il n'y a
entre nous rien d'autre, pas ça, vous entendez bien,
pas ça, dit le baron aussi naturellement que s'il
avait parlé d'une femme. Oui, il est venu ce matin
me tirer par les pieds. Il sait pourtant que je déteste
qu'on me voie couché. Pas vous ? Oh ! c'est une
horreur, ça dérange, on est laid à faire peur, je sais
bien que je n'ai plus vingt-cinq ans et je ne pose pas
pour la rosière, mais on garde sa petite coquetterie
tout de même. »

Il est possible que le baron fût sincère quand il
parlait de Morel comme d'un bon petit camarade
et qu'il dît la vérité plus encore qu'il ne croyait
en disant : « Je ne sais pas ce qu'il fait, je ne connais pas sa vie. »

16

LA PRISONNIÈRE

En effet disons (en interrompant pendant quelques instants ce récit que nous reprendrons aussitôt après cette parenthèse que nous ouvrons au moment où M. de Charlus, Brichot et moi nous nous dirigeons vers la demeure de Madame Verdurin), disons que peu de temps avant cette soirée le baron fut plongé dans la douleur et dans la stupéfaction par une lettre qu'il ouvrit par mégarde et qui était adressée à Morel. Cette lettre, laquelle devait par contre-coup me causer de cruels chagrins, était écrite par l'actrice Léa, célèbre pour le goût exclusif qu'elle avait pour les femmes. Or sa lettre à Morel (que M. de Charlus ne soupçonnait même pas la connaître) était écrite sur le ton le plus passionné. Sa grossièreté empêche qu'elle soit reproduite ici, mais on peut mentionner que Léa ne lui parlait qu'au féminin en lui disant : « grande sale ! va ! », « ma belle chérie, toi tu en es au moins, etc. ». Et dans cette lettre il était question de plusieurs autres femmes qui ne semblaient pas être moins amies de Morel que de Léa. D'autre part la moquerie de Morel à l'égard de M. de Charlus et de Léa à l'égard d'un officier qui l'entretenait et dont elle disait : « Il me supplie dans ses lettres d'être sage ! Tu parles ! mon petit chat blanc », ne révélait pas à M. de Charlus une réalité moins insoupçonnée de lui que n'étaient les rapports si particuliers de Morel avec Léa. Le baron était surtout troublé par ces mots « en être ». Après l'avoir d'abord ignoré, il avait enfin, depuis un temps bien long déjà, appris que lui-même « en était ». Or voici que cette notion qu'il avait acquise se trouvait remise en question. Quand il avait découvert qu'il « en était », il avait cru par là apprendre que son goût, comme dit Saint-Simon, n'était pas celui des femmes.

17

Or voici que pour Morel cette expression « en être » prenait une extension que M. de Charlus n'avait pas connue, tant et si bien que Morel prouvait, d'après cette lettre, qu'il « en était » en ayant le même goût que des femmes pour des femmes mêmes. Dès lors la jalousie de M. de Charlus n'avait plus de raison de se borner aux hommes que Morel connaissait, mais allait s'étendre aux femmes elles-mêmes. Ainsi les êtres qui en étaient n'étaient pas seulement ceux qu'il avait crus, mais toute une immense partie de la planète, composée aussi bien de femmes que d'hommes, aimant non seulement les hommes mais les femmes, et le baron, devant la signification nouvelle d'un mot qui lui était si familier, se sentait torturé par une inquiétude de l'intelligence autant que du cœur, née de ce double mystère, où il y avait à la fois de l'agrandissement de sa jalousie et de l'insuffisance soudaine d'une définition.

M. de Charlus n'avait jamais été dans la vie qu'un amateur. C'est dire que des incidents de ce genre ne pouvaient lui être d'aucune utilité. Il faisait dériver l'impression pénible qu'il en pouvait ressentir, en scènes violentes où il savait être éloquent, ou en intrigues sournoises. Mais pour un être de la valeur d'un Bergotte par exemple ils eussent pu être précieux. C'est même peut-être ce qui explique en partie (puisque nous agissons à l'aveuglette, mais en choisissant comme les bêtes la plante qui nous est favorable) que des êtres comme Bergotte aient vécu généralement dans la compagnie de personnes médiocres, fausses et méchantes. La beauté de celles-ci suffit à l'imagination de l'écrivain, exalte sa bonté, mais ne transforme en rien la nature de sa compagne, dont, par éclairs, la vie située des

18

milliers de mètres au-dessous, les relations invraisemblables, les mensonges poussés au delà et surtout dans une direction différente de ce qu'on aurait pu croire, apparaissent de temps à autre. Le mensonge, le mensonge parfait, sur les gens que nous connaissons, sur les relations que nous avons eues avec eux, sur notre mobile dans telle action formulé par nous d'une façon toute différente, le mensonge sur ce que nous sommes, sur ce que nous aimons, sur ce que nous éprouvons à l'égard de l'être qui nous aime et qui croit nous avoir façonné semblable à lui parce qu'il nous embrasse toute la journée, ce mensonge-là est une des seules choses au monde qui puisse nous ouvrir des perspectives sur du nouveau, sur de l'inconnu, qui puisse éveiller en nous des sens endormis pour la contemplation d'univers que nous n'aurions jamais connus. Il faut dire, pour ce qui concerne M. de Charlus, que, s'il fut stupéfait d'apprendre relativement à Morel un certain nombre de choses que celui-ci lui avait soigneusement cachées, il eut tort d'en conclure que c'est une erreur de se lier avec des gens du peuple. On verra en effet, dans le dernier volume de cet ouvrage, M. de Charlus lui-même en train de faire des choses qui eussent encore plus stupéfié les personnes de sa famille et de ses amis, que n'avait pu faire pour lui la vie révélée par Léa. (La révélation qui lui avait été le plus pénible avait été celle d'un voyage que Morel avait fait avec Léa, alors qu'il avait assuré à M. de Charlus qu'il était en ce moment-là à étudier la musique en Allemagne. Il s'était servi pour échafauder son mensonge de personnes bénévoles à qui il avait envoyé ses lettres en Allemagne, d'où on les réexpédiait à M. de Charlus qui d'ailleurs était tellement convaincu que Morel

19

y était qu'il n'eût même pas regardé le timbre de la poste.) Mais il est temps de rattraper le baron qui s'avance, avec Brichot et moi, vers la porte des Verdurin.

« Et qu'est devenu, ajouta-t-il en se tournant vers moi, votre jeune ami hébreu que nous voyions à Doville? J'avais pensé que si cela vous faisait plaisir on pourrait peut-être l'inviter un soir. » En effet M. de Charlus, se contentant de faire espionner sans vergogne les faits et gestes de Morel par une agence policière, absolument comme un mari ou un amant, ne laissait pas de faire attention aux autres jeunes gens. La surveillance qu'il chargeait un vieux domestique de faire exercer par une agence sur Morel était si peu discrète, que les valets de pied se croyaient filés et qu'une femme de chambre ne vivait plus, n'osait plus sortir dans la rue, croyant toujours avoir un policier à ses trousses. « Elle peut bien faire ce qu'elle veut ! On irait perdre son temps et son argent à la pister ! Comme si sa conduite nous intéressait en quelque chose ! » s'écriait ironiquement le vieux serviteur, car il était si passionnément attaché à son maître, que bien que ne partageant nullement les goûts du baron, il finissait, tant il mettait de chaleureuse ardeur à les servir, par en parler comme s'ils étaient siens. « C'est la crème des braves gens », disait de ce vieux serviteur M. de Charlus, car on n'apprécie jamais personne autant que ceux qui joignent à de grandes vertus celle de les mettre sans compter à la disposition de nos vices. C'était d'ailleurs des hommes seulement que M. de Charlus était capable d'éprouver de la jalousie en ce qui concernait Morel. Les femmes ne lui en inspiraient aucune. C'est d'ailleurs la règle presque générale pour les Charlus. L'amour de l'homme qu'ils aiment pour une femme est quelque chose d'autre qui se passe dans une autre espèce animale (le lion laisse les tigres tranquilles), ne les gêne pas et les rassure plutôt. Quelquefois, il est vrai, chez ceux qui font de l'inversion un sacerdoce, cet amour les dégoûte. Ils en veulent alors à leur ami de s'y être livré, non comme d'une trahison, mais comme d'une déchéance. Un Charlus, autre que n'était le baron, eût été indigné de voir Morel avoir des relations avec une femme comme il l'eût été de lire sur une affiche que, lui, l'interprète de Bach et de Hændel, allait jouer du Puccini. C'est d'ailleurs pour cela que les jeunes gens qui par intérêt condescendent à l'amour des Charlus leur affirment que les femmes ne leur inspirent que du dégoût, comme ils diraient au médecin qu'ils ne prennent jamais d'alcool et n'aiment que l'eau de source. Mais M. de Charlus sur ce point s'écartait un peu de la règle habituelle. Admirant tout chez Morel, ses succès féminins ne lui portaient pas ombrage, lui causaient une même joie que ses succès au concert ou à l'écarté. « Mais, mon cher, vous savez, il fait des femmes », disait-il d'un air de révélation, de scandale, peut-être d'envie, surtout d'admiration. « Il est extraordinaire, ajoutait-il. Partout les putains les plus en vue n'ont d'yeux que pour lui. On le remarque partout, aussi bien dans le métro qu'au théâtre. C'en est embêtant ! Je ne peux pas aller avec lui au restaurant sans que le garçon lui apporte les billets doux d'au moins trois femmes. Et toujours des jolies encore. Du reste ça n'est pas extraordinaire. Je le regardais hier, je le comprends, il est devenu d'une beauté, il a l'air d'une espèce de Bronzino, il est vraiment admirable. » Mais M. de

21

Charlus aimait à montrer qu'il aimait Morel, à persuader les autres, peut-être à se persuader lui-même,
qu'il en était aimé. Il mettait à l'avoir tout le temps
auprès de lui (et malgré le tort que ce petit jeune
homme pouvait faire à la situation mondaine du
baron) une sorte d'amour-propre. Car (et le cas est
fréquent des hommes bien posés et snobs, qui, par
vanité, brisent toutes leurs relations pour être vus
partout avec une maîtresse, demi-mondaine ou dame
tarée, qu'on ne reçoit pas, et avec laquelle pourtant
il leur semble flatteur d'être lié) il était arrivé à ce
point où l'amour-propre met toute sa persévérance
à détruire les buts qu'il a atteints, soit que, sous l'influence de l'amour, on trouve un prestige qu'on est
seul à percevoir à des relations ostentatoires avec ce
qu'on aime, soit que, par le fléchissement des ambi-
tions mondaines atteintes, et la marée montante des
curiosités ancillaires d'autant plus absorbantes qu'elles
sont plus platoniques, celles-ci n'aient pas seulement atteint mais dépassé le niveau où avaient peine
à se maintenir les autres.

Quant aux autres jeunes gens, M. de Charlus trouvait qu'à son goût pour eux l'existence de Morel
n'était pas un obstacle, et que même sa réputation
éclatante de pianiste ou sa notoriété naissante de
compositeur et de journaliste pourrait dans certains
cas leur être un appât. Présentait-on au baron un
jeune compositeur de tournure agréable, c'était
dans les talents de Morel qu'il cherchait l'occasion
de faire une politesse au nouveau venu. « Vous
devriez, lui disait-il, m'apporter de vos composi-
tions pour que Morel les joue au concert ou en tournée. Il y a si peu de musique agréable écrite pour le
violon. C'est une aubaine que d'en trouver de nou-

velle. Et les étrangers apprécient beaucoup cela. Même en province il y a des petits cercles musicaux où on aime la musique avec une ferveur et une intelligence admirables. » Sans plus de sincérité (car tout cela ne servait que d'amorce et il était rare que Morel se prêtât à des réalisations), comme Bloch avait avoué qu'il était un peu poète, « à ses heures », avait-il ajouté avec le rire sarcastique dont il accompagnait une banalité, quand il ne pouvait pas trouver une parole originale, M. de Charlus me dit : « Dites-donc à ce jeune israélite, puisqu'il fait des vers, qu'il devrait bien m'en apporter pour Morel. Pour un compositeur c'est toujours l'écueil, trouver quelque chose de joli à mettre en musique. On pourrait même penser à un livret. Cela ne serait pas ininté-ressant et prendrait une certaine valeur à cause du mérite du poète, de ma protection, de tout un enchaînement de circonstances auxiliatrices, parmi lesquelles le talent de Morel tient la première place, car il compose beaucoup maintenant et il écrit aussi et très joliment, je vais vous en parler. Quant à son talent d'exécutant (là vous savez qu'il est tout à fait un maître déjà), vous allez voir ce soir comme ce gosse joue bien la musique de Vinteuil ; il me ren-verse ; à son âge, avoir une compréhension pareille tout en restant si gamin, si potache ! Oh ! ce n'est ce soir qu'une petite répétition. La grande machine doit avoir lieu dans quelques jours. Mais ce sera bien plus élégant aujourd'hui. Aussi nous sommes ravi que vous soyez venu, dit-il, en employant ce nous, sans doute parce que le Roi dit : nous voulons. A cause du magnifique programme, j'ai conseillé à Mme Verdurin d'avoir deux fêtes. L'une dans quelques jours où elle aura toutes ses relations, l'autre ce soir, où la patronne est, comme on dit en termes de justice, dessaisie. C'est moi qui ai fait les invitations et j'ai convoqué quelques personnes d'un autre milieu, qui peuvent être utiles à Charlie et qu'il sera agréable pour les Verdurin de connaître. N'est-ce pas, c'est très bien de faire jouer les choses les plus belles avec les plus grands artistes, mais la manifestation reste étouffée comme dans du coton, si le public est composé de la mercière d'en face et de l'épicier du coin. Vous savez ce que je pense du niveau intellectuel des gens du monde, mais ils peuvent jouer certains rôles assez importants, entre autres le rôle dévolu pour les événements publics à la presse et qui est d'être un organe de divulgation. Vous comprenez ce que je veux dire ; j'ai par exemple invité ma belle-sœur Oriane ; il n'est pas certain qu'elle vienne, mais il est certain en revanche, si elle vient, qu'elle ne comprendra absolument rien. Mais on ne lui demande pas de comprendre, ce qui est au-dessus de ses moyens, mais de parler, ce qui y est approprié admirablement et ce dont elle ne se fait pas faute. Conséquence : dès demain, au lieu du silence de la mercière et de l'épicier, conversation animée chez les Mortemart où Oriane raconte qu'elle a entendu des choses merveilleuses, qu'un certain Morel, etc., rage indescriptible des personnes non conviées qui diront : « Palamède avait sans doute jugé que nous étions indignes ; d'ailleurs qu'est-ce que c'est que ces gens chez qui la chose se passait », contre-partie aussi utile que les louanges d'Oriane, parce que le nom de Morel revient tout le temps et finit par se graver dans la mémoire comme une leçon qu'on relit dix fois de suite. Tout cela forme un enchaînement de cir-

24

constances qui peut avoir son prix pour l'artiste, pour la maîtresse de maison, servir en quelque sorte de mégaphone à une manifestation qui sera ainsi rendue audible à un public lointain. Vraiment ça en vaut la peine ; vous verrez les progrès qu'a faits Charlie. Et d'ailleurs on lui a découvert un nouveau, talent, mon cher, il écrit comme un ange. Comme un ange je vous dis. » M. de Charlus négligeait de dire que depuis quelque temps il faisait faire à Morel, comme ces grands seigneurs du xviie siècle qui dédaignaient de signer et même d'écrire leurs li- belles, des petits entrefilets bassement calomnia- teurs et dirigés contre la comtesse Molé. Semblant déjà insolents à ceux qui les lisaient, combien étaient-ils plus cruels pour la jeune femme, qui re- trouvait, si adroitement glissés que personne d'autre qu'elle n'y voyait goutte, des passages de lettres d'elle, textuellement cités, mais pris dans un sens où ils pouvaient l'affoler comme la plus cruelle ven- geance. La jeune femme en mourut. Mais il se fait tous les jours à Paris, dirait Balzac, une sorte de journal parlé, plus terrible que l'autre. On verra plus tard que cette presse verbale réduisit à néant la puissance d'un Charlus devenu démodé et bien au- dessus de lui érigea un Morel qui ne valait pas la millionième partie de son ancien protecteur. Du moins cette mode intellectuelle est-elle naïve et croit-elle de bonne foi au néant d'un génial Charlus, à l'incontestable autorité d'un stupide Morel ? Le baron était moins innocent dans ses vengeances implacables. De là sans doute ce venin amer de la bouche, dont l'envahissement semblait donner aux joues la jaunisse quand il était en colère. « Vous qui connaissiez Bergotte, reprit M. de Charlus, j'avais

25

jadis pensé que vous auriez pu, peut-être en lui ra-
fraîchissant la mémoire au sujet des proses du jou-
venceau, collaborer en somme avec moi, m'aider
à favoriser un talent double, de musicien et d'écrivain, qui peut un jour acquérir le prestige de celui
de Berlioz. Vous savez, les Illustres ont souvent
autre chose à penser, ils sont adulés, ils ne s'intéressent guère qu'à eux-mêmes. Mais Bergotte qui
était vraiment simple et serviable m'avait promis
de faire passer au *Gaulois*, ou je ne sais plus où,
ces petites chroniques, moitié d'un humoriste et
d'un musicien, qui sont maintenant très jolies, et je
suis vraiment très content que Charlie ajoute à son
violon ce petit brin de plume d'Ingres. Je sais bien
que j'exagère facilement, quand il s'agit de lui,
comme toutes les vieilles mamans-gâteau du Conservatoire. Comment, mon cher, vous ne le saviez pas.
Mais c'est que vous ne connaissez pas mon côté
gobeur. Je fais le pied de grue pendant des heures
à la porte des jurys d'examen. Je m'amuse comme
une reine. Quant à la prose de Charlie, Bergotte
m'avait assuré que c'était vraiment tout à fait très
bien. »

M. de Charlus, qui l'avait connu depuis longtemps par Swann, était en effet allé voir Bergotte
quelques jours avant sa mort et lui demander qu'il
obtînt pour Morel d'écrire dans un journal des
sortes de chroniques, en partie humoristiques, sur
la musique. En y allant M. de Charlus avait eu un
certain remords, car grand admirateur de Bergotte,
il s'était rendu compte qu'il n'allait jamais le voir
pour lui-même, mais pour, grâce à la considération
mi-intellectuelle, mi-sociale que Bergotte avait pour
lui, pouvoir faire une grande politesse à Morel,

ou à tel autre de ses amis. Qu'il ne se servît plus du
monde que pour cela ne choquait pas M. de Charlus,
mais de Bergotte cela lui avait paru plus mal, parce
qu'il sentait que Bergotte n'était pas utilitaire comme
les gens du monde et méritait mieux. Seulement
sa vie était très prise et il ne trouvait du temps de
libre que quand il avait très envie d'une chose, par
exemple si elle se rapportait à Morel. De plus, très
intelligent, la conversation d'un homme intelligent
lui était assez indifférente, surtout celle de Bergotte
qui était trop homme de lettres pour son goût et
d'un autre clan, ne se plaçant pas à son point de vue.
Quant à Bergotte il s'était rendu compte de cet
utilitarisme des visites de M. de Charlus, mais ne lui
en avait pas voulu, car il avait été toute sa vie
incapable d'une bonté suivie, mais désireux de
faire plaisir, compréhensif, insensible au plaisir de
donner une leçon. Quant au vice de M. de Charlus
il ne l'avait partagé à aucun degré, mais y avait
trouvé plutôt un élément de couleur dans le personnage, le « fas et nefas » pour un artiste, consistant
non dans des exemples moraux, mais dans des souvenirs de Platon ou de Sodome. « Mais vous, belle
jeunesse, on ne vous voit guère quai Conti. Vous n'en
abusez pas ! » Je dis que je sortais surtout avec ma
cousine. « Voyez-vous ça ! ça sort avec sa cousine,
comme c'est pur ! » dit M. de Charlus à Brichot.
Et s'adressant de nouveau à moi : « Mais nous ne vous
demandons pas de comptes sur ce que vous faites,
mon enfant. Vous êtes libre de faire tout ce qui vous
amuse. Nous regrettons seulement de ne pas y avoir
de part. Du reste vous avez très bon goût, elle est
charmante votre cousine, demandez à Brichot,
il en avait la tête farcie à Doville. On la regrettera

ce soir. Mais vous avez peut-être aussi bien fait de ne pas l'amener. C'est admirable la musique de Vinteuil. Mais j'ai appris qu'il devait y avoir la fille de l'auteur et son amie qui sont deux personnes d'une terrible réputation. C'est toujours embêtant pour une jeune fille. Elles seront là à moins que ces deux demoiselles n'aient pas pu venir, car elles devaient sans faute être tout l'après-midi à une répétition d'études que Mme Verdurin donnait tantôt et où elle n'avait convié que les raseurs, la famille, les gens qu'il ne fallait pas avoir ce soir. Or tout à l'heure avant le dîner Charlie nous a dit que ce que nous appelons les deux demoiselles Vinteuil, absolument attendues, n'étaient pas venues. » Malgré l'affreuse douleur que j'avais à rapprocher subitement de l'effet, seul connu d'abord, la cause, enfin découverte, de l'envie d'Albertine de venir tantôt, la présence annoncée (mais que j'avais ignorée) de Mlle Vinteuil et de son amie, je gardai la liberté d'esprit de noter que M. de Charlus, qui nous avait dit, il y avait quelques minutes, n'avoir pas vu Charlie depuis le matin, confessait étourdiment l'avoir vu avant dîner. Ma souffrance devenait visible : « Mais qu'est-ce que vous avez ? me dit le baron, vous êtes vert ; allons, entrons, vous prenez froid, vous avez mauvaise mine... » Ce n'était pas mon doute relatif à la vertu d'Albertine que les paroles de M. de Charlus venaient d'éveiller en moi. Beaucoup d'autres y avaient déjà pénétré ; à chaque nouveau doute on croit que la mesure est comble, qu'on ne pourra pas le supporter, puis on lui trouve tout de même de la place, et une fois qu'il est introduit dans notre milieu vital, il y entre en concurrence avec tant de désirs de croire, avec tant de raisons d'oublier, qu'assez vite on s'en

28

accommode, on finit par ne plus s'occuper de lui.
Il reste seulement, comme une douleur à demi guérie, une simple menace de souffrir et qui, envers du
désir, de même ordre que lui, et comme lui devenu
centre de nos pensées, irradie en elles à des distances infinies, de subtiles tristesses, comme le désir
des plaisirs d'une origine méconnaissable, partout
où quelque chose peut s'associer à l'idée de celle
que nous aimons. Mais la douleur se réveille quand
un doute nouveau entier entre en nous ; on a beau
se dire presque tout de suite : « je m'arrangerai, il y
aura un système pour ne pas souffrir, ça ne doit pas
être vrai », pourtant il y a eu un premier instant où
on a souffert comme si on croyait. Si nous n'avions
que des membres, comme les jambes et les bras,
la vie serait supportable ; malheureusement nous
portons en nous ce petit organe que nous appelons
cœur, lequel est sujet à certaines maladies au cours
desquelles il est infiniment impressionnable pour
tout ce qui concerne la vie d'une certaine personne
et où un mensonge — cette chose inoffensive et au
milieu de laquelle nous vivons si allègrement, qu'il
soit fait par nous-même ou par les autres — venu
de cette personne, donne à ce petit cœur, qu'on
devrait pouvoir nous retirer chirurgicalement, des
crises intolérables. Ne parlons pas du cerveau,
car notre pensée a beau raisonner sans fin au cours
de ces crises, elle ne les modifie pas plus que notre
attention une rage de dents. Il est vrai que cette
personne est coupable de nous avoir menti, car elle
nous avait juré de nous dire toujours la vérité.
Mais nous savons par nous-même, pour les autres,
ce que valent les serments. Et nous avons voulu
y ajouter foi quand ils venaient d'elle qui avait

justement tout intérêt à nous mentir et n'a pas été choisie par nous d'autre part pour ses vertus. Il est vrai que plus tard elle n'aurait presque plus besoin de nous mentir — justement quand le cœur sera devenu indifférent au mensonge — parce que nous ne nous intéresserons plus à sa vie. Nous le savons, et malgré cela nous sacrifions volontiers la nôtre, soit que nous nous tuions pour cette personne, soit que nous nous fassions condamner à mort en l'assassinant, soit simplement que nous dépensions en quelques soirées pour elle toute notre fortune, ce qui nous oblige à nous tuer ensuite parce que nous n'avons plus rien. D'ailleurs si tranquille qu'on se croie quand on aime, on a toujours l'amour dans son cœur en état d'équilibre instable. Un rien suffit pour le mettre dans la position du bonheur, on rayonne, on couvre de tendresses non point celle qu'on aime, mais ceux qui nous ont fait valoir à ses yeux, qui l'ont gardée contre toute tentation mauvaise ; on se croit tranquille, et il suffit d'un mot : « Gilberte ne viendra pas », « Mademoiselle Vinteuil est invitée », pour que tout le bonheur préparé vers lequel on s'élançait s'écroule, pour que le soleil se cache, pour que tourne la rose des vents et que se déchaîne la tempête intérieure à laquelle un jour on ne sera plus capable de résister. Ce jour-là, le jour où le cœur est devenu si fragile, des amis qui nous admirent souffrent que de tels néants, que certains êtres puissent nous faire du mal, nous faire mourir. Mais qu'y peuvent-ils ? Si un poète est mourant d'une pneumonie infectieuse, se figure-t-on ses amis expliquant au pneumocoque que ce poète a du talent et qu'ils devraient le laisser guérir. Le doute en tant qu'il avait trait à Mlle Vinteuil n'était pas absolu-

30

ment nouveau. Mais dans une certaine mesure, ma jalousie de l'après-midi, excitée par Léa et ses amies, l'avait aboli. Une fois ce danger du Trocadéro écarté, j'avais éprouvé, j'avais cru avoir reconquis à jamais une paix complète. Mais ce qui était surtout nouveau pour moi c'était une certaine promenade où Andrée m'avait dit : « Nous sommes allées ici et là, nous n'avons rencontré personne », et où au contraire Mlle Vinteuil avait évidemment donné rendez-vous à Albertine chez Mme Verdurin. Maintenant j'eusse laissé volontiers Albertine sortir seule, aller partout où elle voudrait, pourvu que j'eusse pu chambrer quelque part Mlle Vinteuil et son amie et être certain qu'Albertine ne les vît pas. C'est que la jalousie est généralement partielle, à localisations intermittentes, soit parce qu'elle est le prolongement douloureux d'une anxiété qui est provoquée tantôt par une personne, tantôt par une autre que notre amie pourrait aimer, soit par l'exiguité de notre pensée qui ne peut réaliser que ce qu'elle se représente et laisse le reste dans un vague dont on ne peut relativement souffrir.

Au moment où nous allions sonner à la porte de l'hôtel nous fûmes rattrapés par Saniette qui nous apprit que la princesse Sherbatoff était morte à six heures et nous dit qu'il ne nous avait pas reconnus tout de suite. « Je vous envisageais pourtant depuis un moment, nous dit-il d'une voix essoufflée. Est-ce pas curieux que j'aie hésité ? » N'est-il pas curieux lui eût semblé une faute et il devenait avec les formes anciennes du langage d'une exaspérante familiarité. « Vous êtes pourtant gens qu'on peut avouer pour ses amis. » Sa mine grisâtre semblait éclairée par le reflet plombé d'un orage. Son essoufflement, qui ne se produisait, cet été encore, que quand M. Verdurin l' « engueulait », était maintenant constant. « Je sais qu'une œuvre inédite de Vinteuil va être exécutée par d'excellents artistes et singulièrement par Morel. » — « Pourquoi singulièrement ? » demanda le baron qui vit dans cet adverbe une critique. « Notre ami Saniette, se hâta d'expliquer Brichot qui joua le rôle d'interprète, parle volontiers, en excellent lettré qu'il est, le langage d'un temps où singulièrement équivaut à notre « tout particulièrement ».

Comme nous entrions dans l'antichambre de Mme Verdurin, M. de Charlus me demanda si je travaillais et comme je lui disais que non, mais que je m'intéressais beaucoup en ce moment aux vieux services d'argenterie et de porcelaine, il me dit que je ne pourrais pas en voir de plus beaux que chez les Verdurin; que d'ailleurs j'aurais pu les voir à la Raspelière, puisque, sous prétexte que les objets sont aussi des amis, ils faisaient la folie de tout emporter avec eux; que ce serait moins commode de tout me sortir un jour de soirée mais que pourtant il demanderait qu'on me montrât ce que je voudrais. Je le priai de n'en rien faire. M. de Charlus déboutonna son pardessus, ôta son chapeau et je vis que le sommet de sa tête s'argentait maintenant par places. Mais tel un arbuste précieux que non seulement l'automne colore, mais dont on protège certaines feuilles par des enveloppements d'ouate ou des applications de plâtre, M. de Charlus ne recevait de ces quelques cheveux blancs placés à sa cime, qu'un bariolage de plus venant s'ajouter à ceux du visage. Et pourtant, même sous les couches d'expressions différentes, de fards et d'hypocrisie qui le maquillaient si mal,

32

le visage de M. de Charlus continuait à taire à presque tout le monde le secret qu'il me paraissait crier. J'étais presque gêné par ses yeux où j'avais peur qu'il ne me surprît à le lire à livre ouvert, par sa voix qui me paraissait le répéter sur tous les tons, avec une inlassable indécence. Mais les secrets sont bien gardés par ces êtres, car tous ceux qui les approchent sont sourds et aveugles. Les personnes qui apprenaient la vérité par l'un ou l'autre, par les Verdurin par exemple, la croyaient, mais cependant seulement tant qu'elles ne connaissaient pas M. de Charlus. Son visage, loin de répandre, dissipait les mauvais bruits. Car nous nous faisons de certaines entités une idée si grande que nous ne pourrions l'identifier avec les traits familiers d'une personne de connaissance. Et nous croirons difficilement aux vices, comme nous ne croirons jamais au génie d'une personne avec qui nous sommes encore allés la veille à l'Opéra.

M. de Charlus était en train de donner son pardessus avec des recommandations d'habitué. Mais le valet de pied auquel il le tendait était un nouveau, tout jeune. Or, M. de Charlus perdait souvent maintenant ce qu'on appelle le Nord et ne se rendait plus compte de ce qui se fait et ne se fait pas. Le louable désir qu'il avait à Balbec de montrer que certains sujets ne l'effrayaient pas, de ne pas avoir peur de déclarer à propos de quelqu'un : « Il est joli garçon », de dire, en un mot, les mêmes choses qu'aurait pu dire quelqu'un qui n'aurait pas été comme lui, il lui arrivait maintenant de traduire ce désir en disant au contraire des choses que n'aurait jamais pu dire quelqu'un qui n'aurait pas été comme lui, choses devant lesquelles son esprit était si cons-

33

tamment fixé qu'il en oubliait qu'elles ne font pas partie de la préoccupation habituelle de tout le monde. Aussi regardant le nouveau valet de pied, il leva l'index en l'air d'un ton menaçant et croyant faire une excellente plaisanterie : « Vous, je vous défends de me faire de l'œil comme ça », dit le baron, et se tournant vers Brichot : « Il a une figure drôlette ce petit-là, il a un nez amusant », et complétant sa facétie, ou cédant à un désir, il rabattit son index horizontalement, hésita un instant, puis ne pouvant plus se contenir, le poussa irrésistiblement droit au valet de pied et lui toucha le bout du nez en disant : « Pif ». — « Quelle drôle de boîte », se dit le valet de pied qui demanda à ses camarades si le baron était farce ou marteau. « Ce sont des manières qu'il a comme ça, lui répondit le maître d'hôtel (qui le croyait un peu « piqué », un peu « dingo »), mais c'est un des amis de madame que j'ai toujours le mieux estimé, c'est un bon cœur. »

« Est-ce que vous retournerez cette année à Incarville ? me demanda Brichot. Je crois que notre patronne a reloué la Raspelière bien qu'elle ait eu maille à partir avec ses propriétaires. Mais tout cela n'est rien, ce sont nuages qui se dissipent », ajouta-t-il du même ton optimiste que les journaux qui disent : « Il y a eu des fautes de commises, c'est entendu, mais qui ne commet des fautes ? » Or je me rappelais dans quel état de souffrance j'avais quitté Balbec et je ne désirais nullement y retourner. Je remettais toujours au lendemain mes projets avec Albertine. « Mais bien sûr qu'il y reviendra, nous le voulons, il nous est indispensable », déclara M. de Charlus avec l'égoïsme autoritaire et incompréhensif de l'amabilité.

LA PRISONNIÈRE

A ce moment M. Verdurin vint à notre rencontre. M. Verdurin à qui nous fîmes nos condoléances pour la princesse Sherbatoff nous dit : « Oui, je sais qu'elle est très mal. » « Mais non, elle est morte à six heures », s'écria Saniette. « Vous, vous exagérez toujours », dit brutalement à Saniette M. Verdurin, qui, la soirée n'étant pas décommandée, préférait l'hypothèse de la maladie, imitant ainsi sans le savoir le Prince de Guermantes. Saniette, non sans crainte d'avoir froid, car la porte extérieure s'ouvrait constamment, attendait avec résignation qu'on lui prît ses affaires. « Qu'est-ce que vous faites-là dans cette pose de chien couchant ? » lui demanda M. Verdurin. « J'attendais qu'une des personnes qui surveillent aux vêtements puisse prendre mon pardessus et me donner un numéro. » « Qu'est-ce que vous dites ? demanda d'un air sévère M. Verdurin : « Qui surveillent aux vêtements ». Est-ce que vous devenez gâteux, on dit « surveiller les vêtements » s'il faut vous apprendre le français comme aux gens qui ont eu une attaque. » « Surveiller à quelque chose est la vraie forme, murmura Saniette d'une voix entrecoupée ; l'abbé Le Batteux... » « Vous m'agacez, vous, cria M. Verdurin d'une voix terrible. Comme vous soufflez ! Est-ce que vous venez de monter six étages ? » La grossièreté de M. Verdurin eut pour effet que les hommes du vestiaire firent passer d'autres personnes avant Saniette et quand il voulut tendre ses affaires lui répondirent : « Chacun son tour, monsieur, ne soyez pas si pressé. » « Voilà des hommes d'ordre, voilà des compétences, très bien, mes braves », dit, avec un sourire de sympathie, M. Verdurin, afin de les encourager dans leurs dispositions à faire passer Saniette après

35

tout le monde. « Venez, dit-il, cet animal-là veut nous faire prendre la mort dans son cher courant d'air. Nous allons nous chauffer un peu au salon. Surveiller aux vêtements ! reprit-il quand nous fûmes au salon, quel imbécile ! » « Il donne dans la préciosité, ce n'est pas un mauvais garçon », dit Brichot. « Je n'ai pas dit que c'était un mauvais garçon, j'ai dit que c'était un imbécile », riposta avec aigreur M. Verdurin.

Cependant Mme Verdurin était en grande conférence avec Cottard et Ski. Morel venait de refuser (parce que M. de Charlus ne pouvait s'y rendre) une invitation chez des amis auxquels elle avait pourtant promis le concours du violoniste. La raison du refus de Morel de jouer à la soirée des amis des Verdurin, raison à laquelle nous allons tout à l'heure en voir s'ajouter de bien plus graves, avait pu prendre sa force grâce à une habitude propre en général aux milieux oisifs mais tout particulièrement au petit noyau. Certes, si Mme Verdurin surprenait entre un nouveau et un fidèle un mot dit à mi-voix et pouvant faire supposer qu'ils se connaissaient, ou avaient envie de se lier (« Alors à vendredi chez les un tel » ou : « Venez à l'atelier le jour que vous voudrez, j'y suis toujours jusqu'à cinq heures, vous me ferez vraiment plaisir »), agitée, supposant au nouveau une « situation » qui pouvait faire de lui une recrue brillante pour le petit clan, la patronne, tout en faisant semblant de n'avoir rien entendu et en conservant à son beau regard, cerné par l'habitude de Debussy plus que n'aurait fait celle de la cocaïne, l'air exténué que lui donnaient les seules ivresses de la musique, n'en roulait pas moins, sous son front magnifique, bombé par tant de

36

quatuors et les migraines consécutives, des pensées qui n'étaient pas exclusivement polyphoniques, et n'y tenant plus, ne pouvant plus attendre une seconde sa piqûre, elle se jetait sur les deux causeurs, les entraînait à part, et disait au nouveau en désignant le fidèle : « Vous ne voulez pas venir dîner avec *lui* samedi par exemple, ou bien le jour que vous voudrez, avec des gens gentils ! N'en parlez pas trop fort parce que je ne convoquerai pas toute cette tourbe » (terme désignant pour cinq minutes le petit noyau dédaigné momentanément pour le nouveau en qui on mettait tant d'espérances).

Mais ce besoin de s'engouer, de faire aussi des rapprochements, avait sa contre-partie. L'assiduité aux mercredis faisait naître chez les Verdurin une disposition opposée. C'était le désir de brouiller, d'éloigner. Il avait été fortifié, rendu presque furieux par les mois passés à la Raspelière, où l'on se voyait du matin au soir. M. Verdurin s'y ingéniait à prendre quelqu'un en faute, à tendre des toiles où il pût passer à l'araignée sa compagne quelque mouche innocente. Faute de griefs on inventait des ridicules. Dès qu'un fidèle était sorti une demi-heure, on se moquait de lui devant les autres, on feignait d'être surpris qu'ils n'eussent pas remarqué combien il avait toujours les dents sales, ou au contraire les brossât, par manie, vingt fois par jour. Si l'un se permettait d'ouvrir la fenêtre, ce manque d'éducation faisait que le patron et la patronne échangeaient un regard révolté. Au bout d'un instant Mme Verdurin demandait un châle, ce qui donnait le prétexte à M. Verdurin de dire d'un air furieux : « Mais non, je vais fermer la fenêtre, je me demande qu'est-ce qui s'est permis de l'ouvrir », devant le coupable qui rougissait jusqu'aux oreilles. On vous reprochait indirectement la quantité de vin qu'on avait bue. « Ça ne vous fait pas mal. C'est bon pour un ouvrier. » Les promenades ensemble de deux fidèles qui n'avaient pas préalablement demandé son autorisation à la patronne avaient pour conséquence des commentaires infinis, si innocentes que fussent ces promenades. Celles de M. de Charlus avec Morel ne l'étaient pas. Seul le fait que le baron n'habitait pas la Raspelière (à cause de la vie de garnison de Morel) retarda le moment de la satiété, des dégoûts, des vomissements. Il était pourtant prêt à venir.

Mme Verdurin était furieuse et décidée à « éclairer » Morel sur le rôle ridicule et odieux que lui faisait jouer M. de Charlus. « J'ajoute, continua-t-elle (Mme Verdurin, quand elle se sentait devoir à quelqu'un une reconnaissance qui allait lui peser et ne pouvait le tuer pour la peine lui découvrait un défaut grave qui dispensait honnêtement de la lui témoigner), j'ajoute qu'il se donne des airs chez moi qui ne me plaisent pas. » C'est qu'en effet Mme Verdurin avait encore une raison plus grave que le lâchage de Morel à la soirée de ses amis d'en vouloir à M. de Charlus. Celui-ci, pénétré de l'honneur qu'il faisait à la patronne en amenant quai Conti des gens qui en effet n'y seraient pas venus pour elle, avait, dès les premiers noms que Mme Verdurin avait proposés comme ceux de personnes qu'on pourrait inviter, prononcé la plus catégorique exclusive sur un ton péremptoire où se mêlait à l'orgueil rancunier du grand seigneur quinteux, le dogmatisme de l'artiste expert en matière de fêtes et qui retirerait sa pièce et refuserait son concours plutôt que de condescendre à des concessions qui selon lui com-

prometteraient le résultat d'ensemble. M. de Charlus
n'avait donné son permis, en l'entourant de réserves,
qu'à Saintine, à l'égard duquel, pour ne pas s'en-
combrer de sa femme, Mme de Guermantes avait
passé, d'une intimité quotidienne, à une cessation
complète de relations, mais que M. de Charlus, le
trouvant intelligent, voyait toujours. Certes, c'est
dans un milieu bourgeois mâtiné de petite noblesse,
où tout le monde est très riche seulement et apparenté à une aristocratie que la grande aristocratie
ne connaît pas, que Saintine, jadis la fleur du milieu
Guermantes, était allé chercher fortune et, croyait-il,
point d'appui. Mais Mme Verdurin, sachant les prétentions nobiliaires du milieu de la femme, et ne
se rendant pas compte de la situation du mari
(car c'est ce qui est presque immédiatement au-dessus
de nous qui nous donne l'impression de la hauteur
et non ce qui nous est presque invisible tant cela
se perd dans le ciel) crut devoir justifier une invitation pour Saintine en faisant valoir qu'il connaissait beaucoup de monde, « ayant épousé Mlle *** ».
L'ignorance dont cette assertion exactement contraire
à la réalité témoignait chez Mme Verdurin fit s'épa-
nouir en un rire d'indulgent mépris et de large
compréhension les lèvres peintes du baron. Il dédai-
gna de répondre directement, mais comme il écha-
faudait volontiers en matière mondaine des théories
où se retrouvaient la fertilité de son intelligence
et la hauteur de son orgueil, avec la frivolité héré-
ditaire de ses préoccupations : « Saintine aurait dû
me consulter avant de se marier, dit-il, il y a une
eugénique sociale comme il y en a une physiologique,
et j'en suis peut-être le seul docteur. Le cas de Saintine ne soulevait aucune discussion, il était clair

qu'en faisant le mariage qu'il a fait, il s'attachait un poids mort, et mettait sa flamme sous le boisseau. Sa vie sociale était finie. Je le lui aurais expliqué et il m'aurait compris car il est intelligent. Inversement, il y avait telle personne qui avait tout ce qu'il fallait pour avoir une situation élevée, dominante, universelle, seulement un terrible câble la retenait à terre. Je l'ai aidée, mi par pression, mi par force, à rompre l'amarre, et maintenant elle a conquis, avec une joie triomphante, la liberté, la toute-puissance qu'elle me doit ; il a peut-être fallu un peu de volonté, mais quelle récompense elle a ! On est ainsi soi-même, quand on sait m'écouter, l'accoucheur de son destin. » Il était trop évident que M. de Charlus n'avait pas su agir sur le sien ; agir est autre chose que parler, même avec éloquence, et que penser même avec ingéniosité. « Mais en ce qui me concerne, je vis en philosophe qui assiste avec curiosité aux réactions sociales que j'ai prédites, mais n'y aide pas. Aussi ai-je continué à fréquenter Saintine qui a toujours eu pour moi la déférence chaleureuse qui convenait. J'ai même dîné chez lui dans sa nouvelle demeure où on s'assomme autant, au milieu du plus grand luxe, qu'on s'amusait jadis quand, tirant le diable par la queue, il assemblait la meilleure compagnie dans un petit grenier. Vous pouvez donc l'inviter, j'autorise, mais je frappe de mon veto tous les autres noms que vous me proposez. Et vous me remercierez, car, si je suis expert en fait de mariages, je ne le suis pas moins en matière de fêtes. Je sais les personnalités ascendantes qui soulèvent une réunion, lui donnent de l'essor, de la hauteur ; et je sais aussi le nom qui rejette à terre, qui fait tomber à plat. » Ces exclusions

40

de M. de Charlus n'étaient pas toujours fondées sur des ressentiments de toqué ou des raffinements d'artiste, mais sur des habiletés d'acteur. Quand il tenait sur quelqu'un, sur quelque chose, un couplet tout à fait réussi, il désirait le faire entendre au plus grand nombre de personnes possible, mais en ayant soin de ne pas admettre dans la seconde fournée des invités de la première qui eussent pu constater que le morceau n'avait pas changé. Il refaisait sa salle à nouveau, justement parce qu'il ne renouvelait pas son affiche, et quand il tenait dans la conversation un succès, eût au besoin organisé des tournées et donné des représentations en province. Quoi qu'il en fût des motifs variés de ces exclusions, celles de M. de Charlus ne froissaient pas seulement Mme Verdurin qui sentait atteinte son autorité de patronne, elles lui causaient encore un grand tort mondain, et cela pour deux raisons. La première est que M. de Charlus, plus susceptible encore que Jupien, se brouillait sans qu'on sût même pourquoi avec les personnes le mieux faites pour être de ses amis. Naturellement une des premières punitions qu'on pouvait leur infliger était de ne pas les laisser inviter à une fête qu'il donnait chez les Verdurin. Or ces parias étaient souvent des gens qui tiennent ce qu'on appelle le haut du pavé, mais qui pour M. de Charlus avaient cessé de le tenir du jour qu'il avait été brouillé avec eux. Car son imagination, autant qu'à supposer des torts aux gens pour se brouiller avec eux, était ingénieuse à leur ôter toute importance dès qu'ils n'étaient plus ses amis. Si par exemple le coupable était un homme d'une famille extrêmement ancienne, mais dont le duché ne date que du XIXe siècle, les Montesquiou par exemple,

41

du jour au lendemain ce qui comptait pour M. de Charlus c'était l'ancienneté du duché, la famille n'était rien. « Ils ne sont même pas ducs, s'écriait-il. C'est le titre de l'abbé de Montesquiou qui a indûment passé à un parent, il n'y a même pas quatre-vingts ans. Le duc actuel, si duc il y a, est le troisième. Parlez-moi des gens comme les Uzès, les La Trémoille, les Luynes, qui sont les 10e, les 14e ducs, comme mon frère qui est le 12e duc de Guermantes et 17e prince de Cordoue. Les Montesquiou descendent d'une ancienne famille, qu'est-ce que ça prouverait, même si c'était prouvé ? Ils descendent tellement qu'ils sont dans le quatorzième dessous. » Était-il brouillé au contraire avec un gentilhomme possesseur d'un duché ancien, ayant les plus magnifiques alliances, apparenté aux familles souveraines, mais à qui ce grand éclat est venu très vite sans que la famille remonte très haut, un Luynes par exemple, tout était changé, la famille seule comptait. « Je vous demande un peu, M. Alberti qui ne se décrasse que sous Louis XIII. Qu'est-ce que ça peut nous fiche que des faveurs de cour leur aient permis d'entasser des duchés auxquels ils n'avaient aucun droit. » De plus, chez M. de Charlus, la chute suivait de près la faveur à cause de cette disposition propre aux Guermantes d'exiger de la conversation, de l'amitié, ce qu'elle ne peut donner, plus la crainte symptomatique d'être l'objet de médisances. Et la chute était d'autant plus profonde que la faveur avait été plus grande. Or personne n'en avait joui auprès du baron d'une pareille à celle qu'il avait ostensiblement marquée à la comtesse Molé. Par quelle marque d'indifférence montra-t-elle un beau jour qu'elle en avait été indigne ? La comtesse déclara toujours

42

qu'elle n'avait jamais pu arriver à le découvrir.
Toujours est-il que son nom seul excitait chez le
baron les plus violentes colères, les philippiques les
plus éloquentes mais les plus terribles. Mme Verdurin, pour qui Mme Molé avait été très aimable
et qui fondait, on va le voir de grands espoirs sur elle
et s'était réjouie à l'avance de l'idée que la comtesse
verrait chez elle les gens les plus nobles, comme la
patronne disait, « de France et de Navarre », proposa
tout de suite d'inviter « Madame de Molé ». — « Ah !
mon Dieu, tous les goûts sont dans la nature, avait
répondu M. de Charlus, et si vous avez, madame,
du goût pour causer avec Mme Pipelet, Mme Gibout
et Mme Joseph Prudhomme, je ne demande pas
mieux, mais alors que ce soit un soir où je ne serai
pas là. Je vois dès les premiers mots que nous ne
parlons pas la même langue, puisque je parlais de
noms de l'aristocratie et que vous me citez les plus
obscurs des noms des gens de robe, de petits roturiers retors, cancaniers, malfaisants, de petites
dames qui se croient des protectrices des arts parce
qu'elles reprennent un octave au-dessous les manières de ma belle-sœur Guermantes à la façon du
geai qui croit imiter le paon. J'ajoute qu'il y aurait
une espèce d'indécence à introduire dans une fête
que je veux bien donner chez Mme Verdurin une
personne que j'ai retranchée à bon escient de ma
familiarité, une pécore sans naissance, sans loyauté,
sans esprit, qui a la folie de croire qu'elle est capable
de jouer les duchesses de Guermantes et les prin-
cesses de Guermantes, cumul qui en lui-même est
une sottise, puisque la duchesse de Guermantes
et la princesse de Guermantes c'est juste le contraire.
C'est comme une personne qui prétendrait être à la

fois Reichenberg et Sarah Bernhardt. En tous cas, même si ce n'était pas contradictoire, ce serait profondément ridicule. Que je puisse, moi, sourire quelquefois des exagérations de l'une et m'attrister des limites de l'autre, c'est mon droit. Mais cette petite grenouille bourgeoise voulant s'enfler pour égaler les deux grandes dames qui en tout cas laissent toujours paraître l'incomparable distinction de la race, c'est, comme on dit, faire rire les poules. La Molé ! Voilà un nom qu'il ne faut plus prononcer ou bien je n'ai qu'à me retirer », ajouta-t-il avec un sourire, sur le ton d'un médecin qui, voulant le bien de son malade malgré ce malade lui-même, entend bien ne pas se laisser imposer la collaboration d'un homéopathe. D'autre part certaines personnes jugées négligeables par M. de Charlus pouvaient en effet l'être pour lui et non pour Mme Verdurin. M. de Charlus, de haute naissance, pouvait se passer des gens les plus élégants dont l'assemblée eût fait du salon de Mme Verdurin un des premiers de Paris. Or celle-ci commençait à trouver qu'elle avait déjà bien des fois manqué le coche, sans compter l'énorme retard que l'erreur mondaine de l'affaire Dreyfus lui avait infligé, non sans lui rendre service pourtant. Je ne sais si j'ai dit combien la duchesse de Guermantes avait vu avec déplaisir des personnes de son monde qui, subordonnant tout à l'Affaire, excluaient des femmes élégantes et en recevaient qui ne l'étaient pas, pour cause de révisionisme ou d'antirévisionisme, puis avait été critiquée à son tour par ces mêmes dames, comme tiède, mal pensante et subordonnant aux étiquettes mondaines les intérêts de la Patrie ; pourrai-je le demander au lecteur comme à un ami à qui on ne se rappelle plus,

44

après tant d'entretiens, si on a pensé ou trouvé l'occasion de le mettre au courant d'une certaine chose ? Que je l'aie fait ou non, l'attitude, à ce moment-là, de la duchesse de Guermantes peut facilement être imaginée, et même si on se reporte ensuite à une période ultérieure sembler, du point de vue mondain, parfaitement juste. M. de Cambremer considérait l'affaire Dreyfus comme une machine étrangère destinée à détruire le Service des Renseignements, à briser la discipline, à affaiblir l'armée, à diviser les Français, à préparer l'invasion. La littérature étant, hors quelques fables de La Fontaine, étrangère au marquis, il laissait à sa femme le soin d'établir que la littérature cruellement observatrice, en créant l'irrespect, avait procédé à un chambardement parallèle. M. Reinach et M. Hervieu sont « de mèche », disait-elle. On n'accusera pas l'affaire Dreyfus d'avoir prémédité d'aussi noirs desseins à l'encontre du monde. Mais là certainement elle a brisé les cadres. Les mondains qui ne veulent pas laisser la politique s'introduire dans le monde sont aussi prévoyants que les militaires qui ne veulent pas laisser la politique pénétrer dans l'armée. Il en est du monde comme du goût sexuel où l'on ne sait pas jusqu'à quelles perversions il peut arriver quand une fois on a laissé des raisons esthétiques dicter son choix. La raison qu'elles étaient nationalistes donna au faubourg Saint-Germain l'habitude de recevoir des dames d'une autre société ; la raison disparut avec le Nationalisme, l'habitude subsista. Mme Verdurin, à la faveur du Dreyfusisme, avait attiré chez elle des écrivains de valeur qui momentanément ne lui furent d'aucun usage mondain, parce qu'ils étaient dreyfusards. Mais les passions politiques sont comme les autres, elles ne durent pas. De nouvelles générations viennent qui ne les comprennent plus. La génération même qui les a éprouvées change, éprouve des passions politiques qui, n'étant pas exactement calquées sur les précédentes, lui font réhabiliter une partie des exclus, la cause de l'exclusivisme ayant changé. Les monarchistes ne se soucièrent plus pendant l'affaire Dreyfus que quelqu'un eût été républicain, voire radical, voire anticlérical, s'il était antisémite et nationaliste. Si jamais il devait survenir une guerre le patriotisme prendrait une autre forme et d'un écrivain chauvin on ne s'occuperait même pas s'il a été ou non dreyfusard. C'est ainsi que à chaque crise politique, à chaque rénovation artistique, Mme Verdurin avait arraché petit à petit, comme l'oiseau fait son nid, les bribes successives, provisoirement inutilisables, de ce qui serait un jour son salon. L'affaire Dreyfus avait passé, Anatole France lui restait. La force de Mme Verdurin, c'était l'amour sincère qu'elle avait de l'art, la peine qu'elle se donnait pour les fidèles, les merveilleux dîners qu'elle donnait pour eux seuls, sans qu'il y eût des gens du monde conviés. Chacun d'eux était traité chez elle comme Bergotte l'avait été chez Mme Swann. Quand un familier de cet ordre devenait un beau jour un homme illustre que le monde désire voir, sa présence chez une Mme Verdurin n'avait rien du côté factice, frelaté, d'une cuisine de banquet officiel ou de Saint-Charlemagne faite par Potel et Chabot, mais tout d'un délicieux ordinaire qu'on eût trouvé aussi parfait un jour où il n'y aurait pas eu de monde. Chez Mme Verdurin la troupe était parfaite, entraînée, le répertoire de premier ordre, il ne manquait que le

public. Et depuis que le goût de celui-ci se détour-
nait de l'art raisonnable et français d'un Bergotte
et s'éprenait surtout de musiques exotiques, Mme Verdurin, sorte de correspondant attitré à Paris de tous
les artistes étrangers, allait bientôt, à côté de la
ravissante princesse Yourbeletief, servir de vieille
fée Carabosse, mais toute puissante, aux danseurs
russes. Cette charmante invasion, contre les séduc-
tions de laquelle ne protestèrent que les critiques
dénués de goût, amena à Paris, on le sait, une
fièvre de curiosité moins âpre, plus purement esthétique, mais peut-être aussi vive que l'affaire Dreyfus.
Là encore Mme Verdurin, mais pour un tout autre
résultat mondain, allait être au premier rang.
Comme on l'avait vue à côté de Mme Zola, tout au
pied du tribunal, aux séances de la Cour d'assises,
quand l'humanité nouvelle, acclamatrice des ballets
russes, se pressa à l'Opéra, ornée d'aigrettes inconnues, toujours on voit dans une première loge
Mme Verdurin à côté de la princesse Yourbeletief.
Et comme après les émotions du Palais de Justice
on avait été le soir chez Mme Verdurin voir de près
Picquart ou Labori et surtout apprendre les dernières nouvelles, savoir ce qu'on pouvait espérer
de Zurlinden, de Loubet, du colonel Jouaust, du
Règlement, de même, peu disposé à aller se coucher
après l'enthousiasme déchaîné par Shéhérazade ou les
Danses du Prince Igor, on allait chez Mme Verdurin,
où, présidée par la princesse Yourbeletief et par la
patronne, des soupers exquis réunissaient chaque
soir, les danseurs, qui n'avaient pas dîné pour être
plus bondissants, leur directeur, leurs décorateurs,
les grands compositeurs Igor Stravinski et Richard
Strauss, petit noyau immuable, autour duquel,

47

comme aux soupers de M. et Mme Helvétius, les plus grandes dames de Paris et les Altesses étrangères ne dédaignèrent pas de se mêler. Même ceux des gens du monde qui faisaient profession d'avoir du goût et faisaient entre les ballets russes des distinctions oiseuses, trouvant la mise en scène des Sylphides quelque chose de plus « fin » que celle de Shéhérazade, qu'ils n'étaient pas loin de faire relever de l'art nègre, étaient enchantés de voir de près les grands rénovateurs du goût du théâtre, qui dans un art peut-être un peu plus factice que la peinture firent une révolution aussi profonde que l'impressionnisme.

Pour en revenir à M. de Charlus, Mme Verdurin n'eût pas trop souffert s'il n'avait mis à l'index que la comtesse Molé et Mme Bontemps, qu'elle avait distinguée chez Odette à cause de son amour des arts, et qui pendant l'affaire Dreyfus était venue quelquefois dîner avec son mari, que Mme Verdurin appelait un tiède, parce qu'il n'introduisait pas le procès en révision, mais qui, fort intelligent, et heureux de se créer des intelligences dans tous les partis, était enchanté de montrer son indépendance en dînant avec Labori, qu'il écoutait sans rien dire de compromettant, mais glissant au bon endroit un hommage à la loyauté, reconnue dans tous les partis, de Jaurès. Mais le baron avait également proscrit quelques dames de l'aristocratie avec lesquelles Mme Verdurin était, à l'occasion de solennités musicales, de collections, de charité, entrée récemment en relations et qui, quoique M. de Charlus pût penser d'elles, eussent été, beaucoup plus que lui-même, des éléments essentiels pour former chez Mme Verdurin un nouveau noyau, aristocratique celui-là.

48

LA PRISONNIÈRE

Mme Verdurin avait justement compté sur cette fête, où M. de Charlus lui amènerait des femmes du même monde, pour leur adjoindre ses nouvelles amies, et avait joui d'avance de la surprise qu'elles auraient à rencontrer quai Conti leurs amies ou parentes invitées par le baron. Elle était déçue et furieuse de son interdiction. Restait à savoir si la soirée, dans ces conditions, se traduirait pour elle par un profit ou par une perte. Celle-ci ne serait pas trop grave si du moins les invitées de M. de Charlus venaient avec des dispositions si chaleureuses pour Mme Verdurin qu'elles deviendraient pour elle les amies d'avenir. Dans ce cas il n'y aurait que demi-mal, et un jour prochain, ces deux moitiés du grand monde que le baron avait voulu tenir isolées, on des réunirait, quitte à ne pas l'avoir, lui, ce soir-là. Mme Verdurin attendait donc les invitées du baron avec une certaine émotion. Elle n'allait pas tarder à savoir l'état d'esprit où elles venaient, et les relations que la patronne pouvait espérer avoir avec elles. En attendant, Mme Verdurin se consultait avec les fidèles, mais, voyant M. de Charlus qui entrait avec Brichot et moi, elle s'arrêta net. A notre grand étonnement, quand Brichot lui dit sa tristesse de savoir que sa grande amie était si mal, Mme Verdurin répondit : « Écoutez, je suis obligée d'avouer que de tristesse je n'en éprouve aucune. Il est inutile de feindre les sentiments qu'on ne ressent pas. » Sans doute elle parlait ainsi par manque d'énergie, parce qu'elle était fatiguée, à l'idée de se faire un visage triste pour toute sa réception, par orgueil, pour ne pas avoir l'air de chercher des excuses à ne pas avoir décommandé celle-ci, par respect humain pourtant et habileté, parce que le manque

49

de chagrin dont elle faisait preuve était plus hono-
rable s'il devait être attribué à une antipathie particulière, soudain révélée, envers la princesse, qu'à
une insensibilité universelle, et parce qu'on ne pouvait s'empêcher d'être désarmé par une sincérité
qu'il n'était pas question de mettre en doute. Si
Mᵐᵉ Verdurin n'avait pas été vraiment indifférente
à la mort de la princesse, eût-elle été, pour expliquer
qu'elle reçût, s'accuser d'une faute bien plus grave ?
D'ailleurs on oubliait que Mᵐᵉ Verdurin eût avoué,
en même temps que son chagrin, qu'elle n'avait pas
eu le courage de renoncer à un plaisir ; or la dureté
de l'amie était quelque chose de plus choquant,
de plus immoral, mais de moins humiliant, par conséquent de plus facile à avouer que la frivolité de
la maîtresse de maison. En matière de crime, là où
il y a danger pour le coupable, c'est l'intérêt qui
dicte les aveux. Pour les fautes sans sanction, c'est
l'amour-propre. Soit que, trouvant sans doute bien
usé le prétexte des gens, qui, pour ne pas laisser
interrompre par les chagrins leur vie de plaisir, vont
répétant qu'il leur semble vain de porter extérieure-
ment un deuil qu'ils ont dans le cœur, Mᵐᵉ Verdurin
préférât imiter ces coupables intelligents, à qui
répugnent les clichés de l'innocence, et dont la défense — demi-aveu sans qu'ils s'en doutent —
consiste à dire qu'ils n'auraient vu aucun mal à
commettre ce qui leur est reproché et que par hasard
du reste ils n'ont pas eu l'occasion de faire ; soit
qu'ayant adopté pour expliquer sa conduite la thèse
de l'indifférence, elle trouvât, une fois lancée sur la
pente de son mauvais sentiment, qu'il y avait quelque
originalité à l'éprouver, une perspicacité rare à avoir
su le démêler, et un certain « culot » à le proclamer,

ainsi, Mᵐᵉ Verdurin tint à insister sur son manque de chagrin, non sans une certaine satisfaction orgueilleuse de psychologue paradoxal et de dramaturge hardi. « Oui, c'est très drôle, dit-elle, ça ne m'a presque rien fait. Mon Dieu, je ne peux pas dire que je n'aurais pas mieux aimé qu'elle vécût, ce n'était pas une mauvaise personne. » — « Si », interrompit M. Verdurin. — « Ah ! lui ne l'aime pas parce qu'il trouvait que cela me faisait du tort de la recevoir, mais il est aveuglé par ça. » — « Rends-moi cette justice, dit M. Verdurin, que je n'ai jamais approuvé cette fréquentation. Je t'ai toujours dit qu'elle avait mauvaise réputation. » — « Mais je ne l'ai jamais entendu dire », protesta Saniette. — « Mais comment, s'écria Mᵐᵉ Verdurin, c'était universellement connu, pas mauvaise, mais honteuse, déshonorante. Non, mais ce n'est pas à cause de cela. Je ne savais pas moi-même expliquer mon sentiment ; je ne la détestais pas, mais elle m'était tellement indifférente que, quand nous avons appris qu'elle était très mal, mon mari lui-même a été étonné et m'a dit : « On dirait que cela ne te fait rien. » Mais tenez, ce soir, il m'avait offert de décommander la réception, et j'ai tenu au contraire à la donner, parce que j'aurais trouvé une comédie de témoigner un chagrin que je n'éprouve pas. » Elle disait cela parce qu'elle trouvait que c'était curieusement théâtre libre, et aussi que c'était joliment commode ; car l'insensibilité ou l'immoralité avouée simplifie autant la vie que la morale facile ; elle fait des actions blâmables, et pour lesquelles on n'a plus alors besoin de chercher d'excuses, un devoir de sincérité. Et les fidèles écoutaient les paroles de Mᵐᵉ Verdurin avec le mélange d'admiration et de malaise que cer-

51

taines pièces cruellement réalistes et d'une observation pénible causent autrefois, et tout en s'émer-
veillant de voir leur chère patronne donner une forme
nouvelle de sa droiture et de son indépendance,
plus d'un, tout en se disant qu'après tout ce ne serait
pas la même chose, pensait à sa propre mort et se
demandait si, le jour qu'elle surviendrait, on pleu-
rerait ou on donnerait une fête quai Conti. « Je
suis bien content que la soirée n'ait pas été décommandée à cause de mes invités », dit M. de Charlus
qui ne se rendait pas compte qu'en s'exprimant ainsi
il froissait Mme Verdurin. Cependant j'étais frappé,
comme chaque personne qui approcha ce soir-là
Mme Verdurin, par une odeur assez peu agréable de
rhino-goménol. Voici à quoi cela tenait. On sait que
Mme Verdurin n'exprimait jamais ses émotions
artistiques d'une façon morale, mais physique, pour
qu'elles semblassent plus inévitables et plus profondes. Or si on lui parlait de la musique de Vinteuil, sa préférée, elle restait indifférente, comme si
elle n'en attendait aucune émotion. Mais après quelques minutes de regard immobile, presque distrait,
sur un ton précis, pratique, presque peu poli (comme
sielle vous avait dit : « Cela me serait égal que vous
fumiez mais c'est à cause du tapis, il est très beau,
(ce qui me serait encore égal), mais il est très inflam-
mable, j'ai très peur du feu et je ne voudrais pas vous
faire flamber tous, pour un bout de ciragette mal
éteinte que vous auriez laissé tomber par terre »),
elle vous répondait : « Je n'ai rien contre Vinteuil ;
à mon sens, c'est le plus grand musicien du siècle,
seulement je ne peux pas écouter ces machines-là
sans cesser de pleurer un instant (elle ne disait
nullement « pleurer » d'un air pathétique, elle aurait

52

dit d'un air aussi naturel « dormir » ; certaines méchantes langues prétendaient même que ce dernier
verbe eût été plus vrai, personne ne pouvant du
reste décider, car elle écoutait cette musique-là
la tête dans ses mains, et certains bruits ronfleurs
pouvaient après tout être des sanglots). Pleurer
ça ne me fait pas mal, tant qu'on voudra, seulement
ça me fiche après des rhumes à tout casser. Cela me
congestionne la muqueuse et quarante-huit heures
après, j'ai l'air d'une vieille poivrote et, pour que mes
cordes vocales fonctionnent, il me faut faire des
journées d'inhalation. Enfin un élève de Cottard, un
être délicieux, m'a soignée pour cela. Il professe
un axiome assez original : « Mieux vaut prévenir
que guérir ». Et il me graisse le nez avant que la
musique commence. C'est radical. Je peux pleurer
comme je ne sais pas combien de mères qui auraient
perdu leurs enfants, pas le moindre rhume. Quelquefois un peu de conjonctivite, mais c'est tout. L'effi-
cacité est absolue. Sans cela je n'aurais pu continuer
à écouter du Vinteuil. Je ne faisais plus que tomber
d'une bronchite dans une autre. » Je ne pus plus me
retenir de parler de Mlle Vinteuil. « Est-ce que la
fille de l'auteur n'est pas là ? » demandai-je à
Mme Verdurin, ainsi qu'une de ses amies ? » — « Non,
je viens justement de recevoir une dépêche, me dit
évasivement Mme Verdurin, elles ont été obligées
de rester à la campagne. » J'eus un instant l'espérance qu'il n'avait peut-être jamais été question
qu'elles la quittassent et que Mme Verdurin n'avait
annoncé ces représentants de l'auteur que pour
impressionner favorablement les interprètes et le
public. « Comment, alors, elles ne sont même pas
venues à la répétition de tantôt ? » dit avec une

53

fausse curiosité le baron qui voulut paraître ne pas
avoir vu Charlie. Celui-ci vint me dire bonjour.
Je l'interrogeai à l'oreille relativement à Mlle Vinteuil ; il me sembla fort peu au courant. Je lui fis
signe de ne pas parler haut et l'avertit que nous en
recauserions. Il s'inclina en me promettant qu'il
serait trop heureux d'être à ma disposition entière.
Je remarquai qu'il était beaucoup plus poli, beaucoup plus respectueux qu'autrefois. Je fis compli-
ment de lui — de lui qui pourrait peut-être m'aider
à éclaircir mes soupçons — à M. de Charlus qui me
répondit : « Il ne fait que ce qu'il doit, ce ne serait
pas la peine qu'il vécût avec des gens comme il faut
pour avoir de mauvaises manières. » Les bonnes,
selon M. de Charlus, étaient les vieilles manières
françaises, sans ombre de raideur britannique. Ainsi
quand Charlie revenant de faire une tournée en province ou à l'étranger, débarquait en costume de
voyage chez le baron, celui-ci, s'il n'y avait pas trop
de monde, l'embrassait sans façon sur les deux joues,
peut-être un peu pour ôter par tant d'ostentation
de sa tendresse toute idée qu'elle pût être coupable,
peut-être pour ne pas se refuser un plaisir, mais plus
encore sans doute par littérature, pour maintien
et illustration des anciennes manières de France,
et comme il aurait protesté contre le style munichois
ou le moderne style en gardant de vieux fauteuils
de son arrière-grand'mère, opposant au flegme britannique la tendresse d'un père sensible du xviiie siècle qui ne dissimule pas sa joie de revoir un fils.
Y avait-il enfin une pointe d'inceste, dans cette
affection paternelle ? Il est plus probable que la
façon dont M. de Charlus contentait habituellement
son vice et sur laquelle nous recevrons ultérieurement

quelques éclaircissements, ne suffisait pas à ses besoins affectifs, restés vacants depuis la mort de sa femme ; toujours est-il qu'après avoir songé plusieurs fois à se remarier, il était travaillé maintenant d'une maniaque envie d'adopter. On disait qu'il allait adopter Morel et ce n'est pas extraordinaire. L'inverti qui n'a pu nourrir sa passion qu'avec une littérature écrite pour les hommes à femmes, qui pensait aux hommes en lisant les *Nuits* de Musset, éprouve le besoin d'entrer de même dans toutes les fonctions sociales de l'homme qui n'est pas inverti, d'entretenir un amant, comme le vieil habitué de l'Opéra des danseuses, d'être rangé, d'épouser ou de se coller, d'être père.

M. de Charlus s'éloigna avec Morel sous prétexte de se faire expliquer ce qu'on allait jouer, trouvant surtout une grande douceur, tandis que Charlie lui montrait sa musique, à étaler ainsi publiquement leur intimité secrète. Pendant ce temps-là j'étais charmé. Car bien que le petit clan comportât peu de jeunes filles, on en invitait pas mal par compensation les jours de grandes soirées. Il y en avait plusieurs et de fort belles que je connaissais. Elles m'envoyaient de loin un sourire de bienvenue. L'air était ainsi décoré de moment en moment d'un beau sourire de jeune fille. C'est l'ornement multiple et épars des soirées, comme des jours. On se souvient d'une atmosphère parce que des jeunes filles y ont souri.

On eût été bien étonné si l'on avait noté les propos furtifs que M. de Charlus avait échangés avec plusieurs hommes importants de cette soirée. Ces hommes étaient deux ducs, un général éminent, un grand écrivain, un grand médecin, un grand avocat. Or les propos avaient été : « A propos avez-vous vu le valet de pied, je parle du petit qui monte sur la voiture ? et chez notre cousine Guermantes vous ne connaissez rien ? » — « Actuellement non. » — « Dites donc, devant la porte d'entrée, aux voitures, il y avait une jeune personne blonde, en culotte courte, qui m'a semblé tout à fait sympathique. Elle m'a appelé très gracieusement ma voiture, j'aurais volontiers prolongé la conversation. » — « Oui, mais je la crois tout à fait hostile, et puis ça fait des façons, vous qui aimez que les choses réussissent du premier coup, vous seriez dégoûté. Du reste je sais qu'il n'y a rien à faire, un de mes amis a essayé. » — « C'est regrettable, j'avais trouvé le profil très fin et les cheveux superbes. » — « Vraiment vous trouvez ça si bien que ça? Je crois que si vous l'aviez vue un peu plus, vous auriez été désillusionné. Non, c'est au buffet qu'il y a encore deux mois vous auriez vu une vraie merveille, un grand gaillard de deux mètres, une peau idéale et puis aimant ça. Mais c'est parti pour la Pologne. » — « Ah c'est un peu loin. » — « Qui sait, ça reviendra peut-être. On se retrouve toujours dans la vie. » Il n'y a pas de grande soirée mondaine, si, pour en avoir une coupe, on sait la prendre à une profondeur suffisante, qui ne soit pareille à ces soirées où les médecins invitent leurs malades, lesquels tiennent des propos fort sensés, ont de très bonnes manières et ne montreraient pas qu'ils sont fous s'ils ne vous glissaient à l'oreille en vous montrant un vieux monsieur qui passe : « C'est Jeanne d'Arc. »

« Je trouve que ce serait de notre devoir de l'éclairer, dit Mme Verdurin à Brichot. Ce que je fais n'est pas contre Charlus au contraire. Il est agréable et quant à sa réputation, je vous dirai qu'elle est d'un genre qui ne peut pas me nuire ! Même moi qui pour notre petit clan, pour nos dîners de conversation, déteste les flirts, les hommes disant des inepties à une femme dans un coin au lieu de traiter des sujets intéressants, avec Charlus je n'avais pas à craindre ce qui m'est arrivé avec Swann, avec Elstir, avec tant d'autres. Avec lui j'étais tranquille, il arrivait là à mes dîners, il pouvait y avoir toutes les femmes du monde, on était sûr que la conversation générale n'était pas troublée par des flirts, des chuchotements. Charlus c'est à part, on est tranquille, c'est comme un prêtre. Seulement, il ne faut pas qu'il se permette de régenter les jeunes gens qui viennent ici et de porter le trouble dans notre petit noyau, sans cela ce sera encore pire qu'un homme à femmes ». Et Mme Verdurin était sincère en proclamant ainsi son indulgence pour le Charlisme. Comme tout pouvoir ecclésiastique, elle jugeait les faiblesses humaines moins graves que ce qui pouvait affaiblir le principe d'autorité, nuire à l'orthodoxie, modifier l'antique credo, dans sa petite Église. « Sans cela, moi je montre les dents. Voilà un Monsieur qui a voulu empêcher Charlie de venir à une répétition parce qu'il n'y était pas convié. Aussi il va avoir un avertissement sérieux, j'espère que cela lui suffira, sans cela il n'aura qu'à prendre la porte. Il le chambre, ma parole. » Et usant exactement des mêmes expressions que presque tout le monde aurait employées, car il en est certaines pas habituelles, que tel sujet particulier, telle circonstance donnée, font affluer presque nécessairement à la mémoire du causeur qui croit exprimer librement sa pensée et ne fait que répéter machinalement la leçon universelle, elle ajouta :

« On ne peut plus voir Morel sans qu'il soit affublé
de ce grand escogriffe, de cette espèce de garde du
corps. » M. Verdurin proposa d'emmener un instant
Charlie pour lui parler, sous prétexte de lui demander
quelque chose. Mme Verdurin craignit qu'il ne fût
ensuite troublé et jouât mal. Il vaudrait mieux
retarder cette exécution jusqu'après celle des morceaux. Et peut-être même jusqu'à une autre fois.
Car Mme Verdurin avait beau tenir à la délicieuse
émotion qu'elle éprouverait quand elle saurait son
mari en train d'éclairer Charlie dans une pièce
voisine, elle avait peur, si le coup ratait, qu'il ne
se fâchât et lâchât le 16.

Ce qui perdit M. de Charlus ce soir-là fut la mauvaise éducation — si fréquente dans ce monde —
des personnes qu'il avait invitées et qui commen-
çaient à arriver. Venues à la fois par amitié pour
M. de Charlus, et avec la curiosité de pénétrer dans
un endroit pareil, chaque Duchesse allait droit
au Baron comme si c'était lui qui avait reçu et
disait, juste à un pas des Verdurin, qui entendaient
tout : « Montrez-moi où est la mère Verdurin ;
croyez-vous que ce soit indispensable que je me fasse
présenter ? J'espère au moins qu'elle ne fera pas
mettre mon nom dans le journal demain, il y aurait
de quoi me brouiller avec tous les miens. Comment !
comment, c'est cette femme à cheveux blancs, mais
elle n'a pas trop mauvaise façon. » Entendant parler
de Mlle Vinteuil, d'ailleurs absente, plus d'une disait :
« Ah ! la fille de la Sonate ? Montrez-moi la » et,
retrouvant beaucoup d'amies, elles faisaient bande
à part, épiaient, pétillantes de curiosité ironique,
l'entrée des fidèles, trouvaient tout au plus à se
montrer du doigt la coiffure un peu singulière d'une

personne qui, quelques années plus tard, devait la
mettre à la mode dans le plus grand monde, et,
somme toute, regrettaient de ne pas trouver ce salon
aussi dissemblable de ceux qu'elles connaissaient,
qu'elles avaient espéré, éprouvant le désappointe-
ment de gens du monde qui, étant allés dans la boîte
à Bruant dans l'espoir d'être engueulés par le chan-
sonnier, se seraient vus à leur entrée accueillis par
un salut correct au lieu du refrain attendu : « Ah !
voyez cte gueule, cte binette. Ah ! voyez cte gueule
qu'elle a. »

M. de Charlus avait, à Balbec, finement critiqué
devant moi Mme de Vaugoubert qui, malgré sa
grande intelligence, avait causé, après la fortune
inespérée, l'irrémédiable disgrâce de son mari. Les
souverains auprès desquels M. de Vaugoubert
était accrédité, le Roi Théodose et la Reine Eudoxie,
étant revenus à Paris, mais cette fois pour un séjour
de quelque durée, des fêtes quotidiennes avaient
été données en leur honneur, au cours desquelles
la Reine, liée avec Mme de Vaugoubert qu'elle voyait
depuis dix ans dans sa capitale, et ne connaissant
ni la femme du Président de la République, ni les
femmes des Ministres, s'était détournée de celles-ci
pour faire bande à part avec l'Ambassadrice. Celle-ci
croyant sa position hors de toute atteinte — M. de
Vaugoubert étant l'auteur de l'alliance entre le Roi
Théodose et la France — avait conçu, de la préférence que lui marquait la reine, une satisfaction d'orgueil, mais nulle inquiétude du danger qui la menaçait et qui se réalisa quelques mois plus tard en l'événement, jugé à tort impossible par le couple trop
confiant, de la brutale mise à la retraite de M. de
Vaugoubert. M. de Charlus, commentant dans le « tor-

tillard » la chute de son ami d'enfance, s'étonnait qu'une femme intelligente n'eût pas, en pareille circonstance, fait servir toute son influence sur les souverains à obtenir d'eux qu'elle parût n'en posséder aucune et à leur faire reporter sur la femme du Président de la République et des Ministres une amabilité dont elles eussent été d'autant plus flattées, c'est-à-dire dont elles eussent été plus près dans leur contentement, de savoir gré aux Vaugoubert, qu'elles eussent cru que cette amabilité était spontanée et non pas dictée par eux. Mais qui voit le tort des autres, pour peu que les circonstances le grisent, y succombe souvent lui-même. Et M. de Charlus pendant que ses invités se frayaient un chemin pour venir le féliciter, le remercier, comme s'il avait été le maître de maison, ne songea pas à leur demander de dire quelques mots à Mme Verdurin. Seule la Reine de Naples, en qui vivait le même noble sang qu'en ses sœurs l'Impératrice Élisabeth et la Duchesse d'Alençon, se mit à causer avec Mme Verdurin comme si elle était venue pour le plaisir de la voir plus que pour la musique et que pour M. de Charlus, fit mille déclarations à la patronne, ne tarit pas sur l'envie qu'elle avait depuis si longtemps de faire sa connaissance, la complimenta sur sa maison et lui parla des sujets les plus divers comme si elle était en visite. Elle eût tant voulu amener sa nièce Élisabeth, disait-elle (celle qui devait peu après épouser le Prince Albert de Beglique) et qui regretterait tant. Elle se tut en voyant les musiciens s'installer sur l'estrade et se fit montrer Morel. Elle ne devait guère se faire d'illusion sur les motifs qui portaient M. de Charlus à vouloir qu'on entourât le jeune virtuose de tant de gloire. Mais sa vieille sagesse de souveraine en qui coulait un des sangs les plus nobles de l'histoire, les plus riches d'expérience, de scepticisme et d'orgueil, lui faisait seulement considérer les tares inévitables des gens qu'elle aimait le mieux comme son cousin Charlus (fils comme elle d'une duchesse de Bavière) comme des infortunes qui leur rendaient plus précieux l'appui qu'ils pouvaient trouver en elle et faisaient en conséquence qu'elle avait plus de plaisir encore à le leur fournir. Elle savait que M. de Charlus serait doublement touché qu'elle se fût dérangée en pareille circonstance. Seulement, aussi bonne qu'elle s'était jadis montrée brave, cette femme héroïque qui, reine-soldat, avait fait elle-même le coup de feu sur les remparts de Gaète, toujours prête à aller chevaleresquement du côté des faibles, voyant Mme Verdurin seule et délaissée et qui ignorait d'ailleurs qu'elle n'eût pas dû quitter la Reine, avait cherché à feindre que pour elle, Reine de Naples, le centre de cette soirée, le point attractif qui l'avait fait venir c'était Mme Verdurin. Elle s'excusa sur ce qu'elle ne pourrait pas rester jusqu'à la fin, devant, quoiqu'elle ne sortît jamais, aller à une autre soirée, et demandant que surtout, quand elle s'en irait, on ne se dérangeât pas pour elle, tenant ainsi Mme Verdurin quitte d'honneurs que celle-ci ne savait du reste pas qu'on avait à lui rendre.

Il faut rendre pourtant cette justice à M. de Charlus que s'il oublia entièrement Mme Verdurin et la laissa oublier, jusqu'au scandale, par les gens « de son monde » à lui qu'il avait invités, il comprit, en revanche, qu'il ne devait pas laisser ceux-ci garder, en face de la « manifestation musicale »

61

elle-même, les mauvaises façons dont ils usaient
à l'égard de la Patronne. Morel était déjà monté
sur l'estrade, les artistes se groupaient, que l'on
entendait encore des conversations, voire des rires,
des « il paraît qu'il faut être initié pour comprendre ».
Aussitôt M. de Charlus, redressant sa taille en arrière,
comme entré dans un autre corps que celui que
j'avais vu, tout à l'heure, arriver en traînaillant
chez Mme Verdurin, prit une expression de prophète
et regarda l'assemblée avec un sérieux qui signifiait
que ce n'était pas le moment de rire, et dont on vit
rougir brusquement le visage de plus d'une invitée
prise en faute, comme une élève par son professeur
en pleine classe. Pour moi l'attitude, si noble d'ailleurs, de M. de Charlus avait quelque chose de comique ; car tantôt il foudroyait ses invités de regards
enflammés, tantôt, afin de leur indiquer comme un
vade mecum le religieux silence qu'il convenait
d'observer, le détachement de toute préoccupation
mondaine, il présentait lui-même, élevant vers son
beau front ses mains gantées de blanc, un modèle
(auquel on devait se conformer) de gravité, presque
déjà d'extase, sans répondre aux saluts de retarda-
taires assez indécents pour ne pas comprendre que
l'heure était maintenant au Grand Art. Tous
furent hypnotisés ; on n'osa plus proférer un
son, bouger une chaise ; le respect pour la musique
— de par le prestige de Palamède — avait été
subitement inculqué à une foule aussi mal élevée
qu'élégante.

En voyant se ranger sur la petite estrade non pas
seulement Morel et un pianiste, mais d'autres ins-
trumentistes, je crus qu'on commençait par des
œuvres d'autres musiciens que Vinteuil. Car je

croyais qu'on ne possédait de lui que sa sonate pour piano et violon.

Mᵐᵉ Verdurin s'assit à part, les hémisphères de son front blanc et légèrement rosé, magnifiquement bombés, les cheveux écartés, moitié en imitation d'un portrait du xviiiᵉ siècle, moitié par besoin de fraîcheur d'une fiévreuse qu'une pudeur empêche de dire son état, isolée, divinité qui présidait aux solennités musicales, déesse du wagnérisme et de la migraine, sorte de Norne presque tragique, évoquée par le génie au milieu de ces ennuyeux, devant qui elle allait dédaigner plus encore que de coutume d'exprimer des impressions en entendant une musique qu'elle connaissait mieux qu'eux. Le concert commença, je ne connaissais pas ce qu'on jouait, je me trouvais en pays inconnu. Où le situer ? Dans l'œuvre de quel auteur étais-je ? J'aurais bien voulu le savoir et, n'ayant près de moi personne à qui le demander, j'aurais bien voulu être un personnage de ces Mille et une Nuits que je relisais sans cesse et où dans les moments d'incertitude, surgit soudain un génie ou une adolescente d'une ravissante beauté, invisible pour les autres, mais non pour le héros embarrassé à qui elle révèle exactement ce qu'il désire savoir. Or à ce moment je fus précisément favorisé d'une telle apparition magique. Comme, dans un pays qu'on ne croit pas connaître et qu'en effet on a abordé par un côté nouveau, lorsqu'après avoir tourné un chemin, on se trouve tout d'un coup déboucher dans un autre dont les moindres coins vous sont familiers, mais seulement où on n'avait pas l'habitude d'arriver par là, on se dit tout d'un coup : « mais c'est le petit chemin qui mène à la petite porte du jardin de mes amis X... ; je suis

63

à deux minutes de chez eux » ; et leur fille est en effet là qui est venue vous dire bonjour au passage ; ainsi tout d'un coup, je me reconnus au milieu de cette musique nouvelle pour moi, en pleine sonate de Vinteuil ; et plus merveilleuse qu'une adolescente, la petite phrase, enveloppée, harnachée d'argent, toute ruisselante de sonorités brillantes, légères et douces comme des écharpes, vint à moi, reconnaissable sous ces parures nouvelles. Ma joie de l'avoir retrouvée s'accroissait de l'accent si amicalement connu qu'elle prenait pour s'adresser à moi, si persuasif, si simple, non sans laisser éclater pourtant cette beauté chatoyante dont elle resplendissait. La signification d'ailleurs n'était cette fois que de me montrer le chemin, et qui n'était pas celui de la sonate, car c'était une œuvre inédite de Vinteuil où il s'était seulement amusé, par une allusion que justifiait à cet endroit un mot du programme qu'on aurait dû avoir en même temps sous les yeux, à faire apparaître un instant la petite phrase. A peine rappelée ainsi, elle disparut et je me retrouvai dans un monde inconnu, mais je savais maintenant, et tout ne cessa plus de me confirmer, que ce monde était un de ceux que je n'avais même pu concevoir que Vinteuil eût créés, car quand, fatigué de la sonate qui était un univers épuisé pour moi, j'essayais d'en imaginer d'autres aussi beaux mais différents, je faisais seulement comme ces poètes qui remplissent leur prétendu paradis, de prairies, de fleurs, de rivières, qui font double emploi avec celles de la Terre. Ce qui était devant moi me faisait éprouver autant de joie qu'aurait fait la sonate si je ne l'avais pas connue, par conséquent, en étant aussi beau, était autre. Tandis que la

64

sonate s'ouvrait sur une aube liliale et champêtre, divisant sa candeur légère pour se suspendre à l'emmêlement léger et pourtant consistant d'un berceau rustique de chèvrefeuilles sur des géraniums blancs, c'était sur des surfaces unies et planes comme celles de la mer que, par un matin d'orage déjà tout empourpré, commençait au milieu d'un aigre silence, dans un vide infini, l'œuvre nouvelle, et c'est dans un rose d'aurore que, pour se construire progressivement devant moi, cet univers inconnu était tiré du silence et de la nuit. Ce rouge si nouveau, si absent de la tendre, champêtre et candide sonate, teignait tout le ciel, comme l'aurore, d'un espoir mystérieux. Et un chant perçait déjà l'air, chant de sept notes, mais le plus inconnu, le plus différent de tout ce que j'eusse jamais imaginé, de tout ce que j'eusse jamais pu imaginer, à la fois ineffable et criard, non plus un roucoulement de colombe comme dans la sonate, mais déchirant l'air, aussi vif que la nuance écarlate dans laquelle le début était noyé, quelque chose comme un mystique chant du coq, un appel ineffable mais suraigu, de l'éternel matin. L'atmosphère froide, lavée de pluie, électrique — d'une qualité si différente, à des pressions tout autres, dans un monde si éloigné de celui, virginal et meublé de végétaux, de la sonate — changeait à tout instant, effaçant la promesse empourprée de l'Aurore. A midi pourtant, dans un ensoleillement brûlant et passager, elle semblait s'accomplir en un bonheur lourd, villageois et presque rustique, où la titubation de cloches rententissantes et déchaînées (pareilles à celles qui incendiaient de chaleur la place de l'église à Combray, et que Vinteuil, qui avait dû souvent les entendre, avait peut-être trouvées à ce moment-là

dans sa mémoire comme une couleur qu'on a à portée
de sa main sur une palette) semblait matérialiser
la plus épaisse joie. A vrai dire, esthétiquement,
ce motif de joie ne me plaisait pas, je le trouvais
presque laid, le rythme s'en traînait si péniblement
à terre qu'on aurait pu en imiter presque tout l'es-
sentiel, rien qu'avec des bruits, en frappant d'une
certaine manière des baguettes sur une table. Il me
semblait que Vinteuil avait manqué là d'inspiration
et en conséquence je manquai aussi là un peu de
force d'attention.

Je regardai la Patronne dont l'immobilité farou-
che semblait protester contre les battements de
mesure exécutés par les têtes ignorantes des dames
du Faubourg. Mme Verdurin ne disait pas : « Vous
comprenez que je la connais un peu cette musique,
et un peu encore ! S'il me fallait exprimer tout
ce que je ressens, vous n'en auriez pas fini ! » Elle
ne le disait pas. Mais sa taille droite et immobile, ses yeux sans expression, ses mèches fuyantes,
le disaient pour elle. Ils disaient aussi son courage, que les musiciens pouvaient y aller, ne pas
ménager ses nerfs, qu'elle ne flancherait pas à l'andante, qu'elle ne crierait pas à l'allégro. Je regardai les musiciens. Le violoncelliste dominait l'instrument qu'il serrait entre ses genoux, inclinant
sa tête à laquelle des traits vulgaires donnaient,
dans les instants de maniérisme, une expression
involontaire de dégoût ; il se penchait sur sa contre-
basse, la palpait avec la même patience domestique
que s'il eût épluché un chou, tandis que près de lui
la harpiste (encore enfant) en jupe courte, dépassée
de tous côtés par les rayons du quadrilatère d'or
pareil à ceux qui, dans la chambre magique d'une

66

sybille, figureraient arbitrairement l'éther selon les formes consacrées, semblait aller y chercher, çà et là, au point exigé, un son délicieux, de la même manière que, petite déesse allégorique, dressée devant le treillage d'or de la voûte céleste, elle y aurait cueilli une à une, des étoiles. Quant à Morel une mèche jusque-là invisible et confondue dans sa chevelure venait de se détacher et de faire boucle sur son front. Je tournai imperceptiblement la tête vers le public pour me rendre compte de ce que M. de Charlus avait l'air de penser de cette mèche. Mais mes yeux ne rencontrèrent que le visage, ou plutôt que les mains de Mme Verdurin, car celui-là était entièrement enfoui dans celles-ci.

Mais bien vite, le motif triomphant des cloches ayant été chassé, dispersé par d'autres, je fus repris par cette musique ; et je me rendais compte que si, au sein de ce septuor, des éléments différents s'exposaient tour à tour pour se combiner à la fin, de même, la sonate de Vinteuil et, comme je le sus plus tard, ses autres œuvres n'avaient toutes été, par rapport à ce septuor, que de timides essais, délicieux mais bien frêles, auprès du chef-d'œuvre triomphal et complet qui m'était en ce moment révélé. Et de même encore, je ne pouvais m'empêcher, par comparaison, de me rappeler que j'avais pensé aux autres mondes qu'avait pu créer Vinteuil comme à des univers aussi complètement clos qu'avait été chacun de mes amours ; mais en réalité je devais bien m'avouer qu'au sein de mon dernier amour — celui pour Albertine — mes premières velléités de l'aimer, (à Balbec tout au début, puis après la partie de furet, puis la nuit où elle avait couché à l'hôtel, puis à Paris le dimanche de brume, puis le soir de la fête Guermantes, puis de nouveau à Balbec, et enfin à Paris où ma vie était étroitement unie à la sienne) n'avaient été que des appels ; de même, si je considérais maintenant, non plus mon amour pour Albertine, mais toute ma vie, mes autres amours eux aussi n'y avaient été que de minces et timides essais, des appels, qui préparaient ce plus vaste amour : l'amour pour Albertine. Et je cessai de suivre la musique, pour me redemander si Albertine avait vu oui ou non Mlle Vinteuil ces jours-ci, comme on interroge de nouveau une souffrance interne, que la distraction vous a fait un moment oublier. Car c'est en moi que se passaient les actions possibles d'Albertine. De tous les êtres que nous connaissons, nous possédons un double, mais habituellement situé à l'horizon de notre imagination, de notre mémoire ; il nous reste relativement extérieur, et ce qu'il a fait ou pu faire ne comporte pas plus pour nous d'élément douloureux qu'un objet placé à quelque distance, et qui ne nous procure que les sensations indolores de la vue. Ce qui affecte ces êtres-là, nous le percevons d'une façon contemplative, nous pouvons le déplorer en termes appropriés qui donnent aux autres l'idée de notre bon cœur, nous ne le ressentons pas ; mais depuis ma blessure de Balbec, c'était dans mon cœur, à une grande profondeur, difficile à extraire, qu'était le double d'Albertine. Ce que je voyais d'elle me lésait comme un malade dont les sens seraient si fâcheusement transposés que la vue d'une couleur serait intérieurement éprouvée par lui comme une incision en pleine chair. Heureusement que je n'avais pas cédé à la tentation de rompre encore avec Albertine ; cet ennui d'avoir à la retrouver tout à l'heure,

quand je rentrerais, était bien peu de chose auprès
de l'anxiété que j'aurais eue si la séparation s'était
effectuée à ce moment où j'avais un doute sur elle
avant qu'elle eût eu le temps de me devenir indifférente. Au moment où je me la représentais ainsi
m'attendant à la maison, comme une femme bien-
aimée trouvant le temps long, s'étant peut-être
endormie un instant dans sa chambre, je fus caressé
au passage par une tendre phrase familiale et domestique du septuor. Peut-être — tant tout s'entrecroise
et se superpose dans notre vie intérieure — avait-elle
été inspirée à Vinteuil par le sommeil de sa fille —
de sa fille, cause aujourd'hui de tous mes troubles —
quand il enveloppait de sa douceur, dans les paisibles
soirées, le travail du musicien, cette phrase qui me
calma tant, par le même moelleux arrière-plan de
silence qui pacifie certaines rêveries de Schumann,
durant lesquelles, même quand « le Poète parle »,
on devine que « l'enfant dort ». Endormie, éveillée,
je la retrouverais ce soir, quand il me plairait de
rentrer, Albertine, ma petite enfant. Et pourtant,
me dis-je, quelque chose de plus mystérieux que
l'amour d'Albertine semblait promis au début de
cette œuvre, dans ces premiers cris d'aurore. J'es-
sayai de chasser la pensée de mon amie pour ne plus
songer qu'au musicien. Aussi bien semblait-il être là.
On aurait dit que réincarné, l'auteur vivait à jamais
dans sa musique ; on sentait la joie avec laquelle il
choisissait la couleur de tel timbre, l'assortissait
aux autres. Car à des dons plus profonds, Vinteuil
joignait celui que peu de musiciens, et même peu
de peintres ont possédé, d'user de couleurs non seulement si stables mais si personnelles que pas plus
que le temps n'altère leur fraîcheur, les élèves qui

imitent celui qui les a trouvées, et les maîtres mêmes qui le dépassent, ne font pâlir leur originalité. La révolution que leur apparition a accomplie ne voit pas ses résultats s'assimiler anonymement aux époques suivantes ; elle se déchaîne, elle éclate à nouveau, et seulement, quand on rejoue les œuvres du novateur à perpétuité. Chaque timbre se soulignait d'une couleur que toutes les règles du monde apprises par les musiciens les plus savants ne pourraient pas imiter, en sorte que Vinteuil, quoique venu à son heure et fixé à son rang dans l'évolution musicale, le quitterait toujours pour venir prendre la tête dès qu'on jouerait une de ses productions, qui devrait de paraître éclose après celle de musiciens plus récents, à ce caractère en apparence contradictoire et en effet trompeur, de durable nouveauté. Une page symphonique de Vinteuil, connue déjà au piano et qu'on entendait à l'orchestre, comme un rayon de jour d'été que le prisme de la fenêtre décompose avant son entrée dans une salle à manger obscure, dévoilait comme un trésor insoupçonné et multicolore toutes les pierreries des mille et une nuits. Mais comment comparer à cet immobile éblouissement de la lumière, ce qui était vie, mouvement perpétuel et heureux ? Ce Vinteuil, que j'avais connu si timide et si triste, avait, quand il fallait choisir un timbre, lui en unir un autre, des audaces, et, dans tout le sens du mot, un bonheur sur lequel l'audition d'une œuvre de lui ne laissait aucun doute. La joie que lui avaient causée telles sonorités, les forces accrues qu'elle lui avait données pour en découvrir d'autres, menaient encore l'auditeur de trouvaille en trouvaille, ou plutôt c'était le créateur qui le conduisait lui-même, puisant dans

70

les couleurs qu'il venait de trouver une joie éperdue qui lui donnait la puissance de découvrir, de se jeter sur celles qu'elles semblaient appeler, ravi, tressaillant, comme au choc d'une étincelle, quand le sublime naissait de lui-même de la rencontre des cuivres, haletant, grisé, affolé, vertigineux, tandis qu'il peignait sa grande fresque musicale, comme Michel-Ange attaché à son échelle et lançant, la tête en bas, de tumultueux coups de brosse au plafond de la chapelle Sixtine. Vinteuil était mort depuis nombre d'années ; mais au milieu de ces instruments qu'il avait animés, il lui avait été donné de poursuivre, pour un temps illimité, une part au moins de sa vie. De sa vie d'homme seulement ? Si l'art n'était vraiment qu'un prolongement de la vie, valait-il de lui rien sacrifier, n'était-il pas aussi irréel qu'elle-même ? A mieux écouter ce septuor, je ne le pouvais pas penser. Sans doute le rougeoyant septuor différait singulièrement de la blanche sonate ; là timide interrogation à laquelle répondait la petite phrase, de la supplication haletante pour trouver l'accomplissement de l'étrange promesse qui avait retenti, si aigre, si surnaturelle, si brève, faisant vibrer la rougeur encore inerte du ciel matinal, au-dessus de la mer. Et pourtant ces phrases si différentes étaient faites des mêmes éléments, car de même qu'il y avait un certain univers, perceptible pour nous en ces parcelles dispersées çà et là, dans telles demeures, dans tels musées, et qui étaient l'univers d'Elstir, celui qu'il voyait, celui où il vivait, de même la musique de Vinteuil étendait, notes par notes, touches par touches, les colorations inconnues d'un univers inestimable, insoupçonné, fragmenté par les lacunes que laissaient entre elles les auditions de son œuvre ;

71

ces deux interrogations si dissemblables qui commandaient les mouvements si différents de la sonate et du septuor, l'une brisant en courts appels une ligne continue et pure, l'autre ressoudant en une armature indivisible des fragments épars, c'était pourtant, l'une si calme et timide, presque détachée et comme philosophique, l'autre si pressante, anxieuse, implorante, c'était pourtant une même prière, jaillie devant différents levers de soleil intérieurs et seulement réfractée à travers les milieux différents de pensées autres, de recherches d'art en progrès au cours d'années où il avait voulu créer quelque chose de nouveau. Prière, espérance qui était au fond la même, reconnaissable sous ces déguisements dans les diverses œuvres de Vinteuil, et d'autre part qu'on ne trouvait que dans les œuvres de Vinteuil. Ces phrases-là, les musicographes pourraient bien trouver leur apparentement, leur généalogie, dans les œuvres d'autres grands musiciens, mais seulement pour des raisons accessoires, des ressemblances extérieures, des analogies plutôt ingénieusement trouvées par le raisonnement que senties par l'impression directe. Celle que donnaient ces phrases de Vinteuil était différente de toute autre, comme si, en dépit des conclusions qui semblent se dégager de la science, l'individuel existait. Et c'était justement quand il cherchait puissamment à être nouveau, qu'on reconnaissait sous les différences apparentes, les similitudes profondes, et les ressemblances voulues qu'il y avait au sein d'une œuvre, quand Vinteuil reprenait à diverses reprises une même phrase, la diversifiait, s'amusait à changer son rythme, à la faire reparaître sous sa forme première, ces ressemblances-là voulues, œuvre de l'intelligence, forcé-

72

ment superficielles, n'arrivaient jamais à être aussi frappantes que ces ressemblances, dissimulées, involontaires, qui éclataient sous des couleurs différentes, entre les deux chefs-d'œuvre distincts ; car alors Vinteuil, cherchant à être nouveau, s'interrogeait lui-même, de toute la puissance de son effort créateur, atteignait sa propre essence à ces profondeurs où, quelque question qu'on lui pose, c'est du même accent, le sien propre, qu'elle répond. Un tel accent, cet accent de Vinteuil, est séparé de l'accent des autres musiciens, par une différence bien plus grande que celle que nous percevons entre la voix de deux personnes, même entre le beuglement et le cri de deux espèces animales : par la différence même qu'il y a entre la pensée de ces autres musiciens et les éternelles investigations de Vinteuil, la question qu'il se posait sous tant de formes, son habituelle spéculation, mais aussi débarrassée de formes analytiques du raisonnement que si elle s'exerçait dans le monde des anges, de sorte que nous pouvons en mesurer la profondeur, mais sans plus la traduire en langage humain que ne le peuvent les esprits désincarnés quand, évoqués par un médium, celui-ci les interroge sur les secrets de la mort. Et même en tenant compte de cette originalité acquise qui m'avait frappé dès l'après-midi, de cette parenté que les musicographes pourraient trouver entre eux, c'est bien un accent unique auquel s'élèvent, auquel reviennent malgré eux ces grands chanteurs que sont les musiciens originaux, et qui est une preuve de l'existence irréductiblement individuelle de l'âme. Que Vinteuil essayât de faire plus solennel, plus grand, ou de faire plus vif et plus gai, de faire ce qu'il apercevait se réflétant en beau

73

dans l'esprit du public, Vinteuil, malgré lui, submer-
geait tout cela sous une lame de fond qui rend son
chant éternel et aussitôt reconnu. Ce chant différent
de celui des autres, semblable à tous les siens, où
Vinteuil l'avait-il appris, entendu ? Chaque artiste
semble ainsi comme le citoyen d'une patrie inconnue,
oubliée de lui-même, différente de celle d'où viendra,
appareillant pour la terre, un autre grand artiste.
Tout au plus, de cette patrie, Vinteuil dans ses dernières œuvres semblait s'être rapproché. L'atmosphère n'y était plus la même que dans la sonate, les
phrases interrogatives s'y faisaient plus pressantes,
plus inquiètes, les réponses plus mystérieuses ; l'air
délavé du matin et du soir semblait y influencer
jusqu'aux cordes des instruments. Morel avait beau
jouer merveilleusement, les sons que rendait son
violon me parurent singulièrement perçants, presque
criards. Cette âcreté plaisait et, comme dans certaines voix, on y sentait une sorte de qualité morale
et de supériorité intellectuelle. Mais cela pouvait
choquer. Quand la vision de l'univers se modifie,
s'épure, devient plus adéquate au souvenir de la
patrie intérieure, il est bien naturel que cela se
traduise par une altération générale des sonorités
chez le musicien, comme de la couleur chez le peintre.
Au reste le public le plus intelligent ne s'y trompe
pas puisque l'on déclara plus tard les dernières
œuvres de Vinteuil les plus profondes. Or aucun
programme, aucun sujet n'apportait un élément
intellectuel de jugement. On devinait donc qu'il
s'agissait d'une transposition dans l'ordre sonore,
de la profondeur.

Cette patrie perdue, les musiciens ne se la rap-
pellent pas, mais chacun d'eux reste toujours in-

consciemment accordé en un certain unisson avec
elle ; il délire de joie quand il chante selon sa patrie,
la trahit parfois par amour de la gloire, mais alors
en cherchant la gloire il la fuit, et ce n'est qu'en la
dédaignant qu'il la trouve quand il entonne, quel
que soit le sujet qu'il traite, ce chant singulier dont
la monotonie — car quel que soit le sujet traité,
il reste identique à soi-même — prouve la fixité
des éléments composants de son âme. Mais alors
n'est-ce pas que de ces éléments, tout le résidu
réel que nous sommes obligés de garder pour nous-
mêmes, que la causerie ne peut transmettre même
de l'ami à l'ami, du maître au disciple, de l'amant
à la maîtresse, cet ineffable qui différencie qualita-
tivement ce que chacun a senti et qu'il est obligé
de laisser au seuil des phrases où il ne peut communi-
quer avec autrui qu'en se limitant à des points
extérieurs communs à tous et sans intérêt, l'art,
l'art d'un Vinteuil comme celui d'un Elstir, le fait
apparaître, extériorisant dans les couleurs du spectre
la composition intime de ces mondes que nous appelons les individus et que sans l'art nous ne connaî-
trions jamais ? Des ailes, un autre appareil respira-
toire, et qui nous permissent de traverser l'immensité,
ne nous serviraient à rien, car, si nous allions dans
Mars et dans Vénus en gardant les mêmes sens, ils
revêtiraient du même aspect que les choses de la
Terre tout ce que nous pourrions voir. Le seul véritable voyage, le seul bain de Jouvence, ce ne serait
pas d'aller vers de nouveaux paysages, mais d'avoir
d'autres yeux, de voir l'univers avec les yeux d'un
autre, de cent autres, de voir les cent univers que chacun d'eux voit, que chacun d'eux est ; et cela, nous
le pouvons avec un Elstir, avec un Vinteuil ; avec

leurs pareils, nous volons vraiment d'étoiles en étoiles. L'andante venait de finir sur une phrase remplie d'une tendresse à laquelle je m'étais donné tout entier ; alors il y eut, avant le mouvement suivant, un instant de repos où les exécutants posèrent leurs instruments et les auditeurs échangèrent quelques impressions. Un Duc pour montrer qu'il s'y connaissait déclara : « C'est très difficile à bien jouer. » Des personnes plus agréables causèrent un moment avec moi. Mais qu'étaient leurs paroles, qui, comme toute parole humaine extérieure, me laissaient si indifférent, à côté de la céleste phrase musicale avec laquelle je venais de m'entretenir ? J'étais vraiment comme un ange qui, déchu des ivresses du Paradis, tombe dans la plus insignifiante réalité. Et de même que certains êtres sont les derniers témoins d'une forme de vie que la nature a abandonnée, je me demandais si la musique n'était pas l'exemple unique de ce qu'aurait pu être — s'il n'y avait pas eu l'invention du langage, la formation des mots, l'analyse des idées — la communication des âmes. Elle est comme une possibilité qui n'a pas eu de suites ; l'humanité s'est engagée en d'autres voies, celle du langage parlé et écrit. Mais ce retour à l'inanalysé était si enivrant, qu'au sortir de ce paradis, le contact des êtres plus ou moins intelligents me semblait d'une insignifiance extraordinaire. Les êtres, j'avais pu pendant la musique me souvenir d'eux, les mêler à elle ; ou plutôt à la musique je n'avais guère mêlé le souvenir que d'une seule personne, celui d'Albertine. Et la phrase qui finissait l'andante me semblait si sublime que je me disais qu'il était malheureux qu'Albertine ne sût pas, et, si elle avait su, n'eût pas compris quel honneur c'était pour elle d'être mêlée à quelque chose de si grand qui nous réunissait et dont elle avait semblé emprunter la voix pathétique. Mais, une fois la musique interrompue, les êtres qui étaient là semblaient trop fades. On passa quelques rafraîchissements. M. de Charlus interpellait de temps en temps un domestique : « Comment allez-vous ? Avez-vous reçu mon pneumatique ? Viendrez-vous ? » Sans doute il y avait dans ces interpellations la liberté du grand seigneur qui croit flatter et qui est plus peuple que le bourgeois, mais aussi la rouerie du coupable qui croit que ce dont on fait étalage est par cela même jugé innocent. Et il ajoutait, sur le ton Guermantes de Mme de Villeparisis : « C'est un brave petit, c'est une bonne nature, je l'emploie souvent chez moi. » Mais ses habiletés tournaient contre le Baron, car on trouvait extraordinaires ses amabilités si intimes et ses pneumatiques à des valets de pied. Ceux-ci en étaient d'ailleurs moins flattés que gênés, pour leurs camarades. Cependant le septuor qui avait recommencé avançait vers sa fin ; à plusieurs reprises telle ou telle phrase de la sonate revenait, mais chaque fois changée, sur un rythme, un accompagnement différents, la même et pourtant autre, comme renaissent les choses dans la vie ; et c'était une de ces phrases qui, sans qu'on puisse comprendre quelle affinité leur assigne comme demeure unique et nécessaire le passé d'un certain musicien, ne se trouvent que dans son œuvre, et apparaissent constamment dans celle-ci, dont elles sont les fées, les dryades, les divinités familières ; j'en avais d'abord distingué dans le septuor deux ou trois qui me rappelaient la sonate. Bientôt — baignée dans le brouillard violet

77

qui s'élevait surtout dans la dernière partie de l'œuvre de Vinteuil, si bien que, même quand il introduisait quelque part une danse, elle restait captive dans une opale — j'aperçus une autre phrase de la sonate, restant si lointaine encore que je la reconnaissais à peine ; hésitante, elle s'approcha, disparut comme effarouchée, puis revint, s'enlaça à d'autres, venues, comme je le sus plus tard, d'autres œuvres, en appela d'autres qui devenaient à leur tour attirantes et persuasives, aussitôt qu'elles étaient apprivoisées, et entraient dans la ronde, dans la ronde divine mais restée invisible pour la plupart des auditeurs, lesquels, n'ayant devant eux qu'un voile épais au travers duquel ils ne voyaient rien, ponctuaient arbitrairement d'exclamations admiratives un ennui continu dont ils pensaient mourir. Puis elles s'éloignèrent, sauf une que je vis repasser jusqu'à cinq et six fois, sans que je pusse apercevoir son visage, mais si caressante, si différente — comme sans doute la petite phrase de la sonate pour Swann — de ce qu'aucune femme m'avait jamais fait désirer, que cette phrase-là qui m'offrait d'une voix si douce, un bonheur qu'il eût vraiment valu la peine d'obtenir, c'est peut-être — cette créature invisible dont je ne connaissais pas le langage et que je comprenais si bien — la seule Inconnue qu'il m'ait été jamais donné de rencontrer. Puis cette phrase se défit, se transforma, comme faisait la petite phrase de la sonate, et devint le mystérieux appel du début. Une phrase d'un caractère douloureux s'opposa à lui, mais si profonde, si vague, si interne, presque si organique et viscérale qu'on ne savait pas à chacune de ses reprises, si c'était celles d'un thème ou d'une névralgie. Bientôt les deux

78

motifs luttèrent ensemble dans un corps à corps
où parfois l'un disparaissait entièrement, où ensuite
on n'apercevait plus qu'un morceau de l'autre.
Corps à corps d'énergies seulement, à vrai dire ; car
si ces êtres s'affrontaient, c'était débarrassés de
leur corps physique, de leur apparence, de leur nom,
et trouvant chez moi un spectateur intérieur,
insoucieux lui aussi des noms et du particulier,
pour s'intéresser à leur combat immatériel et dyna-
mique et en suivre avec passion les péripéties sonores. Enfin le motif joyeux resta triomphant ;
ce n'était plus un appel presque inquiet lancé derrière un ciel vide, c'était une joie ineffable qui semblait venir du Paradis, une joie aussi différente
de celle de la sonate que d'un ange doux et grave
de Bellini, jouant du théorbe, pourrait être, vêtu
d'une robe d'écarlate, quelque archange de Mante-
gna sonnant dans un buccin. Je savais bien que cette
nuance nouvelle de la joie, cet appel vers une joie
supra-terrestre, je ne l'oublierais jamais. Mais serait-
elle jamais réalisable pour moi ? Cette question me
paraissait d'autant plus importante que cette phrase
était ce qui aurait pu le mieux caractériser — comme
tranchant avec tout le reste de ma vie, avec le monde
visible — ces impressions qu'à des intervalles éloi-
gnés je retrouvais dans ma vie comme les points
de repère, les amorces, pour la construction d'une
vie véritable : l'impression éprouvée devant les
clochers de Martinville, devant une rangée d'arbres
près de Balbec. En tout cas pour en revenir à l'accent particulier de cette phrase, comme il était singulier que le pressentiment le plus différent de ce
qu'assigne la vie terre à terre, l'approximation la
plus hardie des allégresses de l'au delà se fût juste-

ment matérialisée dans le triste petit bourgeois bienséant que nous rencontrions au mois de Marie à Combray ; mais surtout comment se faisait-il que cette révélation, la plus étrange que j'eusse encore reçue, d'un type inconnu de joie, j'eusse pu la recevoir de lui, puisque, disait-on, quand il était mort, il n'avait laissé que sa sonate, que le reste demeurait inexistant en d'indéchiffrables notations. Indéchiffrables, mais qui pourtant avaient fini par être déchiffrées, à force de patience, d'intelligence et de respect, par la seule personne qui avait assez vécu auprès de Vinteuil pour bien connaître sa manière de travailler, pour deviner ses indications d'orchestre : l'amie de Mlle Vinteuil. Du vivant même du grand musicien, elle avait appris de la fille le culte que celle-ci avait pour son père. C'est à cause de ce culte que dans ces moments où l'on va à l'opposé de ses inclinations véritables, les deux jeunes filles avaient pu trouver un plaisir dément aux profanations qui ont été racontées. (L'adoration pour son père était la condition même du sacrilège de sa fille. Et sans doute la volupté de ce sacrilège elles eussent dû se la refuser, mais celle-ci ne les exprimait pas tout entières.) Et d'ailleurs elles étaient allées se raréfiant jusqu'à disparaître tout à fait au fur et à mesure que les relations charnelles et maladives, ce trouble et fumeux embrasement, avait fait place à la flamme d'une amitié haute et pure. L'amie de Mlle Vinteuil était quelquefois traversée par l'importune pensée qu'elle avait peut-être précipité la mort de Vinteuil. Du moins en passant des années à débrouiller le grimoire laissé par Vinteuil, en établissant la lecture certaine de ces hiéroglyphes inconnus, l'amie de Mlle Vinteuil

80

eut la consolation d'assurer au musicien dont elle avait assombri les dernières années, une gloire immortelle et compensatrice. De relations qui ne sont pas consacrées par les lois découlent des liens de parenté aussi multiples, aussi complexes, plus solides seulement, que ceux qui naissent du mariage. Sans même s'arrêter à des relations d'une nature aussi particulière, ne voyons-nous pas tous les jours que l'adultère, quand il est fondé sur l'amour véritable, n'ébranle pas le sentiment de famille, les devoirs de parenté, mais les revivifie. L'adultère introduit l'esprit dans la lettre que bien souvent le mariage eût laissée morte. Une bonne fille qui portera par simple convenance le deuil du second mari de sa mère n'aura pas assez de larmes pour pleurer l'homme que sa mère avait entre tous choisi comme amant. Du reste Mlle Vinteuil n'avait agi que par sadisme, ce qui ne l'excusait pas, mais j'eus plus tard une certaine douceur à le penser. Elle devait bien se rendre compte, me disais-je, au moment où elle profanait avec son amie la photographie de son père, que tout cela n'était que maladif, de la folie, et pas la vraie et joyeuse méchanceté qu'elle aurait voulu. Cette idée que c'était une simulation de méchanceté seulement gâtait son plaisir. Mais si cette idée a pu lui revenir plus tard, comme elle avait gâté son plaisir, elle a dû diminuer sa souffrance. « Ce n'était pas moi, dut-elle se dire, j'étais aliénée. Moi, je veux encore prier pour mon père, ne pas désespérer de sa bonté. » Seulement il est possible que cette idée, qui s'était certainement présentée à elle dans le plaisir, ne se soit pas présentée à elle dans la souffrance. J'aurais voulu pouvoir la mettre dans son esprit. Je suis sûr

81

que je lui aurais fait du bien et que j'aurais pu réta-
blir entre elle et le souvenir de son père une communication assez douce.

Comme dans les illisibles carnets où un chimiste
de génie, qui ne sait pas la mort si proche, note des
découvertes qui resteront peut-être à jamais igno-
rées, l'amie de Mlle Vinteuil avait dégagé, de papiers
plus illisibles que des papyrus, ponctués d'écriture
cunéiforme, la formule éternellement vraie, à jamais
féconde, de cette joie inconnue, l'espérance mystique de l'Ange écarlate du matin. Et moi pour qui,
moins pourtant que pour Vinteuil peut-être, elle
avait été aussi, elle venait d'être ce soir même encore,
en réveillant à nouveau ma jalousie d'Albertine,
elle devait surtout dans l'avenir être cause de tant
de souffrances, c'était grâce à elle, par compensation, qu'avait pu venir jusqu'à moi l'étrange appel
que je ne cesserais plus jamais d'entendre, comme
la promesse et la preuve qu'il existait autre chose,
réalisable par l'art sans doute, que le néant que
j'avais trouvé dans tous les plaisirs et dans l'amour
même, et que si ma vie me semblait si vaine, du
moins n'avait-elle pas tout accompli.

Ce qu'elle avait permis, grâce à son labeur, qu'on
connût de Vinteuil, c'était à vrai dire toute l'œuvre
de Vinteuil. A côté de ce Septuor, certaines phrases
de la sonate que seules le public connaissait, apparais-
saient comme tellement banales qu'on ne pouvait
pas comprendre comment elles avaient pu exciter
tant d'admiration. C'est ainsi que nous sommes
surpris que pendant des années, des morceaux aussi
insignifiants que la Romance à l'Étoile, la Prière
d'Élisabeth aient pu soulever au concert des amateurs
fanatiques qui s'exténuaient à applaudir et à crier

82

bis quand venait de finir ce qui pourtant n'est que fade pauvreté pour nous qui connaissons Tristan, l'Or du Rhin, les Maîtres Chanteurs. Il faut supposer que ces mélodies sans caractère contenaient déjà cependant en quantités infinitésimales, et par cela même, peut-être plus assimilables, quelque chose de l'originalité des chefs-d'œuvre qui rétrospectivement comptent seuls pour nous, mais que leur perfection même eût peut-être empêchés d'être compris ; elles ont pu leur préparer le chemin dans les cœurs. Toujours est-il que si elles donnaient un pressentiment confus des beautés futures, elles laissaient celles-ci dans un inconnu complet. Il en était de même pour Vinteuil ; si en mourant il n'avait laissé — en exceptant certaines parties de la sonate — que ce qu'il avait pu terminer, ce qu'on eût connu de lui eût été, auprès de sa grandeur véritable, aussi peu de chose que pour Victor Hugo par exemple, s'il était mort après le *Pas d'Armes du roi Jean*, la *Fiancée du Timbalier* et *Sarah la baigneuse*, sans avoir rien écrit de la *Légende des siècles* et des *Contemplations* : ce qui est pour nous son œuvre véritable fût resté purement virtuel, aussi inconnu que ces univers jusqu'auxquels notre perception n'atteint pas, dont nous n'aurons jamais une idée.

Au reste le contraste apparent, cette union profonde entre le génie (le talent aussi et même la vertu) et la gaine de vices, où, comme il était arrivé pour Vinteuil, il est si fréquemment contenu, conservé, étaient lisibles, comme en une vulgaire allégorie, dans la réunion même des invités au milieu desquels je me retrouvai quand la musique fut finie. Cette réunion, bien que limitée cette fois au salon de Mme Verdurin, ressemblait à beaucoup d'autres, dont

83

le gros public ignore les ingrédients qui y entrent et que les journalistes philosophes, s'ils sont un peu informés, appellent parisiennes, ou panamistes, ou dreyfusardes, sans se douter qu'elles peuvent se voir aussi bien à Pétersbourg, à Berlin, à Madrid et dans tous les temps ; si en effet le sous-secrétaire d'État aux Beaux-Arts, homme véritablement artiste, bien élevé, et snob, quelques duchesses et trois ambassadeurs avec leurs femmes étaient ce soir chez Mme Verdurin, le motif proche, immédiat, de cette présence résidait dans les relations qui existaient entre M. de Charlus et Morel, relations qui faisaient désirer au Baron de donner le plus de retentissement possible aux succès artistiques de sa jeune idole, et d'obtenir pour lui la croix de la Légion d'honneur ; la cause plus lointaine qui avait rendu cette réunion possible, était qu'une jeune fille entretenant avec Mlle Vinteuil des relations parallèles à celles de Charlie et du Baron, avait mis au jour toute une série d'œuvres géniales et qui avaient été une telle révélation qu'une souscription n'allait pas tarder à être ouverte sous le patronage du Ministre de l'Instruction publique, en vue de faire élever une statue à Vinteuil. D'ailleurs à ces œuvres, tout autant que les relations de Mlle Vinteuil avec son amie, avaient été utiles celles du Baron avec Charlie, sorte de chemin de traverse, de raccourci, grâce auquel le monde allait rejoindre ces œuvres sans le détour, sinon d'une incompréhension qui persisterait longtemps, du moins d'une ignorance totale qui eût pu durer des années. Chaque fois que se produit un événement accessible à la vulgarité d'esprit du journaliste philosophe, c'est-à-dire généralement un événement politique, les journalistes philosophes sont persuadés qu'il y a quelque chose de changé en France, qu'on ne reverra plus de telles soirées, qu'on n'admirera plus Ibsen, Renan, Dostoiewski, d'Annunzio, Tolstoï, Wagner, Strauss. Car les journalistes philosophes tirent argument des dessous équivoques de ces manifestations officielles, pour trouver quelque chose de décadent à l'art qu'elles glorifient et qui bien souvent est le plus austère de tous. Mais il n'est pas de nom parmi les plus révérés de ces journalistes philosophes, qui n'ait tout naturellement donné lieu à de telles fêtes étranges, quoique l'étrangeté en fût moins flagrante et mieux cachée. Pour cette fête-ci, les éléments impurs qui s'y conjugaient me frappaient à un autre point de vue ; certes j'étais aussi à même que personne de les dissocier, ayant appris à les connaître séparément, mais surtout il arrivait que les uns, ceux qui se rattachaient à Mlle Vinteuil et son amie, me parlant de Combray, me parlaient aussi d'Albertine, c'est-à-dire de Balbec, puisque c'est parce que j'avais vu jadis Mlle Vinteuil à Montjouvain et que j'avais appris l'intimité de son amie avec Albertine, que j'allais tout à l'heure en rentrant chez moi, trouver au lieu de la solitude, Albertine qui m'attendait, et que les autres, ceux qui concernaient Morel et M. de Charlus en me parlant de Balbec, où j'avais vu, sur le quai de Doncières, se nouer leurs relations, me parlaient de Combray et de ses deux côtés, car M. de Charlus c'était un de ces Guermantes, comtes de Combray, habitant Combray sans y avoir de logis, entre ciel et terre, comme Gilbert le Mauvais dans son Vitrail : enfin Morel était le fils de ce vieux valet de chambre qui m'avait fait connaître la dame en rose et permis, tant d'années après, de reconnaître en elle Mme Swann.

85

M. de Charlus recommença au moment où, la musique finie, ses invités prirent congé de lui, la même erreur qu'à leur arrivée. Il ne leur demanda pas d'aller vers la Patronne, de l'associer elle et son mari à la reconnaissance qu'on lui témoignait. Ce fut un long défilé, mais un défilé devant le baron seul, et non même sans qu'il s'en rendît compte, car ainsi qu'il me le dit quelques minutes après : « La forme même de la manifestation artistique a revêtu ensuite un côté « sacristie » assez amusant. » On prolongeait même les remerciements par des propos différents qui permettaient de rester un instant de plus auprès du Baron, pendant que ceux qui ne l'avaient pas encore félicité de la réussite de sa fête, stagnaient, piétinaient. Plus d'un mari avait envie de s'en aller ; mais sa femme, snob bien que Duchesse, protestait : « Non, non, quand nous devrions attendre une heure, il ne faut pas partir sans avoir remercié Palamède qui s'est donné tant de peine. Il n'y a que lui qui puisse à l'heure actuelle donner des fêtes pareilles. » Personne n'eût plus pensé à se faire présenter à Mme Verdurin qu'à l'ouvreuse d'un théâtre où une grande dame a pour un soir amené toute l'aristocratie. « Étiez-vous hier chez Eliane de Montmorency, mon cousin ? demandait Mme de Mortemart, désireuse de prolonger l'entretien. » « Eh ! bien mon Dieu non ; j'aime bien Eliane, mais je ne comprends pas le sens de ses invitations. Je suis un peu bouché sans doute, ajoutait-il avec un large sourire épanoui, cependant que Mme de Mortemart sentait qu'elle allait avoir la primeur d'une de « Palamède » comme elle en avait souvent d' « Oriane ». « J'ai bien reçu il y a une quinzaine de jours une carte de l'agréable Eliane. Au-dessus du nom contesté de Mont-

morency il y avait cette aimable invitation : « Mon
cousin faites-moi la grâce de penser à moi Vendredi
prochain à 9 h. 1/2. » Au-dessous étaient écrits ces
deux mots moins gracieux : « Quatuor Tchèque ».
Ils me semblèrent inintelligible, sans plus de rapport
en tout cas avec la phrase précédente que ces lettres
au dos desquelles on voit que l'épistolier en avait
commencé une autre par les mots : « Cher ami », la
suite manquant, et n'a pas pris une autre feuille, soit
distraction, soit économie de papier. J'aime bien
Eliane : aussi je ne lui en voulus pas, je me contentai
de ne pas tenir compte des mots étranges et déplacés
de quatuor tchèque et comme je suis un homme
d'ordre je mis au-dessus de ma cheminée l'invitation
de penser à Madame de Montmorency le Vendredi à
9 h. 1/2. Bien que connu pour ma nature obéissante,
ponctuelle et douce, comme Buffon dit du chameau —
et le rire s'épanouit plus largement autour de M. de
Charlus qui savait qu'au contraire on le tenait pour
l'homme le plus difficile à vivre, — je fus en retard
de quelques minutes (le temps d'ôter mes vêtements
de jour), et sans en avoir trop de remords, pensant
que 9 h. 1/2 était mis pour 10, à dix heures tapant
dans une bonne robe de chambre, les pieds en d'épais
chaussons, je me mis au coin de mon feu à penser à
Eliane comme elle me l'avait demandé et avec une
intensité qui ne commença à décroître qu'à dix heures et demie. Dites-lui bien je vous prie que j'ai
strictement obéi à son audacieuse requête. Je pense
qu'elle sera contente. » Mme de Mortemart se pâma
de rire, et M. de Charlus tout ensemble. « Et demain,
ajouta-t-elle sans penser qu'elle avait dépassé et de
beaucoup le temps qu'on pouvait lui concéder, irez-
vous chez nos cousins La Rochefoucauld ? » « Oh !

cela, c'est impossible, ils m'ont convié comme vous, je le vois, à la chose la plus impossible à concevoir et a réaliser et qui s'appelle, si j'en crois la carte d'invitation : « Thé dansant ». Je passais pour fort adroit quand j'étais jeune, mais je doute que j'eusse pu sans manquer à la décence prendre mon thé en dansant. Or je n'ai jamais aimé manger ni boire d'une façon malpropre. Vous me direz qu'aujourd'hui je n'ai plus à danser. Mais même assis confortablement à boire du thé — de la qualité duquel d'ailleurs je me méfie puisqu'il s'intitule dansant — je craindrais que des invités plus jeunes que moi, et moins adroits peut-être que je n'étais à leur âge, renversassent sur mon habit leur tasse, ce qui interromprait pour moi le plaisir de vider la mienne. » Et M. de Charlus ne se contentait même pas d'omettre dans la conversation Mme Verdurin et de parler de sujets de toute sorte qu'il semblait avoir plaisir à développer et varier, pour le cruel plaisir qui avait toujours été le sien, de faire rester indéfiniment sur leurs jambes à « faire la queue » les amis qui attendaient avec une épuisante patience que leur tour fût venu ; il faisait même des critiques sur toute la partie de la soirée dont Mme Verdurin était responsable : « Mais, à propos de tasse, qu'est-ce que c'est que ces étranges demi-bols pareils à ceux où quand j'étais jeune homme on faisait venir des sorbets de chez Poiré Blanche. Quelqu'un m'a dit tout à l'heure que c'était pour du « café glacé ». Mais en fait de café glacé, je n'ai vu ni café ni glace. Quelles curieuses petites choses à destination mal définie. » Pour dire cela M. de Charlus avait placé verticalement sur sa bouche ses mains gantées de blanc et arrondi prudemment son regard désignateur comme s'il craignait d'être entendu et même vu des maîtres de maison. Mais ce n'était qu'une feinte, car dans quelques instants il allait dire les mêmes critiques à la Patronne elle-même, et un peu plus tard lui enjoindre insolemment : « Et surtout plus de tasses à café glacé ! Donnez-les à celle de vos amies dont vous désirez enlaidir la maison. Mais surtout qu'elle ne les mette pas dans le salon, car on pourrait s'oublier et croire qu'on s'est trompé de pièce puisque ce sont exactement des pots de chambre. » « Mais, mon cousin, disait l'invitée en baissant elle aussi la voix et en regardant d'un air interrogateur M. de Charlus, non par crainte de fâcher Mme Verdurin, mais de le fâcher lui, peut-être qu'elle ne sait pas encore tout très bien... » « On le lui apprendra. » « Oh ! riait l'invitée, elle ne peut pas trouver un meilleur professeur ! Elle a de la chance ! Avec vous on est sûr qu'il n'y aura pas de fausse note. » « En tout cas, il n'y en a pas eu dans la musique. » « Oh ! c'était sublime. Ce sont de ces joies qu'on n'oublie pas. A propos de ce violoniste de génie, continuait-elle, croyant, dans sa naïveté, que M. de Charlus s'intéressait au violon « en soi », en connaissez-vous un que j'ai entendu l'autre jour jouer merveilleusement une sonate de Fauré, il s'appelle Frank... » « Oui, c'est une horreur, répondait M. de Charlus sans se soucier de la grossièreté d'un démenti qui impliquait que sa cousine n'avait aucun goût. En fait de violoniste je vous conseille de vous en tenir au mien. » Les regards allaient recommencer à s'échanger entre M. de Charlus et sa cousine, à la fois baissés et épieurs, car rougissante et cherchant par son zèle à réparer sa gaffe, Mme de Mortemart allait proposer à M. de Charlus de donner une soirée pour faire entendre Morel. Or pour elle, cette soirée n'avait pas le but de mettre en lumière un talent, but qu'elle allait pourtant prétendre être le sien, et qui était réellement celui de M. de Charlus. Elle ne voyait là qu'une occasion de donner une soirée particulièrement élégante, et déjà calculait qui elle inviterait et qui elle laisserait de côté. Ce triage, préoccupation dominante des gens qui donnent des fêtes (ceux-là même que les journaux mondains ont le toupet ou la bêtise d'appeler « l'élite »), altère aussitôt le regard — et l'écriture — plus profondément que ne ferait la suggestion d'un hypnotiseur. Avant même d'avoir pensé à ce que Morel jouerait (préoccupation jugée secondaire et avec raison, car si même tout le monde, à cause de M. de Charlus, avait eu la convenance de se taire pendant la musique, personne en revanche n'aurait eu l'idée de l'écouter), Mme de Mortemart, ayant décidé que Mme de Valcourt ne serait pas des « élues », avait pris par ce fait même l'air de conjuration, de complot qui ravale si bas celles mêmes des femmes du monde qui pourraient le plus aisément se moquer du qu'en dira-t-on. « N'y aurait-il pas moyen que je donne une soirée pour faire entendre votre ami ? » dit à voix basse Mme de Mortemart, qui tout en s'adressant uniquement à M. de Charlus, ne put s'empêcher, comme fascinée, de jeter un regard sur Mme de Valcourt (l'exclue) afin de s'assurer que celle-ci était à une distance suffisante pour ne pas entendre. « Non, elle ne peut pas distinguer ce que je dis, » conclut mentalement Mme de Mortemart, rassurée par son propre regard, lequel avait eu en revanche sur Mme de Valcourt un effet tout différent de celui qu'il avait pour but : « Tiens, se dit Mme de Valcourt en voyant ce regard, Marie-Thérèse arrange avec Palamède quelque chose dont je ne dois pas faire partie. »

LA PRISONNIÈRE

« Vous voulez dire mon protégé », rectifiait M. de
Charlus, qui n'avait pas plus de pitié pour le savoir
grammatical que pour les dons musicaux de sa cousine. Puis sans tenir aucun compte des muettes prières
de celle-ci, qui s'excusait elle-même en souriant :
« Mais si... dit-il d'une voix forte et capable d'être
entendue de tout le salon, bien qu'il y ait toujours
danger à ce genre d'exportation d'une personnalité
fascinante dans un cadre qui lui fait forcément subir
une déperdition de son pouvoir transcendental et
qui resterait en tous cas à approprier. » Madame de
Mortemart se dit que le mezzo-vocce, le pianissimo de
sa question avaient été peine perdue, après le
« gueuloir » par où avait passé la réponse. Elle se
trompa. Mme de Valcourt n'entendit rien pour la
raison qu'elle ne comprit pas un seul mot. Ses inquiétudes diminuèrent et se fussent rapidement éteintes,
si Mme de Mortemart, craignant de se voir déjouée et
craignant d'avoir à inviter Mme de Valcourt, avec qui
elle était trop liée pour la laisser de côté si l'autre
savait « avant », n'eût de nouveau levé les paupières
dans la direction d'Édith, comme pour ne pas perdre
de vue un danger menaçant, non sans les rabaisser
vivement de façon à ne pas trop s'engager. Elle comptait le lendemain de la fête lui écrire une de ces
lettres, complément du regard révélateur, lettres
qu'on croit habiles et qui sont comme un aveu sans
réticences et signé. Par exemple : « Chère Édith, je
m'ennuie après vous, je ne vous attendais pas trop
hier soir (comment m'aurait-elle attendue, se serait
dit Édith, puisque elle ne m'avait pas invitée ?) car
je sais que vous n'aimez pas extrêmement ce genre de
réunions qui vous ennuient plutôt. Nous n'en aurions
pas moins été très honorés de vous avoir (jamais

Mme de Mortemart n'employait ce terme honoré,
excepté dans les lettres où elle cherchait à donner à un
mensonge une apparence de vérité). Vous savez que
vous êtes toujours chez vous à la maison. Du reste
vous avez bien fait, car cela a été tout à fait raté
comme toutes les choses improvisées en deux heures,
etc. » Mais déjà le nouveau regard furtif lancé sur
elle avait fait comprendre à Édith tout ce que cachait
le langage compliqué de M. de Charlus. Ce regard
fut même si fort qu'après avoir frappé Mme de Valcourt, le secret évident et l'intention de cachotterie
qu'il contenait rebondirent sur un jeune Péruvien
que Mme de Mortemart comptait au contraire inviter.
Mais soupçonneux, voyant jusqu'à l'évidence les
mystères qu'on faisait sans prendre garde qu'ils
n'étaient pas pour lui, il éprouva aussitôt à l'endroit
de Mme de Mortemart une haine atroce et se jura de
lui faire mille mauvaises farces, comme de faire envoyer cinquante cafés glacés chez elle le jour où elle
ne recevrait pas, de faire insérer, celui où elle recevrait,
une note dans les journaux, disant que la fête était
remise, et de publier des comptes-rendus menson-
gers des suivantes, dans lesquels figureraient les
noms connus de toutes les personnes que pour des
raisons variées, on ne tient pas à recevoir, même pas
à se laisser présenter. Mme de Mortemart avait tort
de se préoccuper de Mme de Valcourt. M. de Charlus
allait se charger de dénaturer, bien davantage que
n'eût fait la présence de celle-ci, la fête projetée.
« Mais mon cousin, dit-elle en réponse à la phrase du
« cadre à approprier » dont son état momentané
d'hyperesthésie lui avait permis de deviner le sens,
nous vous éviterons toute peine. Je me charge très
bien de demander à Gilbert de s'occuper de tout. »

« Non surtout pas, d'autant plus qu'il ne sera pas
invité. Rien ne se fera que par moi. Il s'agit avant
tout d'exclure les personnes qui ont des oreilles pour
ne pas entendre. » La cousine de M. de Charlus qui
avait compté sur l'attrait de Morel pour donner une
soirée où elle pourrait dire qu'à la différence de tant
de parentes, « elle avait eu Palamède », reporta
brusquement sa pensée, de ce prestige de M. de Charlus, sur tant de personnes avec lesquelles il allait la
brouiller s'il se mêlait d'exclure et d'inviter. La
pensée que le Prince de Guermantes (à cause duquel
en partie elle désirait exclure Mme de Valcourt qu'il
ne recevait pas) ne serait pas convié, l'effrayait. Ses
yeux prirent une expression inquiète. « Est-ce que la
lumière un peu trop vive vous fait mal ? » demanda
M. de Charlus avec un sérieux apparent dont l'ironie
foncière ne fut pas comprise. « Non pas du tout, je
songeais à la difficulté, non à cause de moi naturellement, mais des miens, que cela pourrait créer si
Gilbert apprend que j'ai eu une soirée sans l'inviter
lui qui n'a jamais quatre chats sans... » « Mais justement on commencera par supprimer les quatre chats
qui ne pourraient que miauler, je crois que le bruit
des conversations vous a empêchée de comprendre
qu'il s'agissait non de faire des politesses grâce à
une soirée, mais de procéder aux rites habituels à
toute véritable célébration. » Puis, jugeant, non que
la personne suivante avait trop attendu, mais qu'il
ne seyait pas d'exagérer les faveurs faites à celle qui
avait eu en vue beaucoup moins Morel que ses propres « listes » d'invitation, M. de Charlus, comme
un médecin qui arrête la consultation quand il juge
être resté le temps suffisant, signifia à sa cousine de
se retirer, non en lui disant au revoir, mais en se

tournant vers la personne qui venait immédiatement après. « Bonsoir Madame de Montesquiou, c'était merveilleux, n'est-ce pas ? Je n'ai pas vu Hélène, dites-lui que tout abstention générale, même la plus noble, autant dire la sienne, comporte des exceptions, si celles-ci sont éclatantes, comme c'était ce soir le cas. Se montrer rare, c'est bien, mais faire passer avant le rare, qui n'est que négatif, le précieux, c'est mieux encore. Pour votre sœur, dont je prise plus que personne la systématique *absence* là où ce qui l'attend ne la vaut pas, au contraire, à une manifestation mémorable comme celle-ci, sa présence eût été une préséance et eût apporté à votre sœur, déjà si prestigieuse, un prestige supplémentaire. » Puis il passa à une troisième personne, M. d'Argencourt. Je fus très étonné de voir là, aussi aimable et flagorneur avec M. de Charlus qu'il était sec avec lui autrefois, se faisant présenter Morel et lui disant qu'il espérait qu'il viendrait le voir, M. d'Argencourt, cet homme si terrible pour l'espèce d'hommes dont était M. de Charlus. Or il en vivait maintenant entouré. Ce n'était pas certes qu'il fût devenu à cet égard un des pareils de M. de Charlus. Mais depuis quelque temps il avait à peu près abandonné sa femme pour une jeune femme du monde qu'il adorait. Intelligente, il lui faisait partager son goût pour les gens intelligents et souhaitait fort d'avoir M. de Charlus chez elle. Mais surtout M. d'Argencourt, fort jaloux et un peu impuissant, sentant qu'il satisfaisait mal sa conquête et voulant à la fois la présenter et la distraire, ne le pouvait sans danger qu'en l'entourant d'hommes inoffensifs, à qui il faisait ainsi jouer le rôle de gardiens de sérail. Ceux-ci le trouvaient devenu très aimable et le déclaraient beaucoup plus intelligent qu'ils n'avaient cru, ce dont sa maîtresse et lui étaient ravis.

Les autres invitées de M. de Charlus s'en allèrent assez rapidement. Beaucoup disaient : « Je ne voudrais pas aller à la sacristie (le petit salon où le Baron, ayant Charlie à côté de lui, recevait les félicitations, et qu'il appelait ainsi lui-même), il faudrait pourtant que Palamède me voie pour qu'il sache que je suis restée jusqu'à la fin. » Aucune ne s'occupait de Mme Verdurin. Plusieurs feignirent de ne pas la reconnaître et de dire adieu par erreur à Mme Cottard, en me disant de la femme du docteur : « C'est bien Mme Verdurin, n'est-ce pas ? » Mme d'Arpajon me demanda à portée des oreilles de la maîtresse de maison : « Est-ce qu'il y a seulement jamais eu un M. Verdurin ? » Les Duchesses, ne trouvant rien des étrangetés auxquelles elles s'étaient attendues dans ce lieu qu'elles avaient espéré plus différent de ce qu'elles connaissaient, se rattrapaient, faute de mieux, en étouffant des fous rires devant les tableaux d'Elstir ; pour le reste, qu'elles trouvaient plus conforme qu'elles n'avaient cru à ce qu'elles connaissaient déjà, elles en faisaient honneur à M. de Charlus en disant : « Comme Palamède sait bien arranger les choses, il monterait une féérie dans une remise ou dans un cabinet de toilette que ça n'en serait pas moins ravissant. » Les plus nobles étaient celles qui félicitaient avec le plus de ferveur M. de Charlus de la réussite d'une soirée dont certaines n'ignoraient pas le ressort secret, sans en être embarrassées d'ailleurs, cette société — par souvenir peut-être de certaines époques de l'histoire où leur famille était déjà arrivée à un degré identique d'impudeur pleinement consciente — poussant le mépris des scrupules presque aussi loin que le respect de l'étiquette. Plusieurs d'entre elles engagèrent sur place Charlie pour des soirs où il viendrait jouer le septuor de Vinteuil, mais aucune n'eut même l'idée d'y convier Mme Verdurin. Celle-ci était au comble de la rage, quand M. de Charlus qui, porté sur un nuage, ne pouvait s'en apercevoir voulut, par décence, inviter la Patronne à partager sa joie. Et ce fut peut-être plutôt en se livrant à son goût de littérature qu'à un débordement d'orgueil que ce doctrinaire des fêtes artistes dit à Mme Verdurin : « Hé bien, êtes-vous contente ? Je pense qu'on le serait à moins ; vous voyez que quand je me mêle de donner une fête, cela n'est pas réussi à moitié. Je ne sais pas si vos notions héraldiques vous permettent de mesurer exactement l'importance de la manifestation, le poids que j'ai soulevé, le volume d'air que j'ai déplacé pour vous. Vous avez eu la Reine de Naples, le frère du Roi de Bavière, les trois plus anciens pairs. Si Vinteuil est Mahomet, nous pouvons dire que nous avons déplacé pour lui les moins amovibles des montagnes. Pensez que pour assister à votre fête la Reine de Naples est venue de Neuilly, ce qui est beaucoup plus difficile pour elle que de quitter les deux Siciles, dit-il avec une intention de rosserie, malgré son admiration pour la Reine. C'est un événement historique. Pensez qu'elle n'était peut-être jamais sortie depuis la prise de Gaete. Il est probable que dans les dictionnaires on mettra comme dates culminantes le jour de la prise de Gaete et celui de la soirée Verdurin. L'éventail qu'elle a posé pour mieux applaudir Vinteuil mérite de rester plus célèbre que celui que Mme de Metternich a brisé parce qu'on sifflait Wagner. » « Elle l'a même oublié, son éventail », dit Mme Verdurin, momentanément apaisée par le souvenir de la sympathie que lui avait témoignée la Reine, et elle montra à M. de Charlus l'éventail sur un fauteuil. « Oh ! comme c'est émouvant ! s'écria M. de Charlus en s'approchant avec vénération de la relique. Il est d'autant plus touchant qu'il est affreux ; la petite Violette est incroyable ! » Et des spasmes d'émotion et d'ironie le parcouraient alternativement. « Mon Dieu, je ne sais pas si vous ressentez ces choses-là comme moi. Swann serait simplement mort de convulsions s'il avait vu cela. Je sais bien qu'a quelque prix qu'il doive monter, j'achèterai cet éventail à la vente de la Reine. Car elle sera vendue, comme elle n'a pas le sou », ajouta-t-il, la cruelle médisance ne cessant jamais chez le Baron de se mêler à la vénération la plus sincère, bien qu'elles partissent de deux natures opposées, mais réunies en lui. Elles pouvaient même se porter tour à tour sur un même fait. Car M. de Charlus qui du fond de son bien-être d'homme riche raillait la pauvreté de la Reine, était le même qui souvent exaltait cette pauvreté et qui, quand on parlait de la Princesse Murat, reine des Deux-Siciles, répondait : « Je ne sais pas de qui vous voulez parler. Il n'y a qu'une seule Reine de Naples, qui est sublime celle-là et n'a pas de voiture. Mais de son omnibus, elle anéantit tous les équipages et on se mettrait à genoux dans la poussière en la voyant passer. » « Je le léguerai à un musée. En attendant, il faudra le lui rapporter pour qu'elle n'ait pas à payer un fiacre pour le faire chercher. Le plus intelligent, étant donné l'intérêt historique d'un pareil objet, serait de voler cet éventail. Mais cela la gênerait — parce qu'il est probable qu'elle n'en possède pas d'autre ! ajouta-

97

t-il en éclatant de rire. Enfin vous voyez que pour
moi elle est venue. Et ce n'est pas le seul miracle que
j'aie fait. Je ne crois pas que personne à l'heure qu'il
est ait le pouvoir de déplacer les gens que j'ai fait
venir. Du reste il faut faire à chacun sa part, Charlie
et les autres musiciens ont joué comme des Dieux.
Et ma chère Patronne, ajouta-t-il avec condescen-
dance, vous-même avez eu votre part de rôle dans
cette fête. Votre nom n'en sera pas absent. L'histoire
a retenu celui du page qui arma Jeanne d'Arc quand
elle partit combattre ; en somme vous avez servi de
trait d'union, vous avez permis la fusion entre la
musique de Vinteuil et son génial exécutant, vous
avez eu l'intelligence de comprendre l'importance
capitale de tout l'enchaînement de circonstances qui
ferait bénéficier l'exécutant de tout le poids d'une
personnalité considérable, et s'il ne s'agissait pas de
moi, je dirais providentielle, à qui vous avez eu le
bon esprit de demander d'assurer le prestige de la
réunion, d'amener devant le violon de Morel les
oreilles directement attachées aux langues les plus
écoutées ; non, non, ce n'est pas rien. Il n'y a pas
de rien dans une réalisation aussi complète. Tout y
concourt. La Duras était merveilleuse. Enfin, tout ;
c'est pour cela, conclut-il, comme il aimait à mori-
géner, que je me suis opposé à ce que vous invitiez
de ces personnes — diviseurs qui, devant les êtres
prépondérants que je vous amenais eussent joué le
rôle de virgules dans un chiffre, les autres réduites à
n'être que de simples dixièmes. J'ai le sentiment très
juste de ces choses-là. Vous comprenez, il faut éviter
les gaffes quand nous donnons une fête qui doit être
digne de Vinteuil, de son génial interprète, de vous,
et, j'ose le dire, de moi. Vous auriez invité La Molé

que tout était raté. C'était la petite goutte contraire, neutralisante, qui rend une potion sans vertu. L'électricité se serait éteinte, les petits fours ne seraient pas arrivés à temps, l'orangeade aurait donné la colique à tout le monde. C'était la personne à ne pas avoir. A son nom seul, comme dans une féérie, aucun son ne serait sorti des cuivres ; la flûte et le hautbois auraient été pris d'une extinction de voix subite. Morel lui-même, même s'il était parvenu à donner quelques sons, n'aurait plus été en mesure et au lieu du Septuor de Vinteuil, vous auriez eu sa parodie par Beckmesser, finissant au milieu des huées. Moi qui crois beaucoup à l'influence des personnes, j'ai très bien senti dans l'épanouissement de certain largo, qui s'ouvrait jusqu'au fond comme une fleur, dans le surcroît de satisfaction du finale, qui n'était pas seulement allègre mais incomparablement allègre, que l'absence de la Molé inspirait les musiciens et dilatait de joie jusqu'aux instruments de musique eux-mêmes. D'ailleurs le jour où on reçoit les souverains on n'invite pas sa concierge. » En l'appelant la Molé, (comme il disait d'ailleurs très sympathiquement la Duras), M. de Charlus lui faisait justice. Car toutes ces femmes étaient des actrices du monde et il est vrai aussi que, même en considérant ce point de vue, la Comtesse Molé n'était pas égale à l'extraordinaire réputation d'intelligence qu'on lui faisait, ce qui donnait à penser à ces acteurs ou à ces romanciers médiocres qui, à certaines époques, ont une situation de génies, soit à cause de la médiocrité de leurs confrères, parmi lesquels aucun artiste supérieur n'est capable de montrer ce qu'est le vrai talent, soit à cause de la médiocrité du public, qui, existât-il une individualité extraordinaire, serait

99

incapable de la comprendre. Dans le cas de Mme Molé il est préférable, sinon entièrement exact, de s'arrêter à cette première explication. Le monde étant le royaume du néant, il n'y a entre les mérites des différentes femmes du monde que des degrés insignifiants, qui peuvent seulement follement majorer les rancunes ou l'imagination de M. de Charlus. Et certes, s'il parlait comme il venait de le faire dans ce langage qui était un ambigu précieux des choses de l'art et du monde, c'est parce que ses colères de vieille femme et sa culture de mondain ne fournissaient à l'éloquence véritable qui était la sienne que des thèmes insignifiants. Le monde des différences n'existant pas à la surface de la terre, parmi tous les pays que notre perception uniformise, à plus forte raison n'existe-t-il pas dans le « monde ». Existe-t-il d'ailleurs quelque part ? Le septuor de Vinteuil avait semblé me dire que oui. Mais où ? Comme M. de Charlus aimait aussi à répéter de l'un à l'autre, cherchant à brouiller, à diviser pour régner, il ajouta : « Vous avez, en ne l'invitant pas, enlevé à Mme Molé l'occasion de dire : « Je ne sais pas pourquoi cette Mme Verdurin m'a invitée. Je ne sais pas ce que c'est que ces gens-là, je ne les connais pas. » Elle a déjà dit l'an passé que vous la fatiguiez de vos avances. C'est une sotte, ne l'invitez plus. En somme elle n'est pas une personne si extraordinaire. Elle peut bien venir chez vous sans faire d'histoires puisque j'y vais bien. En somme, conclut-il, il me semble que vous pouvez me remercier, car, tel que ça a marché, c'était parfait. La Duchesse de Guermantes n'est pas venue, mais on ne sait pas, c'était peut-être mieux ainsi. Nous ne lui en voudrons pas et nous penserons tout de même à elle pour une autre fois, d'ailleurs on ne peut pas ne pas se souvenir d'elle, ses yeux même nous disent : ne m'oubliez pas, puisque ce sont deux myosotis » (et je pensais à part moi combien il fallait que l'esprit des Guermantes, — la décision d'aller ici et pas là — fut fort pour l'avoir emporté chez la Duchesse sur la crainte de Palamède). « Devant une réussite aussi complète, on est tenté comme Bernardin de Saint-Pierre de voir partout la main de la Providence. La Duchesse de Duras était enchantée. Elle m'a même chargé de vous le dire », ajouta M. de Charlus en appuyant sur les mots comme si Mme Verdurin devait considérer cela comme un honneur suffisant. Suffisant et même à peine croyable, car il trouva nécessaire pour être cru de dire : « Parfaitement », emporté par la démence de ceux que Jupiter veut perdre. « Elle a engagé Morel chez elle où on redonnera le même programme et je pense même à demander une invitation pour M. Verdurin ». Cette politesse au mari seul était, sans que M. de Charlus en eût même l'idée, le plus sanglant outrage pour l'épouse, laquelle se croyant, à l'égard de l'exécutant, en vertu d'une sorte de décret de Moscou en vigueur dans le petit clan, le droit de lui interdire de jouer au dehors sans son autorisation expresse, était bien résolue à interdire sa participation à la soirée de Mme de Duras.

Rien qu'en parlant avec cette faconde, M. de Charlus irritait Mme Verdurin qui n'aimait pas qu'on fît bande à part dans leur petit clan. Que de fois, et déjà à la Raspelière, entendant le Baron parler sans cesse à Charlie au lieu de se contenter de tenir sa partie dans l'ensemble si concertant du clan, s'était-elle écriée en montrant le Baron : « Quelle tapette il a ! Quelle tapette ! Oh ! pour une tapette, c'est une

fameuse tapette ! » Mais cette fois c'était bien pis.
Enivré de ses paroles, M. de Charlus ne comprenait
pas qu'en raccourcissant le rôle de Mme Verdurin et
en lui fixant d'étroites frontières, il déchaînait ce
sentiment haineux qui n'était chez elle qu'une forme
particulière, une forme sociale de la jalousie. Mme Verdurin aimait vraiment les habitués, les fidèles du
petit clan, elle les voulait tout à leur patronne. Faisant la part du feu, comme ces jaloux qui permettent
qu'on les trompe mais sous leur toit et même sous
leurs yeux, c'est-à-dire qu'on ne les trompe pas, elle
concédait aux hommes d'avoir une maîtresse, un
amant, à condition que tout cela n'eût aucune conséquence sociale hors de chez elle, se nouât et se
perpétuât à l'abri des mercredis. Tout éclat de rire
furtif d'Odette auprès de Swann lui avait jadis rongé
le cœur, depuis quelque temps tout aparté entre
Morel et le Baron ; elle trouvait à ses chagrins une
seule consolation qui était de défaire le bonheur des
autres. Elle n'eût pu supporter longtemps celui du
Baron. Voici que cet imprudent précipitait la catas-
trophe en ayant l'air de restreindre la place de la
Patronne dans son petit clan. Déjà elle voyait Morel
allant dans le monde, sans elle, sous l'égide du Baron.
Il n'y avait qu'un remède, donner à choisir à Morel
entre le Baron et elle, et, profitant de l'ascendant
qu'elle avait pris sur Morel en faisant preuve à ses
yeux d'une clairvoyance extraordinaire grâce à des
rapports qu'elle se faisait faire, à des mensonges
qu'elle inventait et qu'elle lui servait les uns et les
autres comme corroborant ce qu'il était porté à croire
lui-même, et ce qu'il allait voir à l'évidence, grâce
aux panneaux qu'elle préparait et où les naïfs venaient tomber, profitant de cet ascendant, la faire

choisir elle de préférence au Baron. Quant aux
femmes du monde qui étaient là et qui ne s'étaient
même pas fait présenter, dès qu'elle avait compris
leurs hésitations ou leur sans-gêne, elle avait dit :
« Ah ! je vois ce que c'est, c'est un genre de vieilles
grues qui ne nous convient pas, elles voient ce salon
pour la dernière fois. » Car elle serait morte plutôt
que de dire qu'on avait été moins aimable avec elle
qu'elle n'avait espéré. « Ah ! mon Cher Général »,
s'écria brusquement M. de Charlus en lâchant
Mme Verdurin parce qu'il apercevait le Général
Deltour, secrétaire de la Présidence de la République,
lequel pouvait avoir une grande importance pour la
croix de Charlie, et qui, après avoir demandé un conseil à Cottard, s'éclipsait rapidement : « bonsoir, cher
et charmant ami. Hé bien c'est comme ça que vous
vous tirez des pattes sans me dire adieu », dit le Baron
avec un sourire de bonhomie et de suffisance, car il
savait bien qu'on était toujours content de lui
parler un moment de plus. Et comme dans l'état
d'exaltation où il était, il faisait à lui tout seul sur
un ton suraigu les demandes et les réponses : « Eh !
bien, êtes-vous content ? N'est-ce pas que c'était
bien beau ? L'andante, n'est-ce pas ? C'est ce qu'on
a jamais écrit de plus touchant. Je défie de l'écouter
jusqu'au bout sans avoir les larmes aux yeux. Vous
êtes charmant d'être venu. Dites-moi, j'ai reçu ce
matin un télégramme parfait de Froberville qui
m'annonce que du côté de la Grande Chancellerie les
difficultés sont aplanies, comme on dit. » La voix de
M. de Charlus continuait à s'élever aussi perçante,
aussi différente de la voix habituelle, que celle
d'un avocat qui plaide avec emphase, de son débit
ordinaire, phénomène d'amplification vocale par

103

surexcitation et euphorie nerveuse analogue à celle qui, dans les dîners qu'elle donnait, montait à un diapason si élevé la voix comme le regard de Mme de Guermantes. « Je comptais vous envoyer demain matin un mot par un garde pour vous dire mon enthousiasme, en attendant que je puisse vous l'exprimer de vive voix, mais vous étiez si entouré ! L'appui de Froberville sera loin d'être à dédaigner, mais de mon côté, j'ai la promesse du Ministre », dit le Général. « Ah ! parfait. Du reste vous avez vu que c'est bien ce que mérite un talent pareil. Hoyos était enchanté, je n'ai pas pu voir l'Ambassadrice, était-elle contente ? Qui ne l'aurait pas été, excepté ceux qui ont des oreilles pour ne pas entendre, ce qui ne fait rien du moment qu'ils ont des langues pour parler. » Profitant de ce que le Baron s'était éloigné pour parler au Général, Mme Verdurin fit signe à Brichot. Celui-ci qui ne savait pas ce que Mme Verdurin allait lui dire, voulut l'amuser et, sans se douter combien il me faisait souffrir, dit à la Patronne : « Le Baron est enchanté que Mlle Vinteuil et son amie ne soient pas venues. Elles le scandalisent énormément. Il a déclaré que leurs mœurs étaient à faire peur. Vous n'imaginez comme le Baron est pudibond et sévère sur le chapitre des mœurs. » Contrairement à l'attente de Brichot, Mme Verdurin ne s'égaya pas : « Il est immonde, répondit-elle. Proposez lui de venir fumer une cigarette avec vous, pour que mon mari puisse emmener sa Dulcinée sans que le Charlus s'en aperçoive et l'éclaire sur l'abîme où il roule. » Brichot semblait avoir quelques hésitations. « Je vous dirai, reprit Mme Verdurin pour lever les derniers scrupules de Brichot, que je ne me sens pas en sûreté avec ça chez moi. Je sais qu'il a eu de sales histoires et que

la police l'a à l'œil. » Et comme elle avait un certain
don d'improvisation quand la malveillance l'inspi-
rait, Mme Verdurin ne s'arrêta pas là : « Il paraît qu'il
a fait de la prison. Oui, oui, ce sont des personnes
très renseignées qui me l'ont dit. Je sais du reste
par quelqu'un qui demeure dans sa rue qu'on n'a pas
idée des bandits qu'il fait venir chez lui. » Et comme
Brichot qui allait souvent chez le Baron protestait,
Mme Verdurin s'animant s'écria : « Mais je vous en
réponds ! c'est moi qui vous le dis », expression par
laquelle elle cherchait d'habitude à étayer une assertion jetée un peu au hasard. « Il mourra assassiné un
jour ou l'autre, comme tous ses pareils d'ailleurs.
Il n'ira peut-être même pas jusque là parce qu'il est
dans les griffes de ce Jupien qu'il a eu le toupet de
m'envoyer et qui est un ancien forçat, je le sais, vous
le savez, oui, de façon positive. Il tient Charlus par
des lettres qui sont quelque chose d'effrayant, il
paraît. Je le sais par quelqu'un qui les a vues et qui
m'a dit : « Vous vous trouveriez mal si vous voyiez
cela. » C'est comme ça que ce Jupien le fait marcher
au bâton et lui fait cracher tout l'argent qu'il veut.
J'aimerais mille fois mieux la mort que de vivre dans
la terreur où vit Charlus. En tout cas si la famille
de Morel se décide à porter plainte contre lui, je n'ai
pas envie d'être accusée de complicité. S'il continue
ce sera à ses risques et périls, mais j'aurai fait mon
devoir. Qu'est-ce que vous voulez ? Ce n'est pas tou-
jour folichon. » Et déjà agréablement enfiévrée par
l'attente de la conversation que son mari allait avoir
avec le violoniste, Mme Verdurin me dit : « Demandez
à Brichot si je ne suis pas une amie courageuse, et si
je ne sais pas me dévouer pour sauver les camarades. » (Elle faisait allusion aux circonstances dans

lesquelles elle l'avait juste à temps brouillé, avec sa blanchisseuse d'abord, **avec** Mme de Cambremer ensuite, brouilles à la suite desquelles Brichot était devenu presque complètement aveugle et, disait-on, morphinomane). « Une amie incomparable, perspicace et vaillante », répondit l'universitaire avec une émotion naïve. « Mme Verdurin m'a empêché de commettre une grande sottise, me dit Brichot, quand celle-ci se fut éloignée. Elle n'hésite pas à couper dans le vif. Elle est interventionniste comme dit notre ami Cottard. J'avoue pourtant que la pensée que le pauvre baron ignore encore le coup qui va le frapper me fait une grande peine. Il est complètement fou de ce garçon. Si Mme Verdurin réussit, voilà un homme qui sera bien malheureux. Du reste il n'est pas certain qu'elle n'échoue pas. Je crains qu'elle ne réussisse qu'à semer des mésintelligences entre eux, qui, finalement, sans les séparer, n'aboutiront qu'à les brouiller avec elle. » C'était ainsi souvent entre Mme Verdurin et les fidèles. Mais il était visible qu'en elle le besoin de conserver leur amitié était de plus en plus dominé par celui que cette amitié ne fût jamais tenue en échec par celle qu'ils pouvaient avoir les uns pour les autres. L'homosexualité ne lui déplaisait pas tant qu'elle ne touchait pas à l'orthodoxie, mais comme l'Église elle préférait tous les sacrifices à une concession sur l'orthodoxie. Je commençais à craindre que son irritation contre moi ne vînt de ce qu'elle avait su que j'avais empêché Albertine d'y aller dans la journée, et qu'elle n'entreprît ultérieurement auprès d'elle, si cela n'avait déjà commencé, le même travail pour la séparer de moi que celui que son mari allait, à l'égard de Charlus, opérer auprès du musicien. « Voyons, allez chercher Charlus, trouvez un prétexte, il est temps, dit Mme Verdurin et tâchez surtout de ne pas le laisser revenir avant que je vous fasse chercher. Ah ! quelle soirée, ajouta Mme Verdurin qui dévoila ainsi la vraie raison de sa rage. Avoir fait jouer ces chefs-d'œuvre devant ces cruches. Je ne parle pas de la Reine de Naples, elle est intelligente, c'est une femme agréable (lisez, elle a été très aimable avec moi). Mais les autres. Ah ! c'est à vous rendre enragée. Qu'est-ce que vous voulez, moi je n'ai plus vingt ans. Quand j'étais jeune, on me disait qu'il fallait savoir s'ennuyer, je me forçais, mais maintenant, ah ! non, c'est plus fort que moi, j'ai l'âge de faire ce que je veux, la vie est trop courte ; m'ennuyer, fréquenter des imbéciles, feindre, avoir l'air de les trouver intelligents. Ah ! non, je ne peux pas. Allons, voyons, Brichot, il n'y a pas de temps à perdre. » « J'y vais, Madame, j'y vais », finit par dire Brichot comme le Général Deltour s'éloignait. Mais d'abord l'universitaire me prit un petit instant à part : « Le Devoir moral, me dit-il, est moins clairement impératif que ne l'enseignent nos Éthiques. Que les cafés théosophiques et les brasseries Kantiennes en prennent leur parti, nous ignorons déplorablement la nature du Bien. Moi-même qui, sans nulle vantardise, ai commenté pour mes élèves, en toute innocence, la philosophie du pré-nommé Emmanuel Kant, je ne vois aucune indication précise pour le cas de casuistique mondaine devant lequel je suis placé, dans cette critique de la Raison pratique où le grand défroqué du protestantisme platonisa à la mode de Germanie pour une Allemagne préhistoriquement sentimentale et aulique, à toutes fins utiles d'un mysticisme poméranien. C'est encore le « Banquet », mais donné cette fois à Kœnisberg, à

la façon de là-bas, indigeste et assaisonné avec chou-
croute et sans gigolos. Il est évident d'une part que
je ne puis refuser à notre excellente hôtesse le léger
service qu'elle me demande, en conformité pleinement orthodoxe avec la morale traditionnelle. Il faut
éviter, avant toute chose, car il n'y en a pas beaucoup
qui fasse dire plus de sottises, de se laisser piper avec
des mots. Mais enfin n'hésitons pas à avouer que si les
mères de famille avaient part au vote, le Baron ris-
querait d'être lamentablement blackboulé comme
professeur de vertu. C'est malheureusement avec le
tempérament d'un roué qu'il suit sa vocation de péda-
gogue ; remarquez que je ne dis pas du mal du Baron ;
ce doux homme qui sait découper un rôti comme personne, possède avec le génie de l'anathème, des tré-
sors de bonté. Il peut être amusant comme un pitre
supérieur, alors qu'avec tel de mes confrères, acadé-
micien, s'il vous plait, je m'ennuie, comme dirait
Xénophon, à 100 drachmes l'heure. Mais je crains
qu'il n'en dépense à l'égard de Morel un peu plus que
la saine morale ne commande, et sans savo.r dans
quelle mesure le jeune pénitent se montre docile ou
rebelle aux exercices spéciaux que son cathéchiste
lui impose en manière de mortification, il n'est pas
besoin d'être grand clerc pour savoir que nous péche-
rions, comme dit l'autre, par mansuétude à l'égard de
ce Rose-Croix qui semble nous venir de Pétrone, après
avoir passé par Saint-Simon, si nous lui accordions
les yeux fermés, en bonne et due forme, le permis
de sataniser. Et pourtant, en occupant cet homme
pendant que Mme Verdurin, pour le bien du pécheur
et bien justement tentée par une telle cure, va — en
parlant au jeune étourdi sans ambages — lui retirer
tout ce qu'il aime, lui porter peut-être un coup fatal,

il me semble que je l'attire comme qui dirait dans un guet-à-pens et je recule comme devant une manière de lâcheté. » Ceci dit, il n'hésita pas à la commettre, et le prenant par le bras : « Allons, Baron, si nous allions fumer une cigarette, ce jeune homme ne connaît pas encore toutes les merveilles de l'Hôtel. » Je m'excusai en disant que j'étais obligé de rentrer. « Attendez encore un instant, dit Brichot. Vous savez que vous devez me ramener et je n'oublie pas votre promesse. » « Vous ne voulez vraiment pas que je vous fasse sortir l'argenterie, rien ne serait plus simple, me dit M. de Charlus. Comme vous me l'avez promis, pas un mot de la question décoration à Morel. Je veux lui faire la surprise de le lui annoncer tout à l'heure quand on sera un peu parti, bien qu'il dise que ce n'est pas important pour un artiste, mais que son oncle le désire (je rougis car, pensai-je, par mon grand-père les Verdurin savaient qui était l'oncle de Morel). Alors, vous ne voulez pas que je vous fasse sortir les plus belles pièces, me dit M. de Charlus. Du reste vous les connaissez, vous les avez vues dix fois à la Raspelière. Je n'osai pas lui dire que ce qui eût pu m'intéresser, ce n'était pas le médiocre d'une argenterie bourgeoise même la plus riche, mais quelque spécimen, fût-ce seulement sur une belle gravure, de celle de Mme Du Barry. J'étais beaucoup trop préoccupé — et ne l'eussé-je pas été par cette révélation relative à la venue de Mlle Vinteuil — toujours, dans le monde, beaucoup trop distrait et agité pour arrêter mon attention sur des objets plus ou moins jolis. Elle n'eût pu être fixée que par l'appel de quelque réalité s'adressant à mon imagination, comme eût pu le faire ce soir une vue de cette Venise à laquelle j'avais tant pensé l'après-midi, ou quelque élément général, commun à plusieurs apparences et plus vrai qu'elles, qui, de lui-même, éveillait toujours en moi un esprit intérieur et habituellement ensommeillé, mais dont la remontée à la surface de ma conscience me donnait une grande joie. Or comme je sortais du salon appelé salle de théâtre, et traversais avec Brichot et M. de Charlus les autres salons, en retrouvant transposés au milieu d'autres certains meubles vus à la Raspelière et auxquels je n'avais prêté aucune attention, je saisis entre l'arrangement de l'hôtel et celui du château un certain air de famille, une identité permanente et je compris Brichot quand il me dit en souriant : « Tenez, voyez-vous ce fond de salon, cela du moins peut à la rigueur vous donner l'idée de la rue Montalivet, il y a vingt-cinq ans. » A son sourire, dédié au salon défunt qu'il revoyait, je compris que ce que Brichot, peut-être sans s'en rendre compte, préférait dans l'ancien salon, plus que les grandes fenêtres, plus que la gaie jeunesse des Patrons et de leurs fidèles, c'était cette partie irréelle (que je dégageais moi-même de quelques similitudes entre la Raspelière et le Quai Conti) de laquelle dans un salon comme en toutes choses, la partie extérieure, actuelle, contrôlable pour tout le monde, n'est que le prolongement, c'était cette partie devenue purement morale, d'une couleur qui n'existait plus que pour mon vieil interlocuteur, qu'il ne pouvait pas me faire voir, cette partie qui s'est détachée du monde extérieur, pour se réfugier dans notre âme, à qui elle donne une plus-value, où elle s'est assimilée à sa substance habituelle, s'y muant — maisons détruites, gens d'autrefois, compotiers de fruits des soupers que nous nous rappelons — en cet albâtre translucide de nos souvenirs duquel nous sommes incapables de montrer la couleur qu'il n'y a que nous qui voyons, ce qui nous permet de dire véridiquement aux autres, au sujet de ces choses passées, qu'ils n'en peuvent avoir une idée, que cela ne ressemble pas à ce qu'ils ont vu, et ce qui fait que nous ne pouvons considérer en nous-même sans une certaine émotion, en songeant que c'est de l'existence de notre pensée que dépend pour quelque temps encore leur survie, le reflet des lampes qui se sont éteintes et l'odeur des charmilles qui ne fleuriront plus. Et sans doute par là le salon de la rue Montalivet faisait, pour Brichot, tort à la demeure actuelle des Verdurin. Mais d'autre part il ajoutait à celle-ci, pour les yeux du professeur, une beauté qu'elle ne pouvait avoir pour un nouveau venu. Ceux de ses anciens meubles qui avaient été replacés ici, en même arrangement parfois conservé, et que moi-même je retrouvais de La Raspelière, intégraient dans le salon actuel des parties de l'ancien qui, par moments, l'évoquaient jusqu'à l'hallucination et ensuite semblaient presque irréelles d'évoquer au sein de la réalité ambiante des fragments d'un monde détruit qu'on croyait voir ailleurs. Canapé surgi du rêve entre les fauteuils nouveaux et bien réels, petites chaises revêtues de soie rose, tapis broché de table à jeu élevé à la dignité de personne depuis que comme une personne il avait un passé, une mémoire, gardant dans l'ombre froide du Quai Conti le hâle de l'ensoleillement par les fenêtres de la rue Montalivet, (dont il connaissait l'heure aussi bien que Mme Verdurin elle-même) et par les baies des portes vitrées de Doville où on l'avait amené et où il regardait tout le jour au-delà du jardin fleuri la profonde vallée, en attendant l'heure où Cottard et le flûtiste feraient ensemble leur partie ;

111

bouquet de violettes et de pensées au pastel, présent d'un grand artiste ami, mort depuis, seul fragment survivant d'une vie disparue sans laisser de traces, résumant un grand talent et une longue amitié, rappelant son regard attentif et doux, sa belle main grasse et triste pendant qu'il peignait ; incohérent et joli désordre des cadeaux de fidèles, qui ont suivi partout la maîtresse de la maison et ont fini par prendre l'empreinte et la fixité d'un trait de caractère, d'une ligne de la destinée ; profusion de bouquets de fleurs, de boîtes de chocolat qui systématisait ici comme là-bas son épanouissement suivant un mode de floraison identique ; interpolation curieuse des objets singuliers et superflus qui ont encore l'air de sortir de la boîte où ils ont été offerts et qui restent toute la vie ce qu'ils ont été d'abord, des cadeaux du Premier Janvier ; tous ces objets enfin qu'on ne saurait isoler des autres, mais qui pour Brichot, vieil habitué des fêtes des Verdurin, avaient cette patine, ce velouté des choses auxquelles, leur donnant une sorte de profondeur, vient s'ajouter leur double spirituel ; tout cela éparpillait, faisait chanter devant lui comme autant de touches sonores qui éveillaient dans son cœur des ressemblances aimées, des réminiscences confuses qui, à même le salon tout actuel qu'elles marquetaient çà et là, découpaient, délimitaient, comme fait par un beau jour un cadre de soleil sectionnant l'atmosphère, les meubles et les tapis, et la poursuivant d'un coussin à un porte-bouquets, d'un tabouret au relent d'un parfum, d'un mode d'éclairage à une prédominence de couleurs, sculptaient, évoquaient, spiritualisaient, faisaient vivre une forme qui était comme la figure idéale, immanente à leurs logis successifs, du salon des Verdurin.

112

LA PRISONNIÈRE

« Nous allons tâcher, me dit Brichot à l'oreille, de mettre le Baron sur son sujet favori. Il y est prodigieux. » D'une part je désirais pouvoir tâcher d'obtenir de M. de Charlus les renseignements relatifs à la venue de Mlle Vinteuil et de son amie. D'autre part, je ne voulais pas laisser Albertine seule trop longtemps, non qu'elle pût (incertaine de l'instant de mon retour et d'ailleurs à des heures pareilles où une visite venue pour elle ou bien une sortie d'elle eussent été trop remarquées) faire un mauvais usage de mon absence, mais pour qu'elle ne la trouvât pas trop prolongée. Aussi dis-je à Brichot et à M. de Charlus que je ne les suivais pas pour longtemps. « Venez tout de même, me dit le Baron, dont l'excitation mondaine commençait à tomber, mais qui éprouvait ce besoin de prolonger, de faire durer les entretiens, que j'avais déjà remarqué chez la Duchesse de Guermantes aussi bien que chez lui, et qui, tout en étant particulier à cette famille, s'étend, plus généralement à tous ceux qui, n'offrant à leur intelligence d'autre réalisation que la conversation, c'est-à-dire une réalisation imparfaite, restent inassouvis même après des heures passées ensemble et se suspendent de plus en plus avidement à l'interlocuteur épuisé, dont ils réclament, par erreur, une satiété que les plaisirs sociaux sont impuissants à donner. « Venez, reprit-il, n'est-ce pas, voilà le moment agréable des fêtes, le moment où tous les invités sont partis, l'heure de Doña Sol ; espérons que celle-ci finira moins tristement. Malheureusement vous êtes pressé, pressé probablement d'aller faire des choses que vous feriez mieux de ne pas faire. Tout le monde est toujours pressé, et on part au moment où on devrait arriver. Nous sommes là comme les philosophes de Couture,

113

ce serait le moment de récapituler la soirée, de faire
ce qu'on appelle en style militaire la critique des
opérations. On demanderait à Mme Verdurin de nous
faire apporter un petit souper auquel on aurait soin
de ne pas l'inviter, et on prierait Charlie — toujours
Hernani — de jouer pour nous seuls le sublime adagio.
Est-ce assez beau cet adagio ! Mais où est-il le jeune
violoniste, je voudrais pourtant le féliciter, c'est le
moment des attendrissements et des embrassades.
Avouez Brichot qu'ils ont joué comme des Dieux,
Morel surtout. Avez-vous remarqué le moment où la
mèche se détache ? Ah ! bien alors, mon cher, vous
n'avez rien vu. On a eu un *fa* dièze qui peut faire
mourir de jalousie Enesco, Capet et Thibaut ; j'ai
beau être très calme, je vous avoue qu'à une sonorité
pareille, j'avais le cœur tellement serré que je rete-
nais mes sanglots. La salle haletait ; Brichot, mon
cher, s'écria le Baron en secouant violemment l'universitaire par le bras, c'était sublime. Seul le jeune
Charlie gardait une immobilité de pierre, on ne le
voyait même pas respirer, il avait l'air d'être comme
ces choses du monde inanimé dont parle Théodore
Rousseau, qui font penser, mais ne pensent pas. Et
alors, tout d'un coup, s'écria M. de Charlus avec
emphase et en mimant comme un coup de théâtre,
alors... la Mèche ! Et pendant ce temps là, gracieuse
petite contredanse de l'allegro vivace. Vous savez,
cette mèche a été le signe de la révélation, même pour
les plus obtus. La princesse de Taormine, sourde jusque-là, car il n'est pas pire sourdes que celles qui ont
des oreilles pour ne pas entendre, la Princesse de
Taormine, devant l'évidence de la mèche miraculeuse,
a compris que c'était de la musique et qu'on ne jouerait pas au poker. Oh ! ça a été un moment bien

114

solennel. » « Pardonnez-moi, Monsieur, de vous interrompre, dis-je à M. de Charlus pour l'amener au
sujet qui m'intéressait, vous me disiez que la fille de
l'auteur devait venir. Cela m'aurait beaucoup intéressé. Est-ce que vous êtes certain qu'on comptait
sur elle ? » « Ah ! je ne sais pas. » M. de Charlus
obéissait ainsi, peut-être sans le vouloir, à cette con-
signe universelle qu'on a de ne pas renseigner les
jaloux, soit pour se montrer absurdement « bon camarade », par point d'honneur, et la détestât-on, envers
celle qui l'excite, soit par méchanceté pour elle en de-
vinant que la jalousie ne ferait que redoubler l'amour,
soit par ce besoin d'être désagréable aux autres qui
consiste à dire la vérité à la plupart des hommes,
mais aux jaloux à la leur taire, l'ignorance augmen-
tant leur supplice, du moins à ce qu'on se figure, et
pour faire de la peine aux gens on se guide d'après ce
qu'on croit soi-même, peut-être à tort, le plus douloureux. « Vous savez, reprit-il, ici c'est un peu la
maison des exagérations, ce sont des gens charmants,
mais enfin on aime bien amorcer des célébrités d'un
genre ou d'un autre. Mais vous n'avez pas l'air bien
et vous allez avoir froid dans cette pièce si humide,
dit-il en poussant près de moi une chaise. Puisque
vous êtes souffrant, il faut faire attention, je vais
aller vous chercher votre pelure. Non, n'y allez pas
vous-même, vous vous perdrez et vous aurez froid.
Voilà comme on fait des imprudences, vous n'avez
pourtant pas quatre ans, il vous faudrait une vieille
bonne comme moi pour vous soigner. » « Ne vous
dérangez pas, Baron, j'y vais, » dit Brichot, qui
s'éloigna aussitôt : ne se rendant peut-être pas exactement compte de l'amitié très vive que M. de Charlus
avait pour moi et des rémissions charmantes de sim-

plicité et de dévouement que comportaient ses crises délirantes de grandeur et de persécution, il avait craint que M. de Charlus, que Mme Verdurin avait confié comme un prisonnier à sa vigilance, eût cherché simplement, sous le prétexte de demander mon pardessus, à rejoindre Morel et fît manquer ainsi le plan de la patronne.

Cependant Ski s'était assis au piano où personne ne lui avait demandé de se mettre et se composant — avec un froncement souriant des sourcils, un regard lointain et une légère grimace de la bouche — ce qu'il croyait être un air artiste, insistait auprès de Morel pour que celui-ci jouât quelque chose de Bizet. « Comment, vous n'aimez pas cela, ce côté gosse de la musique de Bizet. Mais, mon cher, dit-il avec ce roulement d'r qui lui était particulier, c'est ravissant. » Morel qui n'aimait pas Bizet, le déclara avec exagération et (comme il passait dans le petit clan pour avoir, ce qui était vraiment incroyable, de l'esprit), Ski, feignant de prendre les diatribes du violoniste pour des paradoxes, se mit à rire. Son rire n'était pas, comme celui de M. Verdurin, l'étouffement d'un fumeur. Ski prenait d'abord un air fin, puis laissait échapper comme malgré lui un seul son de rire, comme un premier appel de cloches, suivi d'un silence où le regard fin semblait examiner à bon escient la drôlerie de ce qu'on disait, puis une seconde cloche de rire s'ébranlait et c'était bientôt un hilare angelus.

Je dis à M. de Charlus mon regret que M. Brichot se fût dérangé. « Mais non, il est très content, il vous aime beaucoup, tout le monde vous aime beaucoup. On disait l'autre jour : mais on ne le voit plus, il s'isole ! D'ailleurs c'est un si brave homme que

Brichot », continua M. de Charlus qui ne se doutait sans doute pas en voyant la manière affectueuse et franche dont lui parlait le professeur de Morale, qu'en son absence, il ne se gênait pas pour dauber sur lui. « C'est un homme d'une grande valeur, qui sait énormément et cela ne l'a pas racorni, n'a pas fait de lui un rat de bibliothèque comme tant d'autres qui sentent l'encre. Il a gardé une largeur de vues, une tolérance, rares chez ses pareils. Parfois en voyant comme il comprend la vie, comme il sait rendre à chacun avec grâce ce qui lui est dû, on se demande où un simple petit professeur de Sorbonne, un ancien régent de collège a pu apprendre tout cela. J'en suis moi-même étonné. » Je l'étais davantage en voyant la conversation de ce Brichot, que le moins raffiné des convives de Mme de Guermantes eût trouvé si bête et si lourd, plaire au plus difficile de tous, M. de Charlus. Mais à ce résultat avaient collaboré, entre autres influences, distinctes d'ailleurs, celles en vertu desquelles Swann, d'une part, s'était plu si longtemps dans le petit clan, quand il était amoureux d'Odette, et d'autre part, lorsqu'il fut marié, trouva agréable Mme Bontemps qui feignant d'adorer le ménage Swann, venait tout le temps voir la femme et se délectait aux histoires du mari. Comme un écrivain donne la palme de l'intelligence, non pas à l'homme le plus intelligent, mais au viveur faisant une réflexion hardie et tolérante sur la passion d'une homme pour une femme, réflexion qui fait que la maîtresse bas-bleu de l'écrivain s'accorde avec lui pour trouver que de tous les gens qui viennent chez elle le moins bête est encore ce vieux beau qui a l'expérience des choses de l'amour, de même M. de Charlus trouvait plus intelligent que ses

autres amis, Brichot, qui non seulement était aimable
pour Morel, mais cueillait à propos dans les philosophes grecs, les poètes latins, les conteurs orientaux,
des textes qui décoraient le goût du Baron d'un flo-
rilège étrange et charmant. M. de Charlus était
arrivé à cet âge où un Victor Hugo aime à s'entourer
surtout de Vacqueries et de Meurices. Il préférait à
tous, ceux qui admettaient son point de vue sur la
vie. « Je le vois beaucoup, ajouta-t-il d'une voix
piaillante et cadencée, sans qu'un mouvement de ses
lèvres fît bouger son masque grave et enfariné sur
lequel étaient à dessein abaissées ses paupières d'ecclésiastique. Je vais à ses cours, cette atmosphère de
quartier latin me change, il y a une adolescence
studieuse, pensante, de jeunes bourgeois plus intelligents, plus instruits que n'étaient, dans un autre
milieu, mes camarades. C'est autre chose, que vous
connaissez probablement mieux que moi, ce sont de
jeunes *bourgeois* », dit-il en détachant le mot qu'il
fit précéder de plusieurs b, et en le soulignant par une
sorte d'habitude d'élocution, correspondant elle-
même à un goût des nuances dans le passé, qui lui
était propre, mais peut-être aussi pour ne pas résister
au plaisir de me témoigner quelque insolence. Celle-
ci ne diminua en rien la grande et affectueuse pitié
que m'inspirait M. de Charlus (depuis que Mme Verdurin avait dévoilé son dessein devant moi), m'amusa
seulement, et, même en une circonstance où je ne me
fusse pas senti pour lui tant de sympathie, ne m'eût
pas froissé. Je tenais de ma grand'mère d'être dénué
d'amour-propre à un degré qui ferait aisément manquer de dignité. Sans doute je ne m'en rendais guère
compte et à force d'avoir entendu depuis le collège
les plus estimés de mes camarades ne pas souffrir

qu'on leur manquât, ne pas pardonner un mauvais procédé, j'avais fini par montrer dans mes paroles et dans mes actions une seconde nature qui était assez fière. Elle passait même pour l'être extrêmement, parce que, n'étant nullement peureux, j'avais facilement des duels, dont je diminuais pourtant le prestige moral, en m'en moquant moi-même, ce qui persuadait aisément qu'ils étaient ridicules, mais la nature que nous refoulons n'en habite pas moins en nous. C'est ainsi que parfois, si nous lisons le chef-d'œuvre nouveau d'un homme de génie, nous y retrouvons avec plaisir toutes celles de nos réflexions que nous avions méprisées, des gaietés, des tristesses que nous avions contenues, tout un monde de sentiments dédaigné par nous et dont le livre où nous le reconnaissons nous apprend subitement la valeur. J'avais fini par apprendre de l'expérience de la vie, qu'il était mal de sourire affectueusement quand quelqu'un se moquait de moi et de ne pas lui en vouloir. Mais cette absence d'amour-propre et de rancune, si j'avais cessé de l'exprimer jusqu'à en être arrivé à ignorer à peu près complètement qu'elle existât chez moi, n'en était pas moins le milieu vital primitif dans lequel je baignais. La colère et la méchanceté ne me venaient que de toute autre manière, par crises furieuses. De plus le sentiment de la justice m'était inconnu jusqu'à une complète absence de sens moral. J'étais au fond de mon cœur tout acquis à celui qui était le plus faible et qui était malheureux. Je n'avais aucune opinion sur la mesure dans laquelle le bien et le mal pouvaient être engagés dans les relations de Morel et de M. de Charlus, mais l'idée des souffrances qu'on préparait à M. de Charlus m'était intolérable. J'aurais voulu le prévenir, ne savais com-

ment le faire : « La vue de tout ce petit monde labo-
rieux est fort plaisante pour un vieux trumeau comme
moi. Je ne les connais pas, » ajouta-t-il en levant la
main d'un air de réserve, — pour ne pas avoir l'air
de se vanter, pour attester sa pureté et ne pas faire
planer de soupçon sur celle des étudiants, — « mais
ils sont très polis, ils vont souvent jusqu'à me garder
une place comme je suis un très vieux monsieur.
Mais si, mon cher, ne protestez pas, j'ai plus de
quarante ans, dit le Baron, qui avait dépassé la
soixantaine. Il fait un peu chaud dans cet amphi-
théâtre où parle Brichot, mais c'est toujours intéressant. » Quoique le Baron aimât mieux être mêlé à la
jeunesse des écoles, voire bousculé par elle, quelquefois, pour lui épargner les longues attentes, Brichot
le faisait entrer avec lui. Brichot avait beau être
chez lui à la Sorbonne, au moment où l'appariteur
chargé de chaînes le précédait et où s'avançait le
maître admiré de la jeunesse, il ne pouvait retenir
une certaine timidité, et tout en désirant profiter de
cet instant où il se sentait si considérable pour témoigner de l'amabilité à Charlus, il était tout de même
un peu gêné ; pour que l'appariteur le laissât passer,
il lui disait, d'une voix factice et d'un air affairé :
« Vous me suivez Baron, on vous placera », puis, sans
plus s'occuper de lui, pour faire son entrée, s'avançait
seul allègrement dans le couloir. De chaque côté, une
double haie de jeunes professeurs le saluait ; Brichot,
désireux de ne pas avoir l'air de poser pour ces jeunes
gens aux yeux de qui il se savait un grand pontife,
leur envoyait mille clins d'œil, mille hochements de
tête de connivence, auxquels son souci de rester
martial et bon Français, donnait l'air d'une sorte
d'encouragement cordial d'un vieux grognard qui

dit : « Nom de Dieu on saura se battre. » **Puis les** applaudissements des élèves éclataient. Brichot tirait parfois de cette présence de M. de Charlus à ses cours l'occasion de faire un plaisir, presque de rendre des politesses. Il disait à quelque parent, ou à quelqu'un de ses amis bourgeois : « Si cela pouvait amuser votre femme ou votre fille, je vous préviens que le Baron de Charlus, prince d'Agrigente, le descendant des Condé, assistera à mon cours. C'est un souvenir à garder que d'avoir vu un des derniers descendants de notre aristocratie qui ait du type. — Si elles sont là, elles le reconnaîtront à ce qu'il sera placé à côté de ma chaise. D'ailleurs ce sera le seul, un homme fort, avec des cheveux blancs, la moustache noire, et la médaille militaire. » « Ah ! je vous remercie, disait le père. » Et quoique sa femme eût à faire, pour ne pas désobliger Brichot, il la forçait à aller à ce cours, tandis que la jeune fille, incommodée par la chaleur et la foule, dévorait pourtant curieusement des yeux le descendant de Condé, tout en s'étonnant qu'il ne portât pas de fraise et ressemblât aux hommes de nos jours. Lui cependant n'avait pas d'yeux pour elle, mais plus d'un étudiant, qui ne savait pas qui il était, s'étonnait de son amabilité, devenait important et sec, et le Baron sortait plein de rêves et de mélancolie. « Pardonnez-moi de revenir à mes moutons, dis-je rapidement à M. de Charlus, en entendant le pas de Brichot, mais pourriez-vous me prévenir par un pneumatique si vous appreniez que Mlle Vinteuil ou son amie dussent venir à Paris, en me disant exactement la durée de leur séjour, et sans dire à personne que je vous l'ai demandé. » Je ne croyais plus guère qu'elle eût dû venir, mais je voulais ainsi me garer pour l'avenir. « Oui, je ferai ça pour vous, d'abord

121

parce que je vous dois une grande reconnaissance. En n'acceptant pas autrefois ce que je vous avais proposé, vous m'avez, à vos dépens, rendu un immense service, vous m'avez laissé ma liberté. Il est vrai que je l'ai abdiquée d'une autre manière, ajouta-t-il d'un ton mélancolique où perçait le désir de faire des confidences ; il y a là ce que je considère toujours comme le fait majeur, toute une réunion de circonstances que vous avez négligé de faire tourner à votre profit, peut-être parce que la destinée vous a averti à cette minute précise de ne pas contrarier ma Voie. Car toujours l'homme s'agite et Dieu le mène. Qui sait si le jour où nous sommes sortis ensemble de chez Mme de Villeparisis, vous aviez accepté, peut-être bien des choses qui se sont passées depuis, n'auraient jamais eu lieu. » Embarrassé, je fis dériver la conversation en m'emparant du nom de Mme de Villeparisis et je cherchai à savoir de lui, si qualifié à tous égards, pour quelles raisons Mme de Villeparisis semblait tenue à l'écart par le monde aristocratique. Non seulement il ne me donna pas la solution de ce petit problème mondain, mais il ne me parut même pas le connaître. Je compris alors que la situation de Mme de Villeparisis, si elle devait plus tard paraître grande à la postérité, et même du vivant de la Marquise, à l'ignorante roture, n'avait pas paru moins grande tout à fait à l'autre extrémité du monde, à celle qui touchait Mme de Villeparisis, aux Guermantes. C'était leur tante, ils voyaient surtout la naissance, les alliances, l'importance gardée dans leur famille par l'ascendant sur telle ou telle belle-sœur. Ils voyaient cela moins côté monde que côté famille. Or celui-ci était plus brillant pour Mme de Villeparisis que je n'avais cru. J'avais été frappé en

apprenant que le nom de Villeparisis était faux. Mais
il est d'autres exemples de grandes dames ayant fait
un mariage inégal et ayant gardé une situation pré-
pondérante. M. de Charlus commença par m'apprendre que Mme de Villeparisis était la nièce de la
fameuse Duchesse de ***, la personne la plus célèbre
de la grande aristocratie pendant la monarchie de
Juillet, mais qui n'avait pas voulu fréquenter le Roi
Citoyen et sa famille. J'avais tant désiré avoir des
récits sur cette Duchesse ! Et Mme de Villeparisis,
la bonne Mme de Villeparisis, aux joues qui me repré-
sentaient des joues de bourgeoise, Mme de Villeparisis
qui m'envoyait tant de cadeaux et que j'aurais si
facilement pu voir tous les jours, Mme de Villeparisis
était sa nièce élevée par elle, chez elle, à l'Hôtel de
de ***. « Elle demandait au Duc de Doudeauville,
me dit M. de Charlus, en parlant des trois sœurs,
laquelle des trois sœurs préférez-vous ? » Et Doudeauville ayant dit : « Mme de Villeparisis », la Duchesse de
de *** lui répondit « cochon ! » Car la Duchesse était
très *spirituelle* », dit M. de Charlus en donnant au
mot l'importance et la prononciation d'usage chez
les Guermantes. Qu'il trouvât d'ailleurs que le mot
fût si « spirituel », je ne m'en étonnai pas, ayant, dans
bien d'autres occasions, remarqué la tendance cen-
trifuge, objective des hommes qui les pousse à abdi-
quer, quand ils goûtent l'esprit des autres, les sévé-
rités qu'ils auraient pour le leur, et à observer, à noter
précieusement, ce qu'ils dédaigneraient de créer.
« Mais qu'est-ce qu'il a, c'est mon pardessus qu'il
apporte, dit-il en voyant que Brichot avait si longtemps cherché pour un tel résultat. J'aurais mieux
fait d'y aller moi-même. Enfin vous allez le mettre
sur vos épaules. Savez-vous que c'est très compromet-

tant, mon cher, c'est comme de boire dans le même verre, je saurai vos pensées. Mais non, pas comme ça, voyons, laissez-moi faire », et tout en me mettant son paletot, il me le collait contre les épaules, me le montait le long du cou, relevait le col, et de sa main frôlait mon menton, en s'excusant. « A son âge, ça ne sait pas mettre une couverture, il faut le bichonner, j'ai manqué ma vocation, Brichot, j'étais né pour être bonne d'enfants ». Je voulais m'en aller, mais M. de Charlus ayant manifesté l'intention d'aller chercher Morel, Brichot nous retint tous les deux. D'ailleurs la certitude qu'à la maison je retrouverais Albertine, certitude égale à celle que dans l'après-midi j'avais qu'Albertine rentrât du Trocadéro, me donnait en ce moment aussi peu d'impatience de la voir que j'avais eu le même jour tandis que j'étais assis au piano, après que Françoise m'eût téléphoné. Et c'est ce calme qui me permit chaque fois qu'au cours de cette conversation je voulus me lever, d'obéir à l'injonction de Brichot qui craignait que mon départ empêchât Charlus de rester jusqu'au moment où Mme Verdurin viendrait nous appeler. « Voyons, dit-il au Baron, restez un peu avec nous, vous lui donnerez l'accolade tout à l'heure », ajouta Brichot en fixant sur moi son œil presque mort auquel les nombreuses opérations qu'il avait subies avait fait recouvrer un peu de vie, mais qui n'avait plus pourtant la mobilité nécessaire à l'expression oblique de la malignité. « L'accolade, est-il bête ! s'écria le Baron d'un ton aigu et ravi. Mon cher, je vous dis qu'il se croit toujours à une distribution de prix, il rêve de ses petits élèves. Je me demande s'il ne couche pas avec. » — « Vous désirez voir Mlle Vinteuil, me dit Brichot, qui avait entendu la fin de notre conversation. Je vous promets de vous avertir si elle vient, je le saurai par Mme Verdurin », car il prévoyait sans doute que le Baron risquait fort d'être de façon imminente exclu du petit clan. « Eh bien, vous me croyez donc moins bien que vous avec Mme Verdurin, dit M. de Charlus, pour être rensigné sur la venue de ces personnes d'une terrible réputation. Vous savez que c'est archi-connu. Mme Verdurin a tort de les laisser venir, c'est bon pour les milieux interlopes. Elles sont amies de toute une bande terrible. Tout ça doit se réunir dans des endroits affreux. » A chacune de ces paroles, ma souffrance s'accroissait d'une souffrance nouvelle, changeant de forme. « Certes non pas, je ne me crois pas mieux que vous avec Mme Verdurin, proclama Brichot en ponctuant les mots », car il craignait d'avoir éveillé les soupçons du Baron. Et comme il voyait que je voulais prendre congé, voulant me retenir par l'appât du divertissement promis : « Il y a une chose à quoi le Baron me semble ne pas avoir songé quand il parle de la réputation de ces deux dames, c'est qu'une réputation peut être tout à la fois épouvantable et imméritée. Aussi par exemple, dans la série plus notoire que j'appellerai parallèle, il est certain que les erreurs judiciaires sont nombreuses et que l'histoire a enregistré des arrêts de condamnation pour sodomie flétrissant des hommes illustres qui en étaient tout à fait innocents. La récente découverte d'un grand amour de Michel-Ange pour une femme est un fait nouveau qui mériterait à l'ami de Léon X le bénéfice d'une instance en révision posthume. L'affaire Michel Ange me semble tout indiquée pour passionner les snobs et mobiliser la Villette, quand une autre affaire où l'anarchie fut bien portée et devint le péché à la mode de nos bons dilettantes, mais dont il n'est point permis de prononcer le nom par crainte de querelles, aura fini son temps. » Depuis que Brichot avait commencé à parler des réputations masculines, M. de Charlus avait trahi dans tout son visage le genre particulier d'impatience qu'on voit à un expert médical ou militaire quand des gens du monde qui n'y connaissent rien se mettent à dire des bêtises sur des points de thérapeutique ou de stratégie. « Vous ne savez pas le premier mot des choses dont vous parlez, finit-il par dire à Brichot. Citez-moi une seule réputation imméritée. Dites des noms. Oui, je connais tout, riposta violemment M. de Charlus à une interruption timide de Brichot, les gens qui ont fait cela autrefois par curiosité, ou par affection unique pour un ami mort et celui qui, craignant de s'être trop avancé si vous lui parlez de la beauté d'un homme, vous répond que c'est du chinois pour lui, qu'il ne sait pas plus distinguer un homme beau d'un laid, qu'entre deux moteurs d'auto, comme la mécanique n'est pas dans ses cordes. Tout cela c'est des blagues. Mon Dieu, remarquez, je ne veux pas dire qu'une réputation mauvaise (ou ce qu'il est convenu d'appeler ainsi) et injustifiée soit une chose absolument impossible. C'est tellement exceptionnel, tellement rare, que pratiquement cela n'existe pas. Cependant moi qui suis un curieux, un fureteur, j'en ai connu et qui n'étaient pas des mythes. Oui, au cours de ma vie, j'ai constaté (j'entends scientifiquement constaté, je ne me paie pas de mots) deux réputations injustifiées. Elles s'établissent d'habitude grâce à une similitude de noms, ou d'après certains signes extérieurs, l'abondance des bagues par exemple, que les gens incompétents s'imaginent absolument être caractéristiques de ce que vous dites. comme ils croient qu'un paysan ne dit pas deux mots sans ajouter : jarnignié, ou un anglais : goddam. C'est de la conversation pour théâtre des boulevards. Ce qui vous étonnera, c'est que les réputations injustifiées sont les plus établies aux yeux du public. Vous-même, Brichot, qui mettriez votre main au feu de la vertu de tel ou tel homme qui vient ici et que les renseignés connaissent comme le loup blanc, vous devez croire comme tout le monde à ce qu'on dit de tel homme en vue qui incarne ces goûts-là pour la masse, alors qu'il n'en est pas pour deux sous. Je dis pour deux sous, parce que si nous y mettions vingt-cinq louis nous verrions le nombre des petits saints diminuer jusqu'à zéro. Sans cela le taux des saints, si vous voyez de la sainteté là dedans, se tient en règle générale entre 3 et 4 sur 10. » Si Brichot avait transposé dans le sexe masculin la question des mauvaises réputations, à mon tour et inversement c'est au sexe féminin et en pensant à Albertine, que je reportais les paroles de M. de Charlus. J'étais épouvanté par la statistique, même en tenant compte qu'il devait enfler les chiffres au gré de ce qu'il souhaitait, et aussi d'après les rapports d'êtres cancaniers, peut-être menteurs, en tous cas trompés par leur propre désir qui, s'ajoutant à celui de M. de Charlus, faussait sans doute les calculs du Baron. « Trois sur dix, s'écria Brichot ! En renversant la proportion, j'aurais eu encore à multiplier par cent le nombre des coupables. S'il est celui que vous dites, Baron, et si vous ne vous trompez pas, confessons alors que vous êtes un de ces rares voyants d'une vérité que personne ne soupçonnait autour d'eux.

C'est ainsi que Barrès a fait, sur la corruption parlementaire, des découvertes qui ont été vérifiées après coup, comme l'existence de la planète de Leverrier. Mme Verdurin citerait de préférence des hommes que j'aime mieux ne pas nommer et qui ont deviné au Bureau de Renseignements, dans l'État-Major, des agissements, inspirés, je le crois, par un zèle patriotique, mais qu'enfin je n'imaginais pas. Sur la franc-maçonnerie, l'espionnage allemand, la morphinomanie, Léon Daudet écrit au jour le jour un prodigieux conte de fées qui se trouve être la réalité même. Trois sur dix ! » reprit Brichot stupéfait. Il est vrai de dire que M. de Charlus taxait d'inversion la grande majorité de ses contemporains, en exceptant toutefois les hommes avec qui il avait eu des relations et dont, pour peu qu'elles eussent été mêlées d'un peu de romanesque, le cas lui paraissait plus complexe. C'est ainsi qu'on voit des viveurs, ne croyant pas à l'honneur des femmes, en rendre un peu seulement à telle qui fut leur maîtresse et dont ils protestent sincèrement et d'un air mystérieux : « Mais non, vous vous trompez, ce n'est pas une fille. » Cette estime inattendue leur est dictée, partie par leur amour-propre, pour qui il est plus flatteur que de telles faveurs aient été réservées à eux seuls, partie par leur naïveté qui gobe aisément tout ce que leur maîtresse a voulu leur faire croire, partie par ce sentiment de la vie qui fait que, dès qu'on s'approche des êtres, des existences, les étiquettes et les compartiments faits d'avance sont trop simples. « Trois sur dix ! mais prenez-y garde, moins heureux que ces historiens que l'avenir ratifiera, Baron, si vous vouliez présenter à la postérité le tableau que vous nous dites, elle pourrait la trouver mauvaise. Elle ne juge que sur pièces et voudrait prendre connaissance de votre dossier. Or aucun document ne venant authentiquer ce genre de phénomènes collectifs que les seuls renseignés sont trop intéressés à laisser dans l'ombre, on s'indignerait fort dans le camp des belles âmes et vous passeriez tout net pour un calomniateur ou pour un fol. Après avoir, au concours des élégances, obtenu le maximum et le principat sur cette terre, vous connaîtriez les tristesses d'un blackboulage d'outre-tombe. Ça n'en vaut pas le coup, comme dit, Dieu me pardonne ! notre Bossuet. » « Je ne travaille pas pour l'histoire, répondit M. de Charlus, la vie me suffit, elle est bien assez intéressante, comme disait le pauvre Swann. » « Comment ? Vous avez connu Swann, Baron, mais je ne savais pas. Est-ce, qu'il avait ces goûts-là, demanda Brichot d'un air inquiet ? » « Mais est-il grossier ! Vous croyez donc que je ne connais que des gens comme ça. Mais non, je ne crois pas », dit Charlus les yeux baissés et cherchant à peser le pour et le contre. Et pensant que puisqu'il s'agissait de Swann dont les tendances si opposées avaient été toujours connues, un demi-aveu ne pouvait qu'être inoffensif pour celui qu'il visait et flatteur pour celui qui le laissait échapper dans une insinuation : « Je ne dis pas qu'autrefois au collège, une fois par hasard », dit le Baron comme malgré lui et comme s'il pensait tout haut, puis se reprenant : « Mais il y a deux cents ans, comment voulez-vous que je me rappelle, vous m'embêtez », conclut-il en riant. « En tous cas il n'était pas joli, joli ! » dit Brichot, lequel, affreux, se croyait bien et trouvait facilement les autres laids. « Taisez-vous, dit le Baron, vous ne savez pas ce que vous dites, dans ce temps-là il avait un teint de pêche et, ajouta-t-il

129

en mettant chaque syllabe sur une autre note, il était joli comme les amours. Du reste il était resté charmant. Il a été follement aimé des femmes. » « Mais est-ce que vous avez connu la sienne ? » « Mais, voyons, c'est par moi qu'il l'a connue. Je l'avais trouvée charmante dans son demi-travesti un soir qu'elle jouait Miss Sacripant ; j'étais avec des camarades de club, nous avions tous ramené une femme et, bien que je n'eusse envie que de dormir, les mauvaises langues avaient prétendu, car c'est affreux ce que le monde est méchant, que j'avais couché avec Odette. Seulement elle en avait profité pour venir m'embêter, et j'avais cru m'en débarrasser en la présentant à Swann. De ce jour-là elle ne cessa plus de me cramponner, elle ne savait pas un mot d'orthographe, c'est moi qui faisais ses lettres. Et puis c'est moi qui ensuite ai été chargé de la promener. Voilà, mon enfant, ce que c'est que d'avoir une bonne réputation, vous voyez. Du reste je ne la méritais qu'à moitié. Elle me forçait à lui faire faire des parties terribles, à cinq, à six. » Et les amants qu'avait eus successivement Odette, (elle avait été avec un tel, puis avec un pauvre Swann, aveuglé par la jalousie et par l'amour tel, ces hommes dont pas un seul n'avait été deviné par le tour à tour, supputant les chances et croyant aux serments plus affirmatifs qu'une contradiction qui échappe à la coupable, contradiction bien plus insaisissable, et pourtant bien plus significative, et dont le jaloux pourrait se prévaloir, plus logiquement que de renseignements qu'il prétend faussement avoir eus, pour inquiéter sa maîtresse) ces amants, M. de Charlus se mit à les énumérer avec autant de certitude que s'il avait récité la liste des Rois de France. Et en effet le jaloux est, comme les contemporains, trop près, il ne sait rien, et c'est pour les étrangers que le comique des adultères prend la précision de l'histoire, et s'allonge en listes d'ailleurs indifférentes et qui ne deviennent tristes que pour un autre jaloux, comme j'étais, qui ne peut s'empêcher de comparer son cas à celui dont il entend parler et qui se demande si, pour la femme dont il doute, une liste aussi illustre n'existe pas. Mais il n'en peut rien savoir, c'est comme une conspiration universelle, une brimade à laquelle tous participent cruellement et qui consiste, tandis que son amie va de l'un à l'autre, à lui tenir sur les yeux un bandeau qu'il fait perpétuellement effort pour arracher sans y réussir, car tout le monde le tient aveuglé, le malheureux, les êtres bons par bonté, les êtres méchants par méchanceté, les êtres grossiers par goût des vilaines farces, les êtres bien élevés par politesse et bonne éducation, et tous par une de ces conventions qu'on appelle principe. « Mais est-ce que Swann a jamais su que vous aviez eu ses faveurs ? » « Mais voyons, quelle horreur ! Raconter cela à Charles ! C'est à faire dresser les cheveux sur la tête. Mais mon cher, il m'aurait tué tout simplement, il était jaloux comme un tigre. Pas plus que je n'ai avoué à Odette, à qui ça aurait du reste été bien égal, que... allons ne me faites pas dire de bêtises. Et le plus fort c'est que c'est elle qui lui a tiré des coups de revolver que j'ai failli recevoir. Ah ! j'ai eu de l'agrément avec ce ménage-là ; et naturellement c'est moi qui ai été obligé d'être son témoin contre d'Osmond qui ne me l'a jamais pardonné. D'Osmond avait enlevé Odette et Swann, pour se consoler, avait pris pour maîtresse, ou fausse maîtresse, la sœur d'Odette. Enfin vous n'allez pas commencer à me faire raconter l'histoire de Swann, nous en aurions pour dix ans, vous comprenez, je connais ça comme personne. C'était moi qui sortais Odette quand elle ne voulait pas voir Charles. Cela m'embêtait d'autant plus que j'ai un très proche parent qui porte le nom de Crécy, sans y avoir naturellement aucune espèce de droit, mais qu'enfin cela ne charmait pas. Car elle se faisait appeler Odette de Crécy et le pouvait parfaitement, étant seulement séparée d'un Crécy dont elle était la femme, très authentique celui-là, un monsieur très bien qu'elle avait ratissé jusqu'au dernier centime. Mais voyons, pourquoi me faire parler de ce Crécy, je vous ai vu avec lui dans le tortillard, vous lui donniez des dîners à Balbec. Il devait en avoir besoin, le pauvre, il vivait d'une toute petite pension que lui faisait Swann ; je me doute bien que, depuis la mort de mon ami, cette rente a dû cesser complètement d'être payée. Ce que je ne comprends pas, me dit M. de Charlus, c'est que, puisque vous avez été souvent chez Charles, vous n'ayez pas désiré tout à l'heure que je vous présente à la Reine de Naples. En somme je vois que vous ne vous intéressez pas aux *personnes* en tant que curiosités, et cela m'étonne toujours de quelqu'un qui a connu Swann, chez qui ce genre d'intérêt était si développé, au point qu'on ne peut pas dire si c'est moi qui ai été à cet égard son initiateur ou lui le mien. Cela m'étonne autant que si je voyais quelqu'un avoir connu Whistler et ne pas savoir ce que c'est que le goût. Mon Dieu, c'est surtout pour Morel que c'était important de la connaître, il le désirait du reste passionnément, car il est tout ce qu'il y a de plus intelligent. C'est ennuyeux qu'elle soit partie. Mais enfin je ferai la conjonction ces jours-ci. C'est immanquable qu'il la connaisse. Le

132

seul obstacle possible serait si elle mourait demain. Or il est à espérer que cela n'arrivera pas. » Tout à coup Brichot, comme il était resté sous le coup de la proportion de « trois sur dix » que lui avait révélée M. de Charlus, Brichot, qui n'avait pas cessé de poursuivre son idée, avec une brusquerie qui rappelait celle d'un juge d'instruction voulant faire avouer un accusé, mais qui en réalité était le résultat du désir qu'avait le professeur de paraître perspicace et du trouble qu'il éprouvait à lancer une accusation si grave : «Est-ce que Ski n'est pas comme cela ? » demanda-t-il à M. de Charlus d'un air sombre. Pour faire admirer ses prétendus dons d'intuition, il avait choisi Ski, se disant que puisqu'il n'y avait que 3 innocents sur 10, il risquait peu de se tromper en nommant Ski qui lui semblait un peu bizarre, avait des insomnies, se parfumait, bref était en dehors de la normale. « Mais *pas du tout*, s'écria le Baron avec une ironie amère, dogmatique et exaspérée. Ce que vous dites est d'un faux, d'un absurde, d'un à côté. Ski est justement cela pour les gens qui n'y connaissent rien ; s'il l'était, il n'en aurait pas tellement l'air, ceci soit dit sans aucune intention de critique, car il a du charme et je lui trouve même quelque chose de très attachant. » « Mais dites-nous donc quelques noms, » reprit Brichot avec insistance. M. de Charlus se redressa d'un air de morgue : « Ah ! mon cher, moi vous savez que je vis dans l'abstrait, tout cela ne m'intéresse qu'à un point de vue transcendental », répondit-il avec la susceptibilité ombrageuse particulière à ses pareils, et l'affectation de grandiloquence qui caractérisait sa conversation. « Moi, vous comprenez, il n'y a que les généralités qui m'intéressent, je vous parle de cela comme de la loi de la

pesanteur. » Mais ces moments de réaction agacée
où le Baron cherchait à cacher sa vraie vie duraient
bien peu auprès des heures de progression continue
où il la faisait deviner, l'étalait avec une complai-
sance agaçante, le besoin de la confidence étant chez
lui plus fort que la crainte de la divulgation. « Ce que
je voulais dire, reprit-il, c'est que pour une mauvaise
réputation qui est injustifiée, il y en a des centaines
de bonnes qui ne le sont pas moins. Évidemment le
nombre de ceux qui ne les méritent pas varie selon
que vous vous en rapportez aux dires de leurs pareils
ou des autres. Et il est vrai que si la malveillance de
ces derniers est limitée par la trop grande difficulté
qu'ils auraient à croire un vice aussi horrible pour
eux que le vol ou l'assassinat pratiqué par des gens
dont ils connaissent la délicatesse et le cœur, la
malveillance des premiers est exagérément stimulée
par le désir de croire, comment dirais-je, accessibles,
des gens qui leur plaisent, par des renseignements
que leur ont donnés des gens qu'a trompé un semblable désir, enfin par l'écart même où ils sont généralement tenus. J'ai vu un homme, assez mal vu
à cause de ce goût, dire qu'il supposait qu'un certain
homme du monde avait le même. Et sa seule raison
de le croire est que cet homme du monde avait été
aimable avec lui ! Autant de raisons d'*optimisme*, dit
naïvement le Baron, dans la supputation du nombre.
Mais la vraie raison de l'écart énorme qu'il y a entre
le nombre calculé par les profanes, et celui calculé par
les initiés, vient du mystère dont ceux-ci entourent
leurs agissements, afin de les cacher aux autres,
qui, dépourvus d'aucun moyen d'information, seraient littéralement stupéfaits s'ils apprenaient seulement le quart de la vérité. » « Alors à notre époque,

c'est comme chez les Grecs, dit Brichot. » « Mais
comment, comme chez les Grecs ? Vous vous figurez
que cela n'a pas continué depuis. Regardez sous
Louis XIV, le petit Vermandois, Molière, le Prince
Louis de Baden, Brunswick, Charolais, Boufflers,
le Grand Condé, le Duc de Brissac. » « Je vous arrête,
je savais Monsieur, je savais Brissac par Saint-Simon,
Vendôme naturellement et d'ailleurs bien d'autres,
Mais cette vieille peste de Saint-Simon parle souvent
du grand Condé et du Prince Louis de Baden et
jamais il ne le dit. » « C'est tout de même malheureux que ce soit à moi d'apprendre son histoire à
professeur de Sorbonne. Mais, cher maître, vous êtes
ignorant comme une carpe. » « Vous êtes dur, Baron,
mais juste. Et, tenez, je vais vous faire plaisir, je me
souviens maintenant d'une chanson de l'époque qu'on
fit en latin macaronique sur certain orage qui surprit
le grand Condé comme il descendait le Rhône en
compagnie de son ami, le marquis de la Moussaye.
Condé dit :

Carus Amicus Mussæus,
Ah ! Deus bonus quod tempus
     Landerirette
Imbre sumus perituri.

Et La Moussaye le rassure en lui disant :

Securæ sunt nostræ vitæ
Sumus enim Sodomitæ
Igne tantum perituri
     Landeriri. »

« Je retire ce que j'ai dit, dit Charlus d'une voix aiguë
et maniérée, vous êtes un puits de science, vous me

135

l'écrirez n'est-ce pas, je veux garder cela dans mes archives de famille, puisque ma bisaïeule au troisième degré était la sœur de M. le Prince. » « Oui, mais, Baron, sur le Prince Louis de Baden je ne vois rien. Du reste, à cette époque-là, je crois qu'en général l'art militaire... » « Quelle bêtise, Vendôme, Villars, le Prince Eugène, le Prince de Conti, et si je vous parlais de tous les héros du Tonkin, du Maroc, et je parle des vraiment sublimes, et pieux, et « nouvelle génération », je vous étonnerais bien. Ah ! j'en aurais à apprendre aux gens qui font des enquêtes sur la nouvelle génération qui a rejeté les vaines complications de ses aînés, dit M. Bourget ! J'ai un petit ami là-bas, dont on parle beaucoup, qui a fait des choses admirables, mais enfin je ne veux pas être méchant, revenons au xviie siècle, vous savez que Saint-Simon dit du maréchal d'Huxelles — entre tant d'autres : « Voluptueux en débauches grecques dont il ne prenait pas la peine de se cacher il accrochait de jeunes officiers qu'il adomestiquait, outre de jeunes valets très bien bâtis et cela sans voile, à l'armée et à Strasbourg. » Vous avez probablement lu les lettres de Madame, les hommes ne l'appelaient que « Putain ». Elle en parle assez clairement. » « Et elle était à bonne source pour savoir, avec son mari. » « C'est un personnage si intéressant que Madame, dit M. de Charlus. On pourrait faire d'après elle la synthèse lyrique de la « Femme d'une Tante ». D'abord homasse ; généralement la femme d'une Tante est un homme, c'est ce qui lui rend si facile de lui faire des enfants. Puis Madame ne parle pas des vices de Monsieur, mais elle parle sans cesse de ce même vice chez les autres en femme renseignée et par ce pli que nous avons d'aimer à trouver dans les familles

136

des autres les mêmes tares dont nous souffrons dans la nôtre, pour nous prouver à nous-même que cela n'a rien d'exceptionnel ni de déshonorant. Je vous disais que cela a été de tout temps comme cela. Cependant le nôtre se distingue tout spécialement à ce point de vue. Et malgré les exemples que j'empruntais au XVIIe siècle, si mon grand aïeul François C. de La Rochefoucauld vivait de notre temps, il pourrait en dire avec plus de raison encore que du sien, voyons, Brichot, aidez-moi : « Les vices sont de tous les temps ; mais si des personnes que tout le monde connaît avaient paru dans les premiers siècles, parlerait-on présentement des prostitutions d'Héliogabale ? *Que tout le monde connaît* me plaît beaucoup. Je vois que mon sagace parent connaissait « le boniment » de ses plus célèbres contemporains comme je connais celui des miens. Mais des gens comme cela, il n'y en a pas seulement davantage aujourd'hui. Ils ont aussi quelque chose de particulier. » Je vis que M. de Charlus allait nous dire de quelle façon ce genre de mœurs avait évolué. L'insistance avec laquelle M. de Charlus revenait toujours sur le sujet — à l'égard duquel d'ailleurs son intelligence, toujours exercée dans le même sens, possédait une certaine pénétration — avait quelque chose d'assez complexement pénible. Il était raseur comme un savant qui ne voit rien au-delà de sa spécialité, agaçant comme un renseigné qui tire vanité des secrets qu'il détient et brûle de divulguer, antipathique comme ceux qui, dès qu'il s'agit de leurs défauts, s'épanouissent sans s'apercevoir qu'ils déplaisent, assujetti comme un maniaque et irrésistiblement imprudent comme un coupable. Ces caractéristiques qui, dans certains moments, devenaient aussi saisissantes que celles qui marquent un fou ou un criminel, m'apportaient d'ailleurs un certain apaisement. Car leur faisant subir la transposition nécessaire pour pouvoir tirer d'elles des déductions à l'égard d'Albertine et me rappelant l'attitude de celle-ci avec Saint-Loup, avec moi, je me disais, si pénible que fût pour moi l'un de ces souvenirs, et si mélancolique l'autre, je me disais qu'ils semblaient exclure le genre de déformation si accusée, de spécialisation forcément exclusive, semblait-il, qui se dégageait avec tant de force de la conversation comme de la personne de M. de Charlus. Mais celui-ci, malheureusement, se hâta de ruiner ces raisons d'espérer, de la même manière qu'il me les avait fournies, c'est-à-dire sans le savoir. « Oui, dit-il, je n'ai plus vingt-cinq ans et j'ai déjà vu changer bien des choses autour de moi, je ne reconnais plus ni la société où les barrières sont rompues, où une cohue, sans élégance et sans décence, danse le tango jusque dans ma famille, ni les modes, ni la politique, ni les arts, ni la religion, ni rien. Mais j'avoue que ce qui a encore le plus changé, c'est ce que les Allemands appellent l'homosexualité. Mon Dieu, de mon temps, en mettant de côté les hommes qui détestaient les femmes, et ceux qui n'aimant qu'elles, ne faisaient autre chose que par intérêt, les homosexuels étaient de bons pères de famille et n'avaient guère de maîtresses que par couverture. J'aurais eu une fille à marier que c'est parmi eux que j'aurais cherché mon gendre si j'avais voulu être assuré qu'elle ne fût pas malheureuse. Hélas ! tout est changé. Maintenant ils se recrutent aussi parmi les hommes qui sont les plus enragés pour les femmes. Je croyais avoir un certain flair, et quand je m'étais dit : sûrement non, n'avoir pas pu me trom-

per. Eh bien, j'en donne ma langue aux chats. Un de
mes amis, qui est bien connu pour cela, avait un
cocher que ma belle-sœur Oriane lui avait procuré, un
garçon de Combray qui avait fait un peu tous les
métiers, mais surtout celui de retrousseur de jupons,
et que j'aurais juré aussi hostile que possible à ces
choses-là. Il faisait le malheur de sa maîtresse en la
trompant avec deux femmes qu'il adorait, sans
compter les autres, une actrice et une fille de bras-
serie. Mon cousin le Prince de Guermantes, qui a
justement l'intelligence agaçante des gens qui croient
tout trop facilement, me dit un jour : « Mais pourquoi est-ce que X... ne couche pas avec son cocher ?
Qui sait si ça ne lui ferait pas plaisir à Théodore
(c'est le nom du cocher) et s'il n'est même pas très
piqué de voir que son patron ne lui fait pas d'avances. » Je ne pus m'empêcher d'imposer silence à
Gilbert ; j'étais énervé à la fois de cette prétendue
perspicacité qui, quand elle s'exerce indistinctement,
est un manque de perspicacité, et aussi de la malice
cousue de fil blanc de mon cousin qui aurait voulu
que notre ami X... essayât de se risquer sur la planche
pour, si elle était viable, s'y avancer à son tour. »
« Le Prince de Guermantes a donc ces goûts ? »
demanda Brichot avec un mélange d'étonnement et
de malaise : « Mon Dieu, répondit M. de Charlus ravi,
c'est tellement connu que je ne crois pas commettre
une indiscrétion en vous disant que oui. Eh ! bien,
l'année suivante, j'allai à Balbec et là j'appris par un
matelot qui m'emmenait quelquefois à la pêche, que
mon Théodore, lequel, entre parenthèses, a pour
sœur la femme de chambre d'une amie de Mme Verdurin, la Baronne Putbus, venait sur le port lever
tantôt un matelot, tantôt un autre, avec un toupet

d'enfer, pour aller faire un tour en barque et « autre chose itou ». Ce fut à mon tour de demander si le patron, dans lequel j'avais reconnu le Monsieur qui à Balbec jouait aux cartes toute la journée avec sa maîtresse, et qui était le chef de la petite Société des quatre amis, était comme le Prince de Guermantes. « Mais, voyons, c'est connu de tout le monde, il ne s'en cache même pas. » « Mais il avait avec lui sa maîtresse. » « Eh ! bien, qu'est-ce ça fait, sont-ils naïfs, ces enfants, me dit-il d'un ton paternel, sans se douter de la souffrance que j'extrayais de ses paroles en pensant à Albertine. Elle est charmante, sa maîtresse. » « Mais alors ses trois amis sont comme lui. » « Mais pas du tout, s'écria-t-il en se bouchant les oreilles comme si, en jouant d'un instrument, j'avais fait une fausse note. Voilà maintenant qu'il est à l'autre extrémité. Alors on n'a plus le droit d'avoir des amis ? Ah ! la jeunesse, ça confond tout. Il faudra refaire votre éducation, mon enfant. Or, reprit-il, j'avoue que ce cas, et j'en connais bien d'autres, si ouvert que je tâche de garder mon esprit à toutes les hardiesses, m'embarrasse. Je suis bien vieux jeu, mais je ne comprends pas, dit-il du ton d'un vieux gallican parlant de certaines forme d'ultramontanisme, d'un royaliste libéral parlant de l'Action Française ou d'un disciple de Claude Monet, des cubistes. Je ne blâme pas ces novateurs, je les envie plutôt, je cherche à les comprendre, mais je n'y arrive pas. S'ils aiment tant la femme, pourquoi, et surtout dans ce monde ouvrier où c'est mal vu, où ils se cachent par amour-propre, ont-ils besoin de ce qu'ils appellent un môme ? C'est que cela leur représente autre chose. Quoi ? » « Qu'est-ce que la femme peut représenter d'autre à Albertine ? »

pensais-je, et c'était bien là en effet ma souffrance.
« Décidément, Baron, dit Brichot, si jamais le Conseil des facultés propose d'ouvrir une chaire d'homosexualité, je vous fais proposer en première ligne.
Ou plutôt non, un institut de psycho-physiologie
spéciale vous conviendrait mieux. Et je vous vois
surtout pourvu d'une chaire au Collège de France,
vous permettant de vous livrer à des études personnelles dont vous livreriez les résultats, comme fait
le professeur de tamoul ou de sanscrit devant le très
petit nombre de personnes que cela intéresse. Vous
auriez deux auditeurs et l'appariteur, soit dit sans
vouloir jeter le plus léger soupçon sur notre corps
d'huissiers que je crois insoupçonnable. » « Vous n'en
savez rien, répliqua le Baron d'un ton dur et tranchant. D'ailleurs vous vous trompez en croyant que
cela intéresse si peu de personnes. C'est tout le contraire. » Et sans se rendre compte de la contradiction
qui existait entre la direction que prenait invaria-
blement sa conversation et le reproche qu'il allait
adresser aux autres : « C'est au contraire effrayant,
dit-il à Brichot d'un air scandalisé et contrit, on ne
parle plus que de cela. C'est une honte, mais c'est
comme je vous le dis, mon cher ! Il paraît qu'avant-
hier, chez la Duchesse d'Agen, on n'a pas parlé d'autre chose pendant deux heures ; vous pensez, si
maintenant les femmes se mettent à parler de ça,
c'est un véritable scandale ! Ce qu'il y a de plus
ignoble c'est qu'elles sont renseignées, ajouta-t-il
avec un feu et une énergie extraordinaires, par des
pestes, de vrais salauds comme le petit Chatelleraut
sur qui il y a plus à dire que sur personne, et qui
leur racontent les histoires des autres. On m'a dit
qu'il disait pis que pendre de moi, mais je n'en ai

cure, je pense que la boue et les saletés jetées par un individu qui a failli être renvoyé du Jockey pour avoir truqué un jeu de cartes, ne peut retomber que sur lui. Je sais bien que si j'étais Jane d'Agen, je respecterais assez mon salon pour qu'on n'y traite pas des sujets pareils et qu'on ne traîne pas chez moi mes propres parents dans la fange. Mais il n'y a plus de société, plus de règles, plus de convenances, pas plus pour la conversation que pour la toilette. Ah! mon cher, c'est la fin du monde. Tout le monde est devenu si méchant. C'est à qui dira le plus de mal des autres. C'est une horreur. »

Lâche comme je l'étais déjà dans mon enfance à Combray quand je m'enfuyais pour ne pas voir offrir du cognac à mon grand-père, et les vains efforts de ma grand'mère le suppliant de ne pas le boire, je n'avais plus qu'une pensée, partir de chez les Verdurin avant que l'exécution de Charlus ait eu lieu. « Il faut absolument que je parte, dis-je à Brichot. » « Je vous suis, me dit-il, mais nous ne pouvons pas partir à l'anglaise. Allons dire au revoir à Mme Verdurin, conclut le professeur qui se dirigea vers le salon de l'air de quelqu'un qui, aux petits jeux, va voir « si on peut revenir ».

Pendant que nous causions, M. Verdurin, sur un signe de sa femme, avait emmené Morel. Mme Verdurin, du reste, eût-elle, toutes réflexions faites, trouvé qu'il était plus sage d'ajourner les révélations à Morel qu'elle ne l'eût plus pu. Il y a certains désirs, parfois circonscrits à la bouche, qui, une fois qu'on les a laissés grandir, exigent d'être satisfaits, quelles que doivent en être les conséquences; on ne peut plus résister à embrasser une épaule décolletée qu'on regarde depuis trop longtemps et sur lesquelles les lèvres tombent comme le serpent sur l'oiseau, à manger un gâteau d'une dent que la fringale fascine, à se refuser l'étonnement, le trouble, la douleur ou la gaieté qu'on va déchaîner dans une âme par des propos imprévus. Telle, ivre de mélodrame, Mme Verdurin avait enjoint à son mari d'emmener Morel et de parler coûte que coûte au violoniste. Celui-ci avait commencé par déplorer que la Reine de Naples fût partie sans qu'il eût pu lui être présenté. M. de Charlus lui avait tant répété qu'elle était la sœur de l'Impératrice Élisabeth et de la Duchesse d'Alençon, que la souveraine avait pris aux yeux de Morel une importance extraordinaire. Mais le Patron lui avait expliqué que ce n'était pas pour parler de la Reine de Naples qu'ils étaient là et était entré dans le vif du sujet : « Tenez, avait-il conclu au bout de quelque temps : tenez, si vous voulez, nous allons demander conseil à ma femme. Ma parole d'honneur, je ne lui en ai rien dit. Nous allons voir comment elle juge la chose. Mon avis n'est peut-être pas le bon, mais vous savez quel jugement sûr elle a, et puis elle a pour vous une immense amitié, allons lui soumettre la cause. » Et tandis que Mme Verdurin attendait avec impatience les émotions qu'elle allait savourer en parlant au virtuose, puis, quand il serait parti, à se faire rendre un compte exact du dialogue qui avait été échangé entre lui et son mari, et ne cessait de répéter : « Mais qu'est-ce qu'ils peuvent faire ; j'espère au moins qu'Auguste en le tenant un temps pareil aura su convenablement le styler », M. Verdurin était redescendu avec Morel lequel paraissait fort ému : « Il voudrait te demander un conseil », dit M. Verdurin à sa femme, de l'air de quelqu'un qui ne sait pas si sa requête sera exaucée. Au lieu de répondre à M. Verdurin, dans le feu de la passion, c'est à Morel que s'adressa Mme Verdurin. « Je suis absolument du même avis que mon mari, je trouve que vous ne pouvez pas tolérer cela plus longtemps », s'écria-t-elle avec violence, oubliant comme fiction futile qu'il avait été convenu entre elle et son mari qu'elle était censée ne rien savoir de ce qu'il avait dit au violoniste. « Comment ? Tolérer quoi ? » balbutia M. Verdurin qui essayait de feindre l'étonnement et cherchait, avec une maladresse qu'expliquait son trouble, à défendre son mensonge. « Je l'ai deviné, ce que tu lui as dit », répondit Mme Verdurin, sans s'embarrasser du plus ou moins de vraisemblance de l'explication, et se souciant peu de ce que, quand il se rappellerait cette scène, le violoniste pourrait penser de la véracité de la Patronne. « Non, reprit Mme Verdurin, je trouve que vous ne devez pas souffrir davantage cette promiscuité honteuse avec un personnage flétri qui n'est reçu nulle part, ajouta-t-elle, n'ayant cure que ce ne fût pas vrai et oubliant qu'elle le recevait presque chaque jour. Vous êtes la fable du Conservatoire, ajouta-t-elle, sentant que c'était l'argument qui portait le plus ; un mois de plus de cette vie et votre avenir artistique est brisé, alors que, sans le Charlus, vous devriez gagner plus de cent mille francs par an. » « Mais je n'avais jamais rien entendu dire, je suis stupéfait, je vous suis bien reconnaissant, murmura Morel les larmes aux yeux. » Mais obligé à la fois de feindre l'étonnement et de dissimuler la honte, il était plus rouge et suait plus que s'il avait joué toutes les sonates de Beethoven à la file et dans ses yeux montaient des pleurs que le maître de Bonn ne lui aurait certainement pas arrachés. « Si vous n'avez rien entendu dire, vous êtes le seul. C'est un Monsieur qui a une sale réputation et qui a de vilaines histoires. Je sais que la police l'a à l'œil et c'est du reste ce qui peut lui arriver de plus heureux pour ne pas finir comme tous ses pareils, assassiné par des apaches », ajouta-t-elle, car en pensant à Charlus le souvenir de Mme de Duras lui revenait et dans la rage dont elle s'enivrait, elle cherchait à aggraver encore les blessures qu'elles faisait au malheureux Charlie et à venger celles qu'elle-même avait reçues ce soir. « Du reste, même matériellement, il ne peut vous servir à rien, il est entièrement ruiné depuis qu'il est la proie de gens qui le font chanter et qui ne pourront même pas tirer de lui les frais de leur musique, vous encore moins les frais de la vôtre, **car** tout est hypothéqué, hôtel, château, etc. ». Morel ajouta d'autant plus aisément foi à ce mensonge que M. de Charlus aimait à le prendre pour confident de ses relations avec des apaches, race pour qui un fils de valet de chambre, si crapuleux qu'il soit lui-même, professe un sentiment d'horreur égal à son attachement aux idées Bonapartistes.

Déjà, dans l'esprit rusé de Morel, avait germé une combinaison analogue à ce qu'on appela au xviiie siècle le renversement des alliances. Décidé à ne jamais reparler à M. de Charlus, il retournerait le lendemain soir auprès de la nièce de Jupien, se chargeant de tout arranger. Malheureusement pour lui, ce projet devait échouer, M. de Charlus ayant le soir même avec Jupien un rendez-vous auquel l'ancien giletier n'osa manquer malgré les événements. D'autres, qu'on va voir, s'étant précipités du fait de Morel, quand Jupien en pleurant raconta ses malheurs au Baron, celui-ci, non

145

moins malheureux, lui déclara qu'il adoptait la petite abandonnée, qu'elle prendrait un des titres dont il disposait, probablement celui de Mlle d'Oléron, lui ferait donner un complément parfait d'instruction et faire un riche mariage. Promesses qui réjouirent profondément Jupien et laissèrent indifférente sa nièce car elle aimait toujours Morel, lequel, par sottise ou cynisme, entrait en plaisantant dans la boutique quand Jupien était absent. « Qu'est-ce que vous avez, disait-il en riant, avec vos yeux cernés ? Des chagrins d'amour ? Dame, les années se suivent et ne se ressemblent pas. Après tout on est bien libre d'essayer une chaussure, à plus forte raison une femme, et si cela n'est pas à votre pied... » Il ne se fâcha qu'une fois parce qu'elle pleura, ce qu'il trouva lâche, un indigne procédé. On ne supporte pas toujours bien les larmes qu'on fait verser.

Mais nous avons trop anticipé, car tout ceci ne se passa qu'après la soirée Verdurin que nous avons interrompue et qu'il faut reprendre où nous en étions. « Je ne me serais jamais douté, soupira Morel, en réponse à Mme Verdurin. » « Naturellement on ne vous le dit pas en face, ça n'empêche pas que vous êtes la fable du Conservatoire, reprit méchamment Mme Verdurin, voulant montrer à Morel qu'il ne s'agissait pas uniquement de M. de Charlus, mais de lui aussi. Je veux bien croire que vous l'ignorez et pourtant on ne se gêne guère. Demandez à Ski ce qu'on disait l'autre jour chez Chevillard à deux pas de nous quand vous êtes entré dans ma loge. C'est-à-dire qu'on vous montre du doigt. Je vous dirai que pour moi je n'y fais pas autrement attention, ce que je trouve surtout c'est que ça rend un homme prodigieusement ridicule

et qu'il est la risée de tous pour toute sa vie. »
« Je ne sais pas comment vous remercier, dit Charlie
du ton dont on le dit à un dentiste qui vient de vous
faire affreusement mal sans qu'on ait voulu le
laisser voir, ou à un témoin trop sanguinaire qui vous
a forcé à un duel pour une parole insignifiante dont
il vous a dit : « Vous ne pouvez pas empocher ça. »
« Je pense que vous avez du caractère, que vous
êtes un homme, répondit Mme Verdurin, et que vous
saurez parler haut et clair quoiqu'il dise à tout le
monde que vous n'oseriez pas, qu'il vous tient. »
Charlie, cherchant une dignité d'emprunt pour
couvrir la sienne en lambeaux, trouva dans sa
mémoire, pour l'avoir lu ou bien entendu dire, et
proclama aussitôt : « Je n'ai pas été élevé à manger
de ce pain-là. Dès ce soir je romprai avec M. de
Charlus. La Reine de Naples est bien partie, n'est-
ce pas ?... Sans cela, avant de rompre avec lui, je
lui aurais demandé... » « Ce n'est pas nécessaire de
rompre entièrement avec lui, dit Mme Verdurin,
désireuse de ne pas désorganiser le petit noyau. Il
n'y a pas d'inconvénients à ce que vous le voyiez
ici, dans notre petit groupe, où vous êtes apprécié,
où on ne dira pas de mal de vous. Mais exigez votre
liberté, et puis ne vous laissez pas traîner par lui
chez toutes ces pécores qui sont aimables par devant ;
j'aurais voulu que vous entendiez ce qu'elles disaient
par derrière. D'ailleurs n'en ayez pas de regrets,
non seulement vous vous enlevez une tache qui vous
resterait toute la vie, mais au point de vue artistique,
même s'il n'y avait pas cette honteuse présentation
par Charlus, je vous dirais que de vous galvauder
ainsi dans ce milieu de faux monde, cela vous
donnerait un air pas sérieux, une réputation d'ama-

teur, de petit musicien de salon qui est terrible à
votre âge. Je comprends que pour toutes ces belles
dames, c'est très commode de rendre des politesses
à leurs amies en vous faisant venir à l'œil, mais c'est
votre avenir d'artiste qui en ferait les frais. Je ne
dis pas chez une ou deux. Vous parliez de la Reine
de Naples, — qui est partie, car elle avait une soirée,
— celle-là, c'est une brave femme, et je vous dirai
que je crois qu'elle fait peu de cas de Charlus et
que c'est surtout pour moi qu'elle venait. Oui,
oui, je sais qu'elle avait envie de nous connaître,
M. Verdurin et moi. Cela c'est un endroit où vous
pourrez jouer. Et puis je vous dirai qu'amené par
moi que les artistes connaissent, vous savez, pour
qui ils ont toujours été très gentils, qu'ils considèrent
un peu comme des leurs, comme leur Patronne,
c'est tout différent. Mais gardez-vous surtout comme
du feu d'aller chez Mme de Duras ! N'allez pas faire
une boulette pareille ! Je connais des artistes qui
sont venus me faire leurs confidences sur elle.
Ils savent qu'ils peuvent se fier à moi, dit-elle
du ton doux et simple qu'elle savait prendre subitement, en donnant à ses traits un air de modestie,
à ses yeux un charme appropriés, ils viennent comme
ça me raconter leurs petites histoires ; ceux qu'on
prétend le plus silencieux, ils bavardent quelquefois
des heures avec moi et je ne peux pas vous dire ce
qu'ils sont intéressants. Le pauvre Chabrier disait
toujours : Il n'y a que Mme Verdurin qui sache les
faire parler. Eh ! bien vous savez, tous, mais je
vous dis sans exception, je les ai vus pleurer d'avoir
été jouer chez Mme de Duras. Ce n'est pas seulement
les humiliations qu'elle s'amuse à leur faire faire
par ses domestiques, mais ils ne pouvaient plus

trouver d'engagement nulle part. Les directeurs disaient : « Ah ! oui c'est celui qui joue chez Mme de Duras. » C'était fini. Il n'y a rien pour vous couper un avenir comme ça. Vous savez les gens du monde ça ne donne pas l'air sérieux, on peut avoir tout le talent qu'on veut, c'est triste à dire, mais il suffit d'une Mme de Duras pour vous donner la réputation d'un amateur. Et pour les artistes, vous savez, moi, vous comprenez que je les connais, depuis quarante ans que je les fréquente, que je les lance, que je m'intéresse à eux, eh ! bien, vous savez, pour eux, quand ils ont dit un amateur, ils ont tout dit. Et au fond on commençait à le dire de vous. Ce que de fois j'ai été obligée de me gendarmer, d'assurer que vous ne joueriez pas dans tel salon ridicule ! Savez-vous ce qu'on me répondait : « Mais il sera bien forcé, Charlus ne le consultera même pas, il ne lui demande pas son avis ». Quelqu'un a cru lui faire plaisir en lui disant : Nous admirons beaucoup votre ami Morel. Savez-vous ce qu'il a répondu avec cet air insolent que vous connaissez : « Mais comment voulez-vous qu'il soit mon ami, nous ne sommes pas de la même classe, dites qu'il est ma créature, mon protégé. » A ce moment s'agitait sous le front bombé de la Déesse musicienne la seule chose que certaines personnes ne peuvent pas conserver pour elles, un mot qu'il est non seulement abject, mais imprudent de répéter. Mais le besoin de le répéter est plus fort que l'honneur, que la prudence. C'est à ce besoin que, après quelques mouvements convulsifs du front sphérique et chagrin, céda la patronne : « On a même répété à mon mari qu'il avait dit : mon domestique, mais cela je ne peux pas l'affirmer » ajouta-t-elle. C'est un besoin pareil qui avait contraint M. de Charlus, peu après avoir juré à Morel que personne ne saurait jamais d'où il était sorti, à dire à Mme Verdurin : « C'est le fils d'un valet de chambre. » Un besoin pareil encore, maintenant que le mot était lâché, le ferait circuler de personnes en personnes qui se le confieraient sous le sceau d'un secret, qui serait promis et non gardé, comme elles avaient fait elles-mêmes. Ces mots finiraient, comme au jeu du furet, par revenir à Mme Verdurin, la brouillant avec l'intéressé qui aurait fini par l'apprendre. Elle le savait, mais ne pouvait retenir le mot qui lui brûlait la langue. «Domestique» ne pouvait d'ailleurs que froisser Morel. Elle dit pourtant « domestique » et si elle ajouta qu'elle ne pouvait l'affirmer, ce fut à la fois pour paraître certaine du reste, grâce à cette nuance et pour montrer de l'impartialité. Cette impartialité qu'elle montrait, la toucha elle-même tellement, qu'elle commença à parler tendrement à Charlie : « Car voyez-vous, dit-elle, moi je ne lui fais pas de reproches, il vous entraîne dans son abîme, c'est vrai, mais ce n'est pas sa faute, puisqu'il y roule lui-même, puisqu'il y roule, répéta-t-elle assez fort, ayant été émerveillée de la justesse de l'image qui était partie si vite que son attention ne la rattrapait que maintenant et tâchait de la mettre en valeur. Non, ce que je lui reproche, dit-elle d'un ton tendre, — comme une femme ivre de son succès —, c'est de manquer de délicatesse envers vous. Il y a des choses qu'on ne dit pas à tout le monde. Ainsi tout à l'heure, il a parié qu'il allait vous faire rougir de plaisir, en vous annonçant (par blague naturellement, car sa recommandation suffi-rait à vous empêcher de l'avoir) que vous auriez la croix de la Légion d'honneur. Cela passe encore, quoique je n'aie jamais beaucoup aimé, reprit-elle d'un air délicat et digne, qu'on dupe ses amis, mais vous savez il y a des riens qui nous font de la peine. C'est, par exemple, quand il nous raconte en se tordant que, si vous désirez la croix, c'est pour votre oncle et que votre oncle était larbin. » « Il vous a dit cela », s'écria Charlie croyant, d'après ces mots habilement rapportés, à la vérité de tout ce qu'avait dit Mme Verdurin ! Mme Verdurin fut inondée de la joie d'une vieille maîtresse qui, sur le point d'être lâchée par son jeune amant, réussit à rompre son mariage. Et peut-être n'avait-elle pas calculé son mensonge ni même menti sciemment. Une sorte de logique sentimentale, peut-être, plus élémentaire encore, une sorte de réflexe nerveux, qui la poussait, pour égayer sa vie et préserver son bonheur, à « brouiller les cartes » dans le petit clan, faisait-elle monter impulsivement à ses lèvres, sans qu'elle eût le temps d'en contrôler la vérité, ces assertions diaboliquement utiles, sinon rigoureusement exactes. « Il nous l'aurait dit à nous seuls que cela ne ferait rien, reprit la Patronne, nous savons qu'il faut prendre et laisser de ce qu'il dit, et puis il n'y a pas de sot métier, vous avez votre valeur, vous êtes ce que vous valez, mais qu'il aille faire tordre avec cela Mme de Portefin (Mme Verdurin la citait exprès parce qu'elle savait que Charlie aimait Mme de Portefin) c'est ce qui nous rend malheureux : mon mari me disait en l'entendant : « J'aurais mieux aimé recevoir une gifle. » Car il vous aime autant que moi vous savez, Gustave (on apprit ainsi que M. Verdurin s'appelait Gustave). Au fond c'est un sensible. » « Mais je ne t'ai jamais

151

dit que je l'aimais, murmura M. Verdurin faisant
le bourru bienfaisant. C'est le Charlus qui l'aime. »
« Oh ! non, maintenant je comprends la différence,
j'étais trahi par un misérable et vous, vous êtes
bon, s'écria avec sincérité Charlie. » « Non, non,
murmura Mme Verdurin pour garder sa victoire
car elle sentait ses mercredis sauvés, sans en abuser,
misérable est trop dire ; il fait du mal, beaucoup
de mal, inconsciemment ; vous savez cette histoire
de Légion d'honneur n'a pas duré très longtemps.
Et il me serait désagréable de vous répéter tout ce
qu'il a dit sur votre famille », dit Mme Verdurin
qui eût été bien embarrassée de le faire. « Oh ! cela
a beau n'avoir duré qu'un instant, cela prouve que
c'est un traître », s'écria Morel. C'est à ce moment
que nous rentrâmes au salon. « Ah ! s'écria M. de
Charlus en voyant que Morel était là et en mar-
chant vers le musicien avec le genre d'allégresse
des hommes qui ont organisé savamment toute
la soirée en vue d'un rendez-vous avec une femme
et qui tout enivrés ne se doutent guère qu'ils ont
dressé eux-mêmes le piège où vont les saisir et
devant tout le monde les rosser, des hommes apostés
par le mari. « Eh ! bien, enfin, ce n'est pas trop
tôt ; êtes-vous content, jeune gloire et bientôt jeune
chevalier de la Légion d'honneur ? Car bientôt vous
pourrez montrer votre croix » dit M. de Charlus à
Morel d'un air tendre et triomphant, mais par ces
mots mêmes de décoration contresignant les mensonges de Mme Verdurin, qui apparurent une vérité
indiscutable à Morel. « Laissez-moi, je vous défends
de m'approcher, cria Morel au Baron. Vous ne devez
pas être à votre coup d'essai, je ne suis pas le premier que vous essayez de pervertir ! » Ma seule

consolation était de penser que j'allais voir Morel et les Verdurin pulvérisés par M. de Charlus. Pour mille fois moins que cela j'avais essuyé ses colères de fou, personne n'était à l'abri d'elles, un roi ne l'eût pas intimidé. Or il se produisit cette chose extraordinaire. On vit M. de Charlus muet, stupéfait, mesurant son malheur sans en comprendre la cause, ne trouvant pas un mot, levant les yeux successivement sur toutes les personnes présentes, d'un air interrogateur, indigné, suppliant, et qui semblait leur demander moins encore ce qui s'était passé que ce qu'il devait répondre. Pourtant M. de Charlus possédait toutes les ressources, non seulement de l'éloquence, mais de l'audace, quand, pris d'une rage qui bouillonnait depuis longtemps contre quelqu'un, il le clouait de désespoir, par les mots les plus sanglants, devant les gens du monde scandalisés et qui n'avaient jamais cru qu'on pût aller si loin. M. de Charlus, dans ces cas-là, brûlait, se démenait en de véritables attaques nerveuses, dont tout le monde restait tremblant. Mais c'est que dans ces cas-là il avait l'initiative, il attaquait, il disait ce qu'il voulait (comme Bloch savait plaisanter des Juifs et rougissait si on prononçait leur nom devant lui). Peut-être, ce qui le rendait muet, était-ce, — en voyant que M. et Mme Verdurin détournaient les yeux et que personne ne lui porterait secours — la souffrance présente et l'effroi surtout des souffrances à venir ; ou bien, que ne s'étant pas d'avance par l'imaginantion monté la tête et forgé une colère, n'ayant pas de rage toute prête en mains, il avait été saisi et brusquement frappé, au moment où il était sans ses armes ; (car sensitif, nerveux, hystérique, il était un vrai impulsif, mais un faux

153

brave ; même, comme je l'avais toujours cru, et ce qui me le rendait assez sympathique, un faux méchant : les gens qu'il haïssait, il les haïssait parce qu'il s'en croyait méprisé ; eussent-ils été gentils pour lui, au lieu de se griser de colère contre eux, il les eût embrassés et il n'avait pas les réactions normales de l'homme d'honneur outragé) ; ou bien, que dans un milieu qui n'était pas le sien, il se sentait moins à l'aise et moins courageux qu'il n'eût été dans le Faubourg. Toujours est-il que dans ce salon qu'il dédaignait, ce grand seigneur (à qui n'était pas plus essentiellement inhérente la supériorité sur les roturiers qu'elle ne le fut à tel de ses ancêtres angoissés devant le tribunal révolutionnaire) ne sut, dans une paralysie de tous les membres et de la langue, que jeter de tous côtés des regards épouvantés, indignés par la violence qu'on lui faisait, aussi suppliants qu'interrogateurs. Dans une circonstance si cruellement imprévue, ce grand discoureur ne sut que balbutier : « Qu'est-ce que cela veut dire, qu'est-ce qu'il y a ? » On ne l'entendait même pas. Et la pantomime éternelle de la terreur panique a si peu changé, que ce vieux Monsieur, à qui il arrivait une aventure désagréable dans un salon parisien, répétait à son insu les quelques attitudes schématiques dans lesquelles la sculpture grecque des premiers âges stylisait l'épouvante des nymphes poursuivies par le Dieu Pan.

L'ambassadeur disgrâcié, le chef de bureau mis brusquement à la retraite, le mondain à qui on bat froid, l'amoureux éconduit examinent parfois pendant des mois l'événement qui a brisé leurs espérances ; ils le tournent et le retournent comme un projectile tiré on ne sait d'où ni on ne sait par qui, pour un

peu comme un aérolithe. Ils voudraient bien connaître les éléments composants de cet étrange engin qui a
fondu sur eux, savoir quelles volontés mauvaises on
peut y reconnaître. Les chimistes au moins dispo-
posent de l'analyse ; les malades souffrant d'un
mal dont ils ne savent pas l'origine peuvent faire
venir le médecin ; les affaires criminelles sont plus ou
moins débrouillées par le juge d'instruction. Mais
les actions déconcertantes de nos semblables, nous
en découvrons rarement les mobiles. Ainsi, M. de
Charlus, pour anticiper sur les jours qui suivirent
cette soirée à laquelle nous allons revenir, ne vit
dans l'attitude de Charlie qu'une seule chose claire.
Charlie qui avait souvent menacé le Baron de raconter quelle passion il lui inspirait, avait dû profiter
pour le faire de ce qu'il se croyait maintenant suffi-
samment « arrivé » pour voler de ses propres ailes.
Et il avait dû tout raconter par pure ingratitude à
Mme Verdurin. Mais comment celle-ci s'était-elle
laissé tromper (car le Baron décidé à nier était
déjà persuadé lui-même que les sentiments qu'on
lui reprocherait étaient imaginaires) ? Des amis de
Mme Verdurin, peut-être ayant eux-mêmes une
passion pour Charlie, avaient préparé le terrain.
En conséquence, M. de Charlus les jours suivants
écrivit des lettres terribles à plusieurs « fidèles »
entièrement innocents et qui le crurent fou ; puis
il alla faire à Mme Verdurin un long récit attendris-
sant, lequel n'eut d'ailleurs nullement l'effet qu'il
souhaitait. Car d'une part Mme Verdurin répétait
au Baron : « Vous n'avez qu'à ne plus vous occuper
de lui, dédaignez-le, c'est un enfant. » Or le Baron
ne soupirait qu'après une réconciliation. D'autre
part, pour amener celle-ci, en supprimant à Charlie

tout ce dont il s'était cru assuré, il demandait à
Mme Verdurin de ne plus le recevoir ; ce à quoi elle
opposa un refus qui lui valut des lettres irritées et
sarcastiques de M. de Charlus. Allant d'une supposition à l'autre, le Baron ne fit jamais la vraie,
à savoir que le coup n'était nullement parti de
Morel. Il est vrai qu'il eût pu l'apprendre en lui
demandant quelques minutes d'entretien. Mais il
jugeait cela contraire à sa dignité et aux intérêts
de son amour. Il avait été offensé, il attendait des
explications. Il y a d'ailleurs presque toujours,
attachée à l'idée d'un entretien qui pourrait éclaircir
un malentendu, une autre idée qui, pour quelque
raison que ce soit, nous empêche de nous prêter à
cet entretien. Celui qui s'est abaissé et a montré
sa faiblesse dans vingt circonstances, fera preuve
de fierté la vingt et unième fois, la seule où il serait
utile de ne pas s'entêter dans une attitude arro-
gante et de dissiper une erreur qui va s'enracinant
chez l'adversaire faute de démenti. Quant au côté
mondain de l'incident, le bruit se répandit que M. de
Charlus avait été mis à la porte de chez les Verdurin
au moment où il cherchait à violer un jeune musicien.
Ce bruit fit qu'on ne s'étonna pas de voir M. de
Charlus ne plus reparaître chez les Verdurin, et
quand par hasard il rencontrait quelque part un
des fidèles qu'il avait soupçonnés et insultés, comme
celui-ci gardait rancune au Baron qui lui-même ne
lui disait pas bonjour, les gens ne s'étonnaient pas,
comprenant que personne dans le petit clan ne voulût
plus saluer le Baron.

Tandis que M. de Charlus, assommé sur le coup
par les paroles que venait de prononcer Morel et
l'attitude de la Patronne, prenait la pose de la

nymphe en proie à la terreur panique, M. et Mme Verdurin s'étaient retirés vers le premier salon, comme
en signe de rupture diplomatique, laissant seul
M. de Charlus, tandis que sur l'estrade Morel enveloppait son violon : « Tu vas nous raconter comment
cela s'est passé, dit avidement Mme Verdurin à
son mari. » « Je ne sais pas ce que vous lui avez
dit, il avait l'air tout ému, dit Ski, il a des larmes
dans les yeux. » Feignant de ne pas avoir compris :
« Je crois que ce que j'ai dit lui a été tout à fait
indifférent », dit Mme Verdurin par un de ces
manèges qui ne trompent pas du reste tout le
monde et pour forcer le sculpteur à répéter que
Charlie pleurait, pleurs qui enivraient la Patronne
de trop d'orgueil pour qu'elle voulût risquer que
tel ou tel fidèle, qui pouvait avoir mal entendu,
les ignorât. « Mais non, ce ne lui a pas été indifférent, puisque je voyais de grosses larmes qui bril-
laient dans ses yeux », dit le sculpteur sur un ton
bas et souriant de confidence malveillante, tout
en regardant de côté pour s'assurer que Morel était
toujours sur l'estrade et ne pouvait pas écouter la
conversation. Mais il y avait une personne qui l'entendait et dont la présence, aussitôt qu'on l'aurait
remarquée, allait rendre à Morel une des espérances
qu'il avait perdues. C'était la Reine de Naples, qui,
ayant oublié son éventail, avait trouvé plus aimable,
en quittant une autre soirée où elle s'était rendue,
de venir le rechercher elle-même. Elle était entrée
tout doucement, comme confuse, s'apprêtant à
s'excuser, et à faire une courte visite maintenant
qu'il n'y avait plus personne. Mais on ne l'avait pas
entendue entrer dans le feu de l'incident qu'elle
avait compris tout de suite et qui l'enflamma

d'indignation. « Ski dit qu'il avait des larmes dans les yeux, as-tu remarqué cela ? Je n'ai pas vu de larmes. Ah ! si pourtant, je me rappelle, corrigea-t-elle dans la crainte que sa dénégation ne fût crue. Quant au Charlus, il n'en mène pas large, il devrait prendre une chaise, il tremble sur ses jambes, il va s'étaler », dit-elle avec un ricanement sans pitié. A ce moment Morel accourut vers elle : « Est-ce que cette dame n'est pas la Reine de Naples ? demanda-t-il (bien qu'il sût que c'était elle) en montrant la souveraine qui se dirigeait vers Charlus. Après ce qui vient de se passer, je ne peux plus, hélas ! demander au Baron de me présenter. » « Attendez, je vais le faire », dit Mme Verdurin, et suivie de quelques fidèles, mais non de moi et de Brichot qui nous empressâmes d'aller demander nos affaires et de sortir, elle s'avança vers la Reine qui causait avec M. de Charlus. Celui-ci avait cru que la réalisation de son grand désir que Morel fût présenté à la Reine de Naples ne pouvait être empêchée que par la mort improbable de la souveraine. Mais nous nous représentons l'avenir comme un reflet du présent projeté dans un espace vide, tandis qu'il est le résultat souvent tout prochain de causes qui nous échappent pour la plupart. Il n'y avait pas une heure de cela et M. de Charlus eût tout donné pour que Morel ne fût pas présenté à la Reine. Mme Verdurin fit une révérence à la Reine. Voyant que celle-ci n'avait pas l'air de la reconnaître : « Je suis Mme Verdurin. Votre Majesté ne me reconnaît pas. » « Très bien », dit la Reine en continuant si naturellement à parler à M. de Charlus et d'un air si parfaitement absent que Mme Verdurin douta si c'était à elle que s'adressait ce « très bien » prononcé sur une into-

nation merveilleusement distraite, qui arracha à
M. de Charlus, au milieu de sa douleur d'amant,
un sourire de reconnaissance expert et friand en
matière d'impertinence. Morel voyant de loin les
préparatifs de la présentation s'était rapproché. La
Reine tendit son bras à M. de Charlus. Contre lui
aussi elle était fâchée, mais seulement parce qu'il
ne faisait pas face plus énergiquement à de vils
insulteurs. Elle était rouge de honte pour lui que
les Verdurin osassent le traiter ainsi. La sympathie
pleine de simplicité qu'elle leur avait témoignée,
il y a quelques heures, et l'insolente fierté avec
laquelle elle se dressait devant eux, prenaient leur
source au même point de son cœur. La Reine, en
femme pleine de bonté, concevait la bonté d'abord
sous la forme de l'inébranlable attachement aux
gens qu'elle aimait, aux siens, à tous les princes de
sa famille, parmi lesquels était M. de Charlus,
ensuite à tous les gens de la Bourgeoisie ou du plus
humble peuple qui savaient respecter ceux qu'elle
aimait et avoir pour eux de bons sentiments. C'était
en tant qu'à une femme douée de ces bons instincts
qu'elle avait manifesté de la sympathie à Mme Verdurin. Et sans doute, c'est là une conception étroite,
un peu tory et de plus en plus surannée de la bonté.
Mais cela ne signifie pas que la bonté fût moins
sincère et moins ardente chez elle. Les anciens
n'aimaient pas moins fortement le groupement
humain auquel ils se dévouaient parce que celui-ci
n'excédait pas les limites de la cité, ni les hommes
d'aujourd'hui la patrie, que ceux qui aimeront les
États-Unis de toute la terre. Tout près de moi, j'ai
eu l'exemple de ma mère que Mme de Cambremer
et Mme de Guermantes n'ont jamais pu décider à

faire partie d'aucune œuvre philanthropique, d'aucun patriotique ouvroir, à être jamais vendeuse ou patronesse. Je suis loin de dire qu'elle ait eu raison de n'agir que quand son cœur avait d'abord parlé et de réserver à sa famille, à ses domestiques, aux malheureux que le hasard mit sur son chemin, ses richesses d'amour et de générosité, mais je sais bien que celles-là, comme celles de ma grand'mère, furent inépuisables et dépassèrent de bien loin tout ce que purent et firent jamais Mmes de Guermantes ou de Cambremer. Le cas de la Reine de Naples était entièrement différent, mais enfin il faut reconnaître que les êtres sympathiques n'étaient pas du tout conçus par elle comme ils le sont dans ces romans de Dostoïewski qu'Albertine avaient pris dans ma bibliothèque et accaparés, c'est-à-dire sous les traits de parasites flagorneurs, voleurs, ivrognes, tantôt plats et tantôt insolents, débauchés, au besoin assassins. D'ailleurs les extrêmes se rejoignent, puisque l'homme noble, le proche, le parent outragé que la Reine voulait défendre, était M. de Charlus, c'est-à-dire, malgré sa naissance et toutes les parentés qu'il avait avec la Reine, quelqu'un dont la vertu s'entourait de beaucoup de vices. « Vous n'avez pas l'air bien, mon cher cousin, dit-elle à M. de Charlus. Appuyez-vous sur mon bras. Soyez sûr qu'il vous soutiendra toujours. Il est assez solide pour cela. Puis levant fièrement les yeux devant elle (en face de qui, me raconta Ski, se trouvaient alors Mme Verdurin et Morel), vous savez qu'autrefois à Gaëte il a déjà tenu en respect la canaille. Il saura vous servir de rempart. » Et c'est ainsi, emmenant à son bras le Baron et sans s'être laissé présenter Morel que sortit la glorieuse sœur de l'Impératrice

LA PRISONNIÈRE

Élisabeth. On pouvait croire avec le caractère
terrible de M. de Charlus, les persécutions dont
il terrorisait jusqu'à ses parents, qu'il allait à la
suite de cette soirée déchaîner sa fureur et exercer des représailles contre les Verdurin. Nous avons
vu pourquoi il n'en fut rien tout d'abord. Puis le
Baron, ayant pris froid à quelque temps de là et
contracté une de ces pneumonies infectieuses qui
furent très fréquentes alors, fut longtemps jugé
par ses médecins, et se jugea lui-même, comme à
deux doigts de la mort, et resta plusieurs mois
suspendu entre elle et la vie. Y eut-il simplement
une métastase physique, et le remplacement par
un mal différent de la névrose qui l'avait jusque-là
fait s'oublier jusque dans des orgies de colère ?
Car il est trop simple de croire que n'ayant jamais
pris au sérieux, du point de vue social, les Verdurin,
mais ayant fini par comprendre le rôle qu'ils avaient
joué, il ne pouvait leur en vouloir comme à ses
pairs ; trop simple aussi de rappeler que les nerveux,
irrités à tout propos contre des ennemis imaginaires
et inoffensifs deviennent au contraire inoffensifs dès
que quelqu'un prend contre eux l'offensive, et qu'on
les calme mieux en leur jetant de l'eau froide à la
figure qu'en tâchant de leur démontrer l'inanité
de leurs griefs. Ce n'est probablement pas dans une
métastase qu'il faut chercher l'explication de cette
absence de rancune, mais bien plutôt dans la
maladie elle-même. Elle causait de si grandes
fatigues au Baron qu'il lui restait peu de loisir pour
penser aux Verdurin. Il était à demi mourant. Nous
parlions d'offensive ; même celles qui n'auront que
des effets posthumes, requièrent, si on les veut
« monter » convenablement, le sacrifice d'une par-

161

tie de ses forces. Il en restait trop peu à M. de
Charlus pour l'activité d'une préparation. On
parle souvent d'ennemis mortels qui rouvrent
les yeux pour se voir réciproquement à l'article
de la mort et qui les referment heureux. Ce cas
doit être rare, excepté quand la mort nous surprend en pleine vie. C'est au contraire au moment où
on n'a plus rien à perdre, qu'on ne s'embarrasse
pas des risques que, plein de vie, on eût assumés
légèrement. L'esprit de vengeance fait partie de la
vie, il nous abandonne le plus souvent — malgré
des exceptions qui, au sein d'un même caractère,
on le verra, sont d'humaines contradictions, — au
seuil de la mort. Après avoir pensé un instant aux
Verdurin, M. de Charlus se sentait trop fatigué,
se retournait contre son mur et ne pensait plus à
rien. S'il se taisait souvent ainsi, ce n'est pas qu'il
eût perdu son éloquence. Elle coulait encore de
source, mais avait changé. Détachée des violences
qu'elle avait ornées si souvent, ce n'était plus
qu'une éloquence quasi mystique qu'embellissaient
des paroles de douceur, des paroles de l'Évan-
gile, une apparente résignation à la mort. Il parlait
surtout les jours où il se croyait sauvé. Une rechute
le faisait taire. Cette chrétienne douceur où s'était
transposée sa magnifique violence (comme en Esther
le génie si différent d'Andromaque) faisait l'admiration de ceux qui l'entouraient. Elle eût fait celle
des Verdurin eux-mêmes qui n'auraient pu s'empêcher d'adorer un homme que ses défauts leur avait
fait haïr. Certes des pensées qui n'avaient de chrétien
que l'apparence surnageaient. Il implorait l'Archange
Gabriel de venir lui annoncer comme au prophète
dans combien de temps lui viendrait le Messie. Et

s'interrompant d'un doux sourire douloureux, il ajoutait : « Mais il ne faudrait pas que l'Archange me demandât, comme à Daniel, de patienter « sept semaines et soixante-deux semaines », car je serai mort avant ». Celui qu'il attendait ainsi était Morel. Aussi demandait-il à l'Archange Raphaël de le lui ramener comme le jeune Tobie. Et mêlant des moyens plus humains (comme les Papes malades qui, tout en faisant dire des messes, ne négligent pas de faire appeler leur médecin), il insinuait à ses visiteurs que si Brichot lui ramenait rapidement son jeune Tobie, peut-être l'Archange Raphaël consentirait-il à lui rendre la vue comme au père de Tobie ou comme dans la piscine probatique de Bethsaïda. Mais malgré ces retours humains, la pureté morale des propos de M. de Charlus n'en était pas moins devenue délicieuse. Vanité, médisance, folie de méchanceté et d'orgueil, tout cela avait disparu. Moralement M. de Charlus s'était élevé bien au-dessus du niveau où il vivait naguère. Mais ce perfectionnement moral, sur la réalité duquel son art oratoire était du reste capable de tromper quelque peu ses auditeurs attendris, ce perfectionnement disparut avec la maladie qui avait travaillé pour lui. M. de Charlus redescendit sa pente avec une vitesse que nous verrons progressivement croissante. Mais l'attitude des Verdurin envers lui n'était déjà plus qu'un souvenir un peu éloigné que des colères plus immédiates empêchèrent de se raviver.

Pour revenir en arrière à la soirée Verdurin, quand les maîtres de la maison furent seuls, M. Verdurin dit à sa femme : « Tu sais où est allé Cottard ? Il est auprès de Saniette dont le coup de bourse pour

se rattraper a échoué. En arrivant chez lui tout
à l'heure après nous avoir quittés, en apprenant
qu'il n'avait plus un franc et qu'il avait près d'un
million de dettes, Saniette a eu une attaque. »
« Mais aussi pourquoi a-t-il joué, c'est idiot, il est
l'être le moins fait pour ça. De plus fins que lui
y laissent leurs plumes et lui était destiné à se
laisser rouler par tout le monde. » « Mais bien
entendu il y a longtemps que nous savons qu'il est
idiot, dit M. Verdurin. Mais enfin le résultat est là.
Voilà un homme qui sera mis demain à la porte
par son propriétaire, qui va se trouver dans la
dernière misère ; ses parents ne l'aiment pas, ce
n'est pas Forcheville qui fera quelque chose pour
lui. Alors j'avais pensé, je ne veux rien faire qui
te déplaise, mais nous aurions peut-être pu lui faire
une petite rente pour qu'il ne s'aperçoive pas trop
de sa ruine, qu'il puisse se soigner chez lui. » « Je
suis tout à fait de ton avis, c'est très bien de ta
part d'y avoir pensé. Mais tu dis « chez lui »; cet
imbécile a gardé un appartement trop cher, ce n'est
plus possible, il faudrait lui louer quelque chose avec
deux pièces. Je crois qu'actuellement il a encore un
appartement de six à sept mille francs. » « Six mille
cinq cents. Mais il tient beaucoup à son chez lui.
En somme il a eu une première attaque, il ne
pourra guère vivre plus de deux ou trois ans. Met-
tons que nous dépensions dix mille francs pour
lui pendant trois ans. Il me semble que nous pourrions faire cela. Nous pourrions par exemple cette
année, au lieu de relouer la Raspelière, prendre
quelque chose de plus modeste. Avec nos revenus, il me semble que sacrifier chaque année dix
mille francs pendant trois ans ce n'est pas impos-

sible. » « Soit, seulement l'ennui c'est que ça se
saura, ça obligera à le faire pour d'autres. » « Tu
peux croire que j'y ai pensé. Je ne le ferai qu'à
la condition expresse que personne ne le sache.
Merci, je n'ai pas envie que nous soyons obligés
de devenir les bienfaiteurs du genre humain. Pas
de philanthropie ! Ce qu'on pourrait faire c'est de
lui dire que cela lui a été laissé par la Princesse
Sherbatof. » « Mais le croira-t-il ? Elle a consulté
Cottard pour son testament. » « A l'extrême rigueur
on peut mettre Cottard dans la confidence, il a
l'habitude du secret professionnel, il gagne énormément d'argent, ce ne sera jamais un de ces offi-
cieux pour qui on est obligé de casquer. Il voudra
même peut-être se charger de dire que c'est lui que
la Princesse avait pris comme intermédiaire. Comme
ça nous ne paraîtrions même pas. Ça éviterait l'em-
bêtement des scènes de remerciement, des manifestations, des phrases. » M. Verdurin ajouta un mot
qui signifiait évidemment ce genre de scènes tou-
chantes et de phrases qu'ils désiraient éviter. Mais
il n'a pu m'être dit exactement, car ce n'était pas
un mot français, mais un de ces termes comme on
en a dans certaines familles pour désigner certaines
choses, surtout des choses agaçantes, probablement
parce qu'on veut pouvoir les signaler devant les
intéressés sans être compris ! Ce genre d'expressions
est généralement un reliquat contemporain d'un
état antérieur de la famille. Dans une famille juive
par exemple ce sera un terme rituel détourné de son
sens, et peut-être le seul mot hébreu que la famille,
maintenant francisée, connaisse encore. Dans une
famille très fortement provinciale, ce sera un terme
du patois de la province, bien que la famille ne

parle plus et ne comprenne même plus le patois.
Dans une famille venue de l'Amérique du Sud et
ne parlant plus que le français, ce sera un mot espagnol. Et, à la génération suivante, le mot n'exis-
tera plus qu'à titre de souvenir d'enfant. On se
rappellera bien que les parents à table faisaient allusion aux domestiques qui servaient, sans être compris d'eux, en disant tel mot, mais les enfants ignorent
ce que voulait dire au juste ce mot, si c'était de
l'espagnol, de l'hébreu, de l'allemand, du patois,
si même cela avait jamais appartenu à une langue
quelconque et n'était pas un nom propre, ou un
mot entièrement forgé. Le doute ne peut être éclairci
que si on a un grand oncle, un vieux cousin encore
vivant et qui a dû user du même terme. Comme
je n'ai connu aucun parent des Verdurin, je n'ai
pu restituer exactement le mot. Toujours est-il
qu'il fit certainement sourire Mme Verdurin, car
l'emploi de cette langue moins générale, plus per-
sonnelle, plus secrète, que la langue habituelle,
donne à ceux qui en usent entre eux, un sentiment
égoïste qui ne va jamais sans une certaine satisfaction. Cet instant de gaîté passé : « Mais si Cottard
en parle », objecta Mme Verdurin. « Il n'en parlera
pas. » — Il en parla, à moi du moins, car c'est par
lui que j'appris ce fait quelques années plus tard
à l'enterrement même de Saniette. Je regrettai de
ne l'avoir pas su plus tôt. D'abord cela m'eût ache-
miné plus rapidement à l'idée qu'il ne faut jamais
en vouloir aux hommes, jamais les juger, d'après
tel souvenir d'une méchanceté, car nous ne savons
pas tout ce qu'à d'autres moments leur âme a pu
vouloir sincèrement et réaliser de bon ; sans doute
la forme mauvaise qu'on a constatée une fois pour

toutes, reviendra, mais l'âme est bien plus riche
que cela, a bien d'autres formes qui reviendront,
elles aussi, chez ces hommes, et dont nous refusons
la douceur à cause du mauvais procédé qu'ils ont
eu. Ensuite à un point de vue plus personnel cette
révélation de Cottard n'eût pas été sans effet sur
moi, parce qu'en changeant mon opinion des Verdurin, cette révélation, s'il me l'eût faite plus tôt,
eût dissipé les soupçons que j'avais sur le rôle que
les Verdurin pouvaient jouer entre Albertine et
moi, les eût dissipés, peut-être à tort du reste,
car si M. Verdurin, — que je croyais de plus en plus
le plus méchant des hommes, — avait des vertus,
il n'en était pas moins taquin jusqu'à la plus féroce
persécution et jaloux de domination dans le petit
clan jusqu'à ne pas reculer devant les pires mensonges, devant la fomentation des haines les plus
injustifiées, pour rompre entre les fidèles les liens
qui n'avaient pas pour but exclusif le renforcement
du petit groupe. C'était un homme capable de désintéressement, de générosités sans ostentation, cela
ne veut pas dire forcément un homme sensible, ni
un homme sympathique, ni scrupuleux, ni véridique,
ni toujours bon. Une bonté partielle, où subsistait
peut-être un peu de la famille amie de ma grand'tante
existait probablement chez lui par ce fait, avant
que je la connusse, comme l'Amérique ou le pôle
Nord avant Colomb ou Peary. Néanmoins, au
moment de ma découverte, la nature de M. Verdurin
me présenta une face nouvelle insoupçonnée ; et
je conclus à la difficulté de présenter une image
fixe aussi bien d'un caractère que des sociétés
et des passions. Car il ne change pas moins qu'elles
et si on veut clicher ce qu'il a de relativement

immuable, on le voit présenter successivement
des aspects différents (impliquant qu'il ne sait
pas garder l'immobilité mais bouge) à l'objectif
déconcerté.

168

CHAPITRE TROISIÈME

Disparition d'Albertine.

Voyant l'heure, et craignant qu'Albertine ne s'ennuyât, je demandai à Brichot, en sortant de la soirée Verdurin, qu'il voulût bien d'abord me déposer chez moi. Ma voiture le reconduirait ensuite. Il me félicita de rentrer ainsi directement, (ne sachant pas qu'une jeune fille m'attendait à la maison), et de finir aussi tôt, et avec tant de sagesse, une soirée dont, bien au contraire, je n'avais en réalité fait que retarder le véritable commencement. Puis il me parla de M. de Charlus. Celui-ci eût sans doute été stupéfait en entendant le professeur, si aimable avec lui, le professeur qui lui disait toujours : « Je ne répète jamais rien », parler de lui et de sa vie sans la moindre réticence. Et l'étonnement indigné de Brichot n'eût peut-être pas été moins sincère si M. de Charlus lui avait dit : « On m'a assuré que vous parliez mal de moi. » Brichot avait en effet du goût pour M. de Charlus et, s'il avait eu à se reporter à quelque conversation roulant sur lui, il se fût rappelé bien plutôt les sentiments de sympathie qu'il avait éprouvés à l'égard du Baron, pendant qu'il disait de lui les mêmes choses qu'en disait tout le monde, que ces choses elles-

169

mêmes. Il n'aurait pas cru mentir en disant : « Moi
qui parle de vous avec tant d'amitié », puisqu'il
ressentait quelque amitié, pendant qu'il parlait de
M. de Charlus. Celui-ci avait surtout pour Brichot
le charme que l'universitaire demandait avant tout
dans la vie mondaine, et qui était de lui offrir des
spécimens réels de ce qu'il avait pu croire longtemps
une invention des poëtes. Brichot, qui avait souvent
expliqué la deuxième églogue de Virgile sans trop
savoir si cette fiction avait quelque fonds de réalité,
trouvait sur le tard à causer avec Charlus un peu
du plaisir qu'il savait que ses maîtres, M. Mérimée
et M. Renan, son collègue M. Maspéro avaient
éprouvé, voyageant en Espagne, en Palestine, en
Égypte, à reconnaître dans les paysages et les popu-
lations actuelles de l'Espagne, de la Palestine et
de l'Égypte, le cadre et les invariables acteurs des
scènes antiques qu'eux-mêmes dans les livres avaient
étudiées. « Soit dit sans offenser ce preux de haute
race, me déclara Brichot dans la voiture qui nous
ramenait, il est tout simplement prodigieux quand
il commente son catéchisme satanique avec une
verve un tantinet charentonesque et une obstina-
tion, j'allais dire une candeur, de blanc d'Espagne
et d'émigré. Je vous assure que, si j'ose m'exprimer
comme Mgr d'Hulst, je ne m'embête pas les jours
où je reçois la visite de ce féodal qui, voulant défendre Adonis contre notre âge de mécréants, a
suivi les instincts de sa race, et, en toute innocence
sodomiste, s'est croisé. » J'écoutais Brichot et je
n'étais pas seul avec lui. Ainsi que du reste cela
n'avait pas cessé depuis que j'avais quitté la maison,
je me sentais, si obscurément que ce fût, relié à la
jeune fille qui était en ce moment dans sa chambre.

Même quand je causais avec l'un ou avec l'autre chez les Verdurin, je la sentais confusément à côté de moi, j'avais d'elle cette notion vague qu'on a de ses propres membres, et s'il m'arrivait de penser à elle, c'était, comme on pense, avec l'ennui d'être lié par un entier esclavage, à son propre corps. « Et quelle potinière, reprit Brichot, à nourrir tous les appendices des Causeries du Lundi, que la conversation de cet apôtre. Songez que j'ai appris par lui que le traité d'éthique où j'ai toujours révéré la plus fastueuse construction morale de notre époque avait été inspiré à notre vénérable collègue X, par un jeune porteur de dépêches. N'hésitons pas à reconnaître que mon éminent ami a négligé de nous livrer le nom de cet éphèbe au cours de ses démonstrations. Il a témoigné en cela de plus de respect humain, ou si vous aimez mieux de moins de gratitude, que Phidias qui inscrivit le nom de l'athlète qu'il aimait sur l'anneau de son Jupiter Olympien. Le Baron ignorait cette dernière histoire. Inutile de vous dire qu'elle a charmé son orthodoxie. Vous imaginez aisément que chaque fois que j'argumenterai avec mon collègue à une thèse de doctorat, je trouverai à sa dialectique, d'ailleurs fort subtile, le surcroît de saveur que de piquantes révélations ajoutèrent pour Sainte-Beuve à l'œuvre insuffisamment confidentielle de Chateaubriand. De notre collègue dont la sagesse est d'or, mais qui possédait peu d'argent, le télégraphiste a passé aux mains du Baron « en tout bien tout honneur »; (il faut entendre le ton dont il le dit). Et comme ce Satan est le plus serviable des hommes, il a obtenu pour son protégé une place aux colonies, d'où celui-ci, qui a l'âme reconnaissante, lui envoie de temps à autre d'ex-

171

cellents fruits. Le Baron en offre à ses hautes relations ; des ananas du jeune homme figurèrent tout
dernièrement sur la table du quai Conti, faisant
dire à Mme Verdurin qui à ce moment n'y mettait
pas malice : « Vous avez donc un oncle ou un neveu
d'Amérique, M. de Charlus, pour recevoir des ananas
pareils ! » J'avoue que si j'avais alors su la vérité
je les eusse mangés avec une certaine gaieté en
me récitant in petto le début d'une ode d'Horace
que Diderot aimait à rappeler. En somme comme
mon collègue Boissier, déambulant du Palatin à
Tibur, je prends dans la conversation du Baron
une idée singulièrement plus vivante et plus savou-
reuse des écrivains du siècle d'Auguste. Ne parlons
même pas de ceux de la Décadence, et ne remontons
pas jusqu'aux Grecs, bien que j'aie dit à cet excellent M. de Charlus qu'auprès de lui je me faisais
l'effet de Platon chez Aspasie. A vrai dire j'avais
singulièrement grandi l'échelle des deux personnages
et, comme dit Lafontaine, mon exemple était tiré
« d'animaux plus petits ». Quoiqu'il en soit vous ne
supposez pas j'imagine que le Baron ait été froissé.
Jamais je ne le vis si ingénûment heureux. Une
ivresse d'enfant le fit déroger à son flegme aristocratique. « Quels flatteurs que tous ces sorbonnards,
s'écriait-il avec ravissement ! Dire qu'il faut que
j'aie attendu d'être arrivé à mon âge pour être
comparé à Aspasie ! Un vieux tableau comme moi !
O ma jeunesse ! » J'aurais voulu que vous le vissiez
disant cela, outrageusement poudré à son habitude,
et, à son âge, musqué comme un petit maître. Au
demeurant, sous ses hantises de généalogie, le
meilleur homme du monde. Pour toutes ces raisons
je serais désolé que la rupture de ce soir fût défi-

172

nitive. Ce qui m'a étonné, c'est la façon dont le jeune homme s'est rebiffé. Il avait pourtant pris, depuis quelque temps, en face du Baron, des manières de séide, des façons de leude qui n'annonçaient guère cette insurrection. J'espère qu'en tout cas, même si *(Dii omen avertant)* le Baron ne devait plus retourner quai Conti, ce schisme ne s'étendrait pas jusqu'à moi. Nous avons l'un et l'autre trop de profit à l'échange que nous faisons de mon faible savoir contre son expérience. (On verra que si M. Charlus, après avoir vainement souhaité qu'il lui ramena Morel, ne témoigna pas de violente rancune à Brichot, du moins sa sympathie pour l'universitaire tomba assez complètement pour lui permettre de le juger sans aucune indulgence.) Et je vous jure bien que l'échange est si inégal que quand le Baron me livre ce que lui a enseigné son existence, je ne saurais être d'accord avec Sylvestre Bonnard, que c'est encore dans une bibliothèque qu'on fait le mieux le songe de la vie. »

Nous étions arrivés devant ma porte. Je descendis de voiture pour donner au cocher l'adresse de Brichot. Du trottoir je voyais la fenêtre de la chambre d'Albertine, cette fenêtre, autrefois toujours noire, le soir, quand elle n'habitait pas la maison, que la lumière électrique de l'intérieur, segmentée par les pleins des volets, striait de haut en bas de barres d'or parallèles. Ce grimoire magique, autant il était clair pour moi et dessinait devant mon esprit calme des images précises, toutes proches et en possession desquelles j'allais entrer tout à l'heure, autant il était invisible pour Brichot resté dans la voiture, presque aveugle, et autant il eût d'ailleurs été incompréhensible pour lui même voyant, puisque, comme les amis qui venaient me voir avant le dîner, quand

173

Albertine était rentrée de promenade, le professeur ignorait qu'une jeune fille toute à moi m'attendait dans une chambre voisine de la mienne. La voiture partit. Je restai un instant seul sur le trottoir. Certes ces lumineuses rayures que j'apercevais d'en bas et qui à un autre eussent semblé toutes superficielles, je leur donnais une consistance, une plénitude, une solidité extrêmes, à cause de toute la signification que je mettais derrière elles, en un trésor insoupçonné des autres que j'avais caché là et dont émanaient ces rayons horizontaux, trésor si l'on veut, mais trésor en échange duquel j'avais aliéné la liberté, la solitude, la pensée. Si Albertine n'avait pas été là-haut, et même si je n'avais voulu qu'avoir du plaisir, j'aurais été le demander à des femmes inconnues, dont j'eusse essayé de pénétrer la vie, à Venise peut-être, à tout le moins dans quelque coin de Paris nocturne. Mais maintenant ce qu'il me fallait faire quand venait pour moi l'heure des caresses, ce n'était pas partir en voyage, ce n'était même plus sortir, c'était rentrer. Et rentrer non pas pour se trouver seul, et, après avoir quitté les autres qui vous fournissaient du dehors l'aliment de votre pensée, se trouver au moins forcé de la chercher en soi-même, mais au contraire moins seul que quand j'étais chez les Verdurin, reçu que j'allais être par la personne en qui j'abdiquais, en qui je remettais le plus complètement la mienne, sans que j'eusse un instant le loisir de penser à moi ni même la peine, puisqu'elle serait auprès de moi, de penser à elle. De sorte qu'en levant une dernière fois mes yeux du dehors vers la fenêtre de la chambre dans laquelle je serais tout à l'heure, il me sembla voir le lumineux grillage qui allait se refermer sur moi et dont j'avais forgé moi-même, pour une servitude éternelle, les inflexibles barreaux d'or.

Nos fiançailles avaient pris une allure de procès et donnaient à Albertine la timidité d'une coupable. Maintenant elle changeait la conversation quand il s'agissait de personnes, hommes ou femmes, qui ne fussent pas de vieilles gens. C'est quand elle ne soupçonnait pas encore que j'étais jaloux d'elle que j'aurais dû lui demander ce que je voulais savoir. Il faut profiter de ce temps-là. C'est alors que notre amie nous dit ses plaisirs et même les moyens à l'aide desquels elle les dissimule aux autres. Elle ne m'eût plus avoué maintenant comme elle avait fait à Balbec (moitié parce que c'était vrai, moitié pour s'excuser de ne pas laisser voir davantage sa tendresse pour moi, car je la fatiguais déjà alors, et elle avait vu par ma gentillesse pour elle qu'elle n'avait pas besoin de m'en montrer autant qu'aux autres pour en obtenir plus que d'eux), elle ne m'aurait plus avoué maintenant comme alors : « Je trouve ça stupide de laisser voir qu'on aime, moi c'est le contraire, dès qu'une personne me plaît, j'ai l'air de ne pas y faire attention. Comme ça personne ne sait rien. »

Comment, c'était la même Albertine d'aujourd'hui, avec ses prétentions à la franchise et d'être indifférente à tous qui m'avait dit cela ! Elle ne m'eût plus énoncé cette règle maintenant ! Elle se contentait quand elle causait avec moi de l'appliquer en me disant de telle ou telle personne qui pouvait m'inquiéter : « Ah ! je ne sais pas, je ne l'ai pas regardée, elle est trop insignifiante. » Et de temps en temps, pour aller au-devant de choses que je pourrais apprendre, elle faisait de ces aveux que leur accent, avant que l'on connaisse la réalité qu'ils sont chargés de dénaturer, d'innocenter, dénonce déjà comme étant des mensonges.

Albertine ne m'avait jamais dit qu'elle me soupçonnât d'être jaloux d'elle, préoccupé de tout ce qu'elle faisait. Les seules paroles, assez anciennes il est vrai, que nous avions échangées relativement à la jalousie semblaient prouver le contraire. Je me rappelais que, par un beau soir de clair de lune, au début de nos relations, une des premières fois où je l'avais reconduite et où j'eusse autant aimé ne pas le faire et la quitter pour courir après d'autres, je lui avais dit : « Vous savez, si je vous propose de vous ramener, ce n'est pas par jalousie ; si vous avez quelque chose à faire, je m'éloigne discrètement. » Et elle m'avait répondu : « Oh ! je sais bien que vous n'êtes pas jaloux et que cela vous est bien égal, mais je n'ai rien à faire qu'à être avec vous. » Une autre fois c'était à la Raspelière, où M. de Charlus, tout en jetant à la dérobée un regard sur Morel, avait fait ostentation de galante amabilité à l'égard d'Albertine ; je lui avais dit : « Eh ! bien, il vous a serrée d'assez près, j'espère. » Et comme j'avais ajouté à demi ironiquement : « J'ai souffert toutes les tortures de la jalousie, » Albertine, usant du langage propre, soit au milieu vulgaire d'où elle était sortie, soit au plus vulgaire encore qu'elle fréquentait : « Quel chineur vous faites ! Je sais bien que vous n'êtes pas jaloux. D'abord vous me l'avez dit, et puis ça se voit, allez ! » Elle ne m'avait jamais dit depuis qu'elle eût changé d'avis ; mais il avait dû pourtant se former en elle, à ce sujet, bien des idées nouvelles, qu'elle me cachait mais qu'un hasard pouvait, malgré elle, trahir, car ce soir-là, quand, une fois rentré, après avoir été la chercher dans sa chambre et l'avoir amenée dans la mienne, je lui eus dit (avec une certaine gêne que je ne compris pas moi-même, car j'avais bien annoncé à Albertine que j'irais dans le monde et je lui avais dit que je ne savais pas où, peut-être chez Mme de Villeparisis, peut-être chez Mme de Guermantes, peut-être chez Mme de Cambremer ; il est vrai que je n'avais justement pas nommé les Verdurin) : « Devinez d'où je viens : de chez les Verdurin », j'avais à peine eu le temps de prononcer ces mots qu'Albertine, la figure bouleversée, m'avait répondu par ceux-ci qui semblèrent exploser d'eux-mêmes avec une force qu'elle ne put contenir : « Je m'en doutais. » « Je ne savais pas que cela vous ennuierait que j'aille chez les Verdurin. » Il est vrai qu'elle ne me disait pas que cela l'ennuyait, mais c'était visible ; il est vrai aussi que je ne m'étais pas dit que cela l'ennuierait. Et pourtant devant l'explosion de sa colère, comme devant ces événements qu'une sorte de double vue rétrospective nous fait paraître avoir déjà été connus dans le passé, il me sembla que je n'avais jamais pu m'attendre à autre chose. « M'ennuyer ? Qu'est-ce que vous voulez que ça me fiche. Voilà qui m'est équilatéral. Est-ce qu'ils ne devaient pas avoir Mademoiselle Vinteuil ? » Hors de moi à ces mots : « Vous ne m'aviez pas dit que vous l'aviez rencontrée l'autre jour », lui dis-je pour lui montrer que j'étais plus instruit qu'elle ne pensait. Croyant que la personne que je lui reprochais d'avoir rencontrée sans me l'avoir raconté, c'était Mme Verdurin, et non, comme je voulais dire, Mlle Vinteuil : « Est-ce que

177

je l'ai rencontrée », demanda-t-elle d'un air rêveur,
à la fois à elle-même comme si elle cherchait à ras-
sembler ses souvenirs, et à moi comme si c'était moi
qui eût dû le lui apprendre ; et sans doute, en effet,
afin que je dise ce que je savais, peut-être aussi pour
gagner du temps avant de faire une réponse difficile.
Mais si j'étais préoccupé par Mlle Vinteuil, je l'étais
encore plus d'une crainte qui m'avait déjà effleuré
mais qui s'emparait maintenant de moi avec force,
la crainte qu'Albertine voulût sa liberté. En rentrant je croyais que Mme Verdurin avait purement et
simplement inventé par gloriole la venue de Mlle Vinteuil et de son amie, de sorte que j'étais tranquille.
Seule Albertine en me disant : « Est-ce que Mlle Vinteuil ne devait pas être là ? » m'avait montré que je
ne m'étais pas trompé dans mon premier soupçon ;
mais enfin j'étais tranquillisé là-dessus pour l'avenir,
puisqu'en renonçant à aller chez les Verdurin et en
se rendant au Trocadéro, Albertine avait sacrifié
Mlle Vinteuil. Mais, au Trocadéro, que du reste
elle avait quitté pour se promener avec moi, il y
avait eu comme raison de l'en faire revenir la présence de Léa. En y pensant je prononçai ce nom
de Léa, et Albertine, méfiante, croyant qu'on m'en
avait peut-être dit davantage, prit les devants
et s'écria avec volubilité, non sans cacher un
peu son front : « Je la connais très bien ; nous
sommes allées, l'année dernière, avec des amies, la
voir jouer : après la représentation nous sommes
montées dans sa loge, elle s'est habillée devant nous.
C'était très intéressant. » Alors ma pensée fut forcée,
de lâcher Mlle Vinteuil et dans un effort désespéré,
dans cette course à l'abîme des impossibles reconsti-
tutions, s'attacha à l'actrice, à cette soirée où Alber-

tine était montée dans sa loge. D'autre part, après
tous les serments qu'elle m'avait faits et d'un ton
si véridique, après le sacrifice si complet de sa liberté,
comment croire qu'en tout cela il y eût du mal ? Et
pourtant mes soupçons n'étaient-ils pas des antennes
dirigées vers la vérité, puisque si elle m'avait sacrifié
les Verdurin pour aller au Trocadéro, tout de même
chez les Verdurin il avait bien dû y avoir Mlle Vinteuil, et, au Trocadéro, il y avait eu Léa qui me
semblait m'inquiéter à tort et que pourtant, dans
cette phrase que je ne lui demandais pas, elle
déclarait avoir connue sur une plus grande échelle
que celle où eussent été mes craintes, dans des circonstances bien louches ? Car qui avait pu l'amener
à monter ainsi dans cette loge ? Si je cessais de souffrir
par Mlle Vinteuil quand je souffrais par Léa, ces deux
bourreaux de ma journée, c'est soit par l'infirmité
de mon esprit à se représenter à la fois trop de scènes,
soit par l'interférence de mes émotions nerveuses
dont ma jalousie n'était que l'écho. J'en pouvais
induire qu'elle n'avait pas plus été à Léa qu'à
Mlle Vinteuil et que je ne croyais à Léa que parce
que j'en souffrais encore. Mais parce que mes jalou-
sies s'éteignaient — pour se réveiller parfois, l'une
après l'autre — cela ne signifiait pas non plus qu'elles
ne correspondissent pas au contraire chacune à
quelque vérité pressentie, que de ces femmes il ne
fallait pas que je me dise aucune, mais toutes. Je
dis pressentie, car je ne pouvais pas occuper tous les
points de l'espace et du temps qu'il eût fallu, et
encore quel instinct m'eût donné la concordance
des uns et des autres pour me permettre de surprendre
Albertine ici à telle heure avec Léa, ou avec les jeunes
filles de Balbec, ou avec l'amie de Mme Bontemps

qu'elle avait frôlée, ou avec la jeune fille du tennis qui lui avait fait du coude, ou avec Mlle Vinteuil ?

Je dois dire que ce qui m'avait paru le plus grave et m'avait le plus frappé comme symptôme, c'était qu'elle allât au-devant de mon accusation, c'était qu'elle m'eût dit : « Je crois qu'ils ont eu Mlle Vinteuil ce soir », ainsi à quoi j'avais répondu le plus cruellement possible : « Vous ne m'aviez pas dit que vous l'aviez rencontrée. » Ainsi dès que je ne trouvais pas Albertine gentille, au lieu de lui dire que j'étais triste, je devenais méchant. Il y eut alors un instant où j'eus pour elle une espèce de haine qui ne fit qu'aviver mon besoin de la retenir.

« Du reste, lui dis-je avec colère, il y a bien d'autres choses que vous me cachez, même dans les plus insignifiantes, comme par exemple votre voyage de trois jours à Balbec, je le dis en passant. » J'avais ajouté ce mot ; « Je le dis en passant » comme complément de : « même les choses les plus insignifiantes », de façon que si Albertine me disait : « Qu'est-ce qu'il y a eu d'incorrect dans ma randonnée à Balbec ? » je pusse lui répondre : « Mais je ne me rappelle même plus. Ce qu'on me dit se brouille dans ma tête, j'y attache si peu d'importance. » Et en effet si je parlais de cette course de trois jours qu'elle avait faite avec le mécanicien jusqu'à Balbec, d'où ses cartes postales m'étaient arrivées avec un tel retard, j'en parlais tout à fait au hasard et je regrettais d'avoir si mal choisi mon exemple, car vraiment, ayant à peine ou le temps d'aller et de revenir, c'était certainement celle de leur promenade où il n'y avait pas eu même le temps que se glissât une rencontre un peu prolongée avec qui que ce fût. Mais Albertine crut, d'après ce que je venais de dire, que la vérité vraie, je la savais, et lui avais seulement caché que je la savais ; elle était donc restée persuadée, depuis peu de temps, que, par un moyen ou un autre, je la faisais suivre, ou enfin que d'une façon quelconque, j'étais, comme elle avait dit la semaine précédente à Andrée, « plus renseigné qu'elle-même sur sa propre vie ». Aussi elle m'interrompit par un aveu bien inutile, car certes je ne soupçonnais rien de ce qu'elle me dit et j'en fus en revanche accablé, tant peut être grand l'écart entre la vérité qu'une menteuse a travestie et l'idée que, d'après ses mensonges, celui qui aime la menteuse s'est faite de cette vérité. A peine avais-je prononcé ces mots : « Votre voyage de trois jours à Balbec, je le dis en passant », Albertine me coupant la parole me déclara comme une chose toute naturelle : « Vous voulez dire que ce voyage à Balbec n'a jamais eu lieu ? Bien sûr ! Et je me suis toujours demandée pourquoi vous avez fait celui qui y croyait. C'était pourtant bien inoffensif. Le mécanicien avait à faire pour lui pendant trois jours. Il n'osait pas vous le dire. Alors, par bonté pour lui (c'est bien moi ! et puis c'est toujours sur moi que ça retombe ces histoires-là), j'ai inventé un prétendu voyage à Balbec. Il m'a tout simplement déposée à Auteuil, chez mon amie de la rue de l'Assomption, où j'ai passé les trois jours à me raser à cent sous l'heure. Vous voyez que c'est pas grave, il n'y a rien de cassé. J'ai bien commencé à supposer que vous saviez peut-être tout, quand j'ai vu que vous vous mettiez à rire à l'arrivée, avec huit jours de retard, des cartes postales. Je reconnais que c'était ridicule et qu'il aurait mieux valu pas de cartes du tout. Mais ce n'est pas ma faute. Je les avais achetées d'avance et données au mécani-

cien avant qu'il me dépose à Auteuil, et puis ce veau-là
les a oubliées dans ses poches, au lieu de les envoyer
sous enveloppes à un ami qu'il a près de Balbec et
qui devait vous les réexpédier. Je me figurais toujours qu'elles allaient arriver. Lui s'en est seulement
souvenu au bout de cinq jours et au lieu de le me
dire le nigaud les a envoyées aussitôt à Balbec. Quand
il m'a dit ça, je lui en ai cassé sur la figure, allez !
Vous préoccuper inutilement par la faute de ce
grand imbécile, comme récompense de m'être cloî-
trée pendant trois jours, pour qu'il puisse aller
régler ses petites affaires de famille. Je n'osais
même pas sortir dans Auteuil de peur d'être vue.
La seule fois que je suis sortie c'est déguisée en
homme, histoire de rigoler plutôt. Et ma chance,
qui me suit partout, a voulu que la première personne dans les pattes de qui je me suis fourrée
soit votre youpin d'ami Bloch. Mais je ne pense
pas que ce soit par lui que vous ayez su que le
voyage à Balbec n'a jamais existé que dans mon
imagination, car il a eu l'air de ne pas me reconnaître. »

Je ne savais que dire, ne voulant pas paraître
étonné, et écrasé par tant de mensonges. A un sentiment d'horreur, qui ne me faisait pas désirer de chasser Albertine, au contraire, s'ajoutait une extrême
envie de pleurer. Celle-ci était causée non par le mensonge lui-même et par l'anéantissement de tout ce
que j'avais tellement cru vrai que je me sentais
comme dans une ville rasée, où pas une maison ne
subsiste, où le sol nu est seulement bossué de décom-
bres — mais par cette mélancolie que, pendant ces
trois jours passés à s'ennuyer chez son amie d'Auteuil, Albertine n'ait pas une fois eu le désir, peut-

être même pas l'idée, de venir passer en cachette un jour chez moi, ou par un petit bleu de me demander d'aller la voir à Auteuil. Mais je n'avais pas le temps de m'adonner à ces pensées. Je ne voulais surtout pas paraître étonné. Je souris de l'air de quelqu'un qui en sait plus long qu'il ne le dit : « Mais ceci est une chose entre mille. Ainsi tenez, vous saviez que Mlle Vinteuil devait venir chez Mme Verdurin, cet après-midi quand vous êtes allée au Trocadéro. » Elle rougit : « Oui, je le savais. » « Pouvez-vous me jurer que ce n'était pas pour ravoir des relations avec elle que vous vouliez aller chez les Verdurin. » « Mais bien sûr que je peux vous le jurer. Pourquoi ravoir, je n'en ai jamais eu, je vous le jure. » J'étais navré d'entendre Albertine me mentir ainsi, me nier l'évidence que sa rougeur m'avait trop avouée. Sa fausseté me navrait. Et pourtant, comme elle contenait une protestation d'innocence que, sans m'en rendre compte, j'étais prêt à croire, elle me fit moins de mal que sa sincérité quand lui ayant demandé : « Pouvez-vous du moins me jurer que le plaisir de revoir Mlle Vinteuil n'entrait pour rien dans votre désir d'aller à cette matinée des Verdurin ? » elle me répondit : « Non, cela je ne peux pas le jurer. Cela me faisait un grand plaisir de revoir Mlle Vinteuil. » Une seconde avant, je lui en voulais de dissimuler ses relations avec Mlle Vinteuil, et maintenant l'aveu du plaisir qu'elle aurait eu à la voir me cassait bras et jambes. D'ailleurs sa façon mystérieuse de vouloir aller chez les Verdurin eût dû m'être une preuve suffisante. Mais je n'y avais plus assez pensé. Quoique me disant maintenant la vérité, pourquoi n'avouait-t-elle qu'à moitié, c'était encore plus bête que méchant et que triste. J'étais tellement

écrasé que je n'eus pas le courage d'insister là-
dessus où je n'avais pas le beau rôle, n'ayant pas de
document révélateur à produire, et pour ressaisir
mon ascendant je me hâtai de passer à un sujet
qui allait me permettre de mettre en déroute
Albertine : « Tenez, pas plus tard que ce soir
chez les Verdurin, j'ai appris que ce que vous m'aviez
dit sur Mlle Vinteuil... » Albertine me regardait
fixement d'un air tourmenté, tâchant de lire dans
mes yeux ce que je savais. Or ce que je savais et que
j'allais lui dire sur ce qu'était Mlle Vinteuil, il est
vrai que ce n'était pas chez les Verdurin que je l'avais
appris, mais à Montjouvain autrefois. Seulement
comme je n'en avais, exprès, jamais parlé à Albertine, je pouvais avoir l'air de le savoir de ce soir
seulement. Et j'eus presque de la joie — après en
avoir eu dans le petit tram tant de souffrance — de
posséder ce souvenir de Montjouvain, que je post-
daterais, mais qui n'en serait pas moins la preuve
accablante, un coup de massue pour Albertine. Cette
fois-ci au moins, je n'avais pas besoin d' « avoir l'air
de savoir » et de « faire parler » Albertine : je savais,
j'avais vu par la fenêtre éclairée de Montjouvain.
Albertine avait eu beau me dire que ses relations
avec Mlle Vinteuil et son amie avaient été très pures,
comment pourrait-elle quand je lui jurerais (et lui
jurerais sans mentir) que je connaissais les mœurs
de ces deux femmes, comment pourrait-elle soutenir
qu'ayant vécu dans une intimité quotidienne avec
elles, les appelant « mes grandes sœurs », elle n'avait
pas été de leur part l'objet de propositions qui l'auraient fait rompre avec elles, si au contraire elle ne les
avait acceptées. Mais je n'eus pas le temps de dire
ce que je savais. Albertine croyant, comme pour le

184

faux voyage à Balbec, que j'avais appris la vérité, soit
par Mlle Vinteuil, si elle avait été chez les Verdurin,
soit par Mme Verdurin tout simplement qui avait
pu parler d'elle à Mlle Vinteuil, ne me laissa pas
prendre la parole et me fit un aveu, exactement
contraire de celui que j'avais cru, mais qui, en me
démontrant qu'elle n'avait jamais cessé de me
mentir, me fit peut-être autant de peine (surtout
parce que je n'étais plus, comme j'ai dit tout à
l'heure, jaloux de Mlle Vinteuil) ; donc, prenant les
devants, Albertine parla ainsi : « Vous voulez dire que
vous avez appris ce soir que je vous ai menti quand
j'ai prétendu avoir été à moitié élevée par l'amie
de Mlle Vinteuil. C'est vrai que je vous ai un peu
menti. Mais je me sentais si dédaignée par vous, je
vous voyais aussi si enflammé pour la musique de ce
Vinteuil que comme une de mes camarades — ça
c'est vrai, je vous le jure — avait été amie de l'amie
de Mlle Vinteuil, j'ai cru bêtement me rendre intéressante à vos yeux en inventant que j'avais beaucoup
connu ces jeunes filles. Je sentais que je vous ennuyais, que vous me trouviez bécasse, j'ai pensé
qu'en vous disant que ces gens-là m'avaient fré-
quentée, que je pourrais très bien vous donner des
détails sur les œuvres de Vinteuil, je prendrais un
petit peu de prestige à vos yeux, que cela nous rapprocherait. Quand je vous mens, c'est toujours par
amitié pour vous. Et il a fallu cette fatale soirée
Verdurin pour que vous appreniez la vérité, qu'on a
peut-être exagérée du reste. Je parie que l'amie de
Mlle Vinteuil vous aura dit qu'elle ne me connaissait
pas. Elle m'a vu au moins deux fois chez ma camarade. Mais naturellement, je ne suis pas assez chic
pour des gens qui sont devenus si célèbres. Ils pré-

fèrent dire qu'ils ne m'ont jamais vue. » Pauvre
Albertine, quand elle avait cru que de me dire qu'elle
avait été si liée avec l'amie de Mlle Vinteuil, retarde-
rait en « plaquage », la rapprocherait de moi, elle avait,
comme il arrive si souvent, atteint la vérité par un
autre chemin que celui qu'elle avait voulu prendre.
Se montrer plus renseignée sur la musique que je ne
l'aurais cru ne m'aurait nullement empêché de
rompre avec elle ce soir-là, dans le petit tram ; et
pourtant c'était bien cette phrase, qu'elle avait dite
dans ce but, qui avait immédiatement amené bien
plus que l'impossibilité de rompre. Seulement elle
faisait une erreur d'interprétation, non sur l'effet que
devait avoir cette phrase, mais sur la cause en vertu
de laquelle elle devait produire cet effet, cause qui
était non pas d'apprendre sa culture musicale, mais
ses mauvaises relations. Ce qui m'avait brusquement
rapproché d'elle, bien plus fondu en elle, ce n'était
pas l'attente d'un plaisir — et un plaisir est encore
trop dire, un léger agrément — c'était l'étreinte
d'une douleur.

Cette fois-ci encore, je n'avais pas le temps de
garder un trop long silence qui eût pu lui laisser supposer de l'étonnement. Aussi, touché qu'elle fût si
modeste et se crût dédaignée dans le milieu Verdurin, je lui dis tendrement : « Mais ma chérie, je
vous donnerais bien volontiers quelques centaines
de francs pour que vous alliez faire où vous voudrez
la dame chic et que vous invitiez à un beau dîner
M. et Mme Verdurin. » Hélas ! Albertine était plusieurs personnes. La plus mystérieuse, la plus simple,
la plus atroce se montra dans la réponse qu'elle me
fit d'un air de dégoût et dont à dire vrai je ne dis-
tinguai pas bien les mots (même les mots du com-

mencement puisqu'elle ne termina pas). Je ne les rétablis qu'un peu plus tard quand j'eus deviné sa pensée. On entend rétrospectivement quand on a compris. « Grand merci ! dépenser un sou pour ces vieux-là, j'aime bien mieux que vous me laissiez une fois libre pour que j'aille me faire casser... » Aussitôt dit sa figure s'empourpra, elle eut l'air navré, elle mit sa main devant sa bouche comme si elle avait pu faire rentrer les mots qu'elle venait de dire et que je n'avais pas du tout compris. « Qu'est-ce que vous dites Albertine ? » « Non rien, je m'endormais à moitié. » « Mais pas du tout, vous êtes très réveillée. » « Je pensais au dîner Verdurin, c'est très gentil de votre part ». « Mais non, je parle de ce que vous avez dit ». Elle me donna mille versions qui ne cadraient nullement, je ne dis même pas avec ses paroles qui, interrompues, restaient vagues, mais avec cette interruption même et la rougeur subite qui l'avait accompagnée. « Voyons, mon chéri, ce n'est pas cela que vous voulez dire, sans quoi pourquoi vous seriez-vous arrêtée. » « Parce que je trouvais ma demande indiscrète. » « Quelle demande ? » « De donner un dîner. » « Mais non, ce n'est pas cela, il n'y a pas de discrétion à faire entre nous. » « Mais si, au contraire, il ne faut pas abuser des gens qu'on aime. En tous cas je vous jure que c'est cela. » D'une part il m'était toujours impossible de douter d'un serment d'elle, d'autre part ses explications ne satisfaisaient pas ma raison. Je ne cessai pas d'insister. « Enfin, au moins ayez le courage de finir votre phrase, vous en êtes restée à *casser*. » « Oh ! non, laissez-moi ! » « Mais pourquoi ? » « Parce que c'est affreusement vulgaire, j'aurais trop de honte de dire ça devant vous. Je ne sais pas à quoi je pensais, ces mots dont je ne sais

même pas le sens et que j'avais entendus un jour
dans la rue dits par des gens très orduriers, me sont
venus à la bouche, sans rime ni raison. Ça ne se
rapporte ni à moi ni à personne, je rêvais tout haut. »
Je sentis que je ne tirerais rien de plus d'Albertine.
Elle m'avait menti quand elle m'avait juré tout à
l'heure que ce qui l'avait arrêtée c'était une crainte
mondaine d'indiscrétion, devenue maintenant la
honte de tenir devant moi un propos trop vulgaire.
Or c'était certainement un second mensonge. Car,
quand nous étions ensemble avec Albertine, il n'y
avait pas de propos si pervers, de mots si grossiers
que nous ne les prononcions tout en nous caressant.
En tout cas il était inutile d'insister en ce moment.
Mais ma mémoire restait obsédée par ce mot « casser ». Albertine disait souvent « casser du bois »,
« casser du sucre sur quelqu'un », ou tout court : « ah !
ce que je lui en ai cassé ! » pour dire « ce que je l'ai
injurié ! » Mais elle disait cela couramment devant
moi et si c'est cela qu'elle avait voulu dire, pourquoi
s'était-elle tue brusquement, pourquoi avait-elle
rougi si fort, mis ses mains sur sa bouche, refait tout
autrement sa phrase et, quand elle avait vu que j'avais
bien entendu « casser », donné une fausse explication. Mais du moment que je renonçais à poursuivre
un interrogatoire où je ne recevais pas de réponse,
le mieux était d'avoir l'air de n'y plus penser, et
revenant par la pensée aux reproches qu'Albertine
m'avait faits d'être allé chez la Patronne, je lui dis
fort gauchement, ce qui était comme une espèce
d'excuse stupide : « J'avais justement voulu vous
demander de venir ce soir à la soirée des Verdurin »,
— phrase doublement maladroite, car si je le voulais,
l'ayant vue tout le temps, pourquoi ne le lui aurais-je

pas proposé ? Furieuse de mon mensonge et enhardie
par ma timidité : « Vous me l'auriez demandé pendant mille ans, me dit-elle, que je n'aurais pas con-
senti. Ce sont des gens qui ont toujours été contre
moi, ils ont tout fait pour me contrarier. Il n'y a pas
de gentillesse que je n'aie eues pour Mme Verdurin à
Balbec, j'en ai été joliment récompensée. Elle me
ferait demander à son lit de mort que je n'irais pas.
Il y a des choses qui ne se pardonnent pas. Quant à
vous, c'est la première indélicatesse que vous me
faites. Quand Françoise m'a dit que vous étiez sorti
(elle était contente, allez, de me le dire), j'aurais
mieux aimé qu'on me fende la tête par le milieu. J'ai
tâché qu'on ne remarque rien, mais de ma vie je
n'ai jamais ressenti un affront pareil. » Pendant
qu'elle me parlait se poursuivait en moi, dans le
sommeil fort vivant et créateur de l'inconscient
(sommeil où achèvent de se graver les choses qui
nous effleurèrent seulement, où les mains endormies
se saisissent de la clef qui ouvre, vainement cherchée
jusque là), la recherche de ce qu'elle avait voulu dire
par la phrase interrompue dont j'aurais voulu savoir
quelle eût été la fin. Et tout d'un coup deux mots
atroces, auxquels je n'avais nullement songé, tom-
bèrent sur moi : « le pot ». Je ne peux pas dire qu'ils
vinrent d'un seul coup, comme quand, dans une
longue soumission passive à un souvenir incomplet,
tout en tâchant doucement, prudemment, de l'étendre, on reste plié, collé à lui. Non, contrairement à
ma manière habituelle de me souvenir, il y eut je
crois deux voies parallèles de recherche ; l'une tenait
compte non pas seulement de la phrase d'Albertine,
mais de son regard excédé quand je lui avais proposé
un don d'argent pour donner un beau dîner, un regard

189

qui semblait dire : « Merci, dépenser de l'argent pour des choses qui m'embêtent, quand sans argent je pourrais en faire qui m'amusent ! » Et c'est peut-être le souvenir de ce regard qu'elle avait eu, qui me fit changer de méthode pour trouver la fin de ce qu'elle avait voulu dire. Jusque-là je m'étais hypnotisé sur le dernier mot : « casser », elle avait voulu dire casser quoi ? Casser du bois ? Non. Du sucre ? Non. Casser, casser, casser. Et tout à coup le regard qu'elle avait eu au moment de ma proposition qu'elle donnât un dîner, me fit rétrograder dans les mots de sa phrase. Et aussitôt je vis qu'elle n'avait pas dit « casser », mais « me faire casser ». Horreur ! c'était cela qu'elle aurait préféré. Double horreur ! car même la dernière des grues, et qui consent à cela, ou le désire, n'emploie pas avec l'homme qui s'y prête cette affreuse expression. Elle se sentirait par trop avilie. Avec une femme seulement, si elle les aime, elle dit cela pour s'excuser de se donner tout à l'heure à un homme. Albertine n'avait pas menti quand elle m'avait dit qu'elle rêvait à moitié. Distraite, impulsive, ne songeant pas qu'elle était avec moi, elle avait eu le haussement d'épaules, elle avait commencé de parler comme elle eût fait avec une de ces femmes, avec peut-être une de mes jeunes filles en fleurs. Et brusquement rappelée à la réalité, rouge de honte, renfonçant ce qu'elle allait dire dans sa bouche, désespérée, elle n'avait plus voulu prononcer un seul mot. Je n'avais pas une seconde à perdre si je ne voulais pas qu'elle s'aperçût du désespoir où j'étais. Mais déjà, après le sursaut de la rage, les larmes me venaient aux yeux. Comme à Balbec, la nuit qui avait suivi sa révélation de son amitié avec les Vinteuil, il me fallait inventer immédiatement pour mon chagrin une cause plausible, en même temps capable de produire un effet si profond sur Albertine que cela me donnât un répit de quelques jours avant de prendre une décision. Aussi, au moment où elle me disait qu'elle n'avait jamais éprouvé un affront pareil à celui que je lui avais infligé en sortant, qu'elle aurait mieux aimé mourir que s'entendre dire cela par Françoise, et comme, agacé de sa risible susceptibilité, j'allais lui dire que ce que j'avais fait était bien insignifiant, que cela n'avait rien de froissant pour elle que je fusse sorti, — comme pendant ce temps-là, parallèlement, ma recherche inconsciente de ce qu'elle avait voulu dire après le mot « casser » avait abouti, et que le désespoir où ma découverte me jetait n'était pas possible à cacher complètement, au lieu de me défendre, je m'accusai. « Ma petite Albertine, lui dis-je d'un ton doux que gagnaient mes premières larmes, je pourrais vous dire que vous avez tort, que ce que j'ai fait n'est rien, mais je mentirais ; c'est vous qui avez raison, vous avez compris la vérité, mon pauvre petit, c'est qu'il y a six mois, c'est qu'il y a trois mois, quand j'avais encore tant d'amitié pour vous, jamais je n'eusse fait cela. C'est un rien et c'est énorme à cause de l'immense changement dans mon cœur dont cela est le signe. Et puisque vous avez deviné ce changement que j'espérais vous cacher, cela m'amène à vous dire ceci : Ma petite Albertine (et je le dis avec une douceur et une tristesse profondes) voyez-vous, la vie que vous menez ici est ennuyeuse pour vous, il vaut mieux nous quitter, et comme les séparations les meilleures sont celles qui s'effectuent le plus rapidement, je vous demande pour abréger le grand chagrin que je vais avoir, de me dire adieu ce soir et de partir demain matin sans que je vous aie revue, pendant que je dormirai. » Elle parut stupéfaite, encore incrédule et déjà désolée : « Comment demain ? Vous le voulez ? » Et malgré la souffrance que j'éprouvais à parler de notre séparation comme déjà entrée dans le passé — peut-être en partie à cause de cette souffrance même — je me mis à adresser à Albertine les conseils les plus précis pour certaines choses qu'elle aurait à faire après son départ de la maison. Et de recommandations en recommandations, j'en arrivai bientôt à entrer dans de minutieux détails. « Ayez la gentillesse, dis-je avec une infinie tristesse, de me renvoyer le livre de Bergotte qui est chez votre tante. Cela n'a rien de pressé, dans trois jours, dans huit jours, quand vous voudrez, mais pensez-y pour que je n'aie pas à vous le faire demander, cela me ferait trop de mal. Nous avons été heureux, nous sentons maintenant que nous serions malheureux. » « Ne dites pas que nous sentons que nous serions malheureux, me dit Albertine en m'interrompant, ne dites pas nous, c'est vous seul qui trouvez cela. » « Oui, enfin, vous ou moi, comme vous voudrez, pour une raison ou l'autre. Mais il est une heure folle, il faut vous coucher — nous avons décidé de nous quitter ce soir. » « Pardon, *vous* avez décidé et je vous obéis parce que je ne veux pas vous faire de la peine. » « Soit, c'est moi qui ai décidé, mais ce n'en est pas moins douloureux pour moi. Je ne dis pas que ce sera douloureux longtemps, vous savez que je n'ai pas la faculté de me souvenir longtemps, mais les premiers jours je m'ennuierai tant après vous ! Aussi je trouve inutile de raviver par des lettres, il faut finir tout d'un coup. » « Oui vous avez raison, me dit-elle d'un air navré, auquel ajoutaient encore ses traits fléchis par la fatigue de l'heure tardive, plutôt que de se faire couper un doigt puis un autre, j'aime mieux donner la tête tout de suite. » « Mon Dieu, je suis épouvanté en pensant à l'heure à laquelle je vous fais coucher, c'est de la folie. Enfin pour le dernier soir ! Vous aurez le temps de dormir tout le reste de la vie. » Et ainsi en lui disant qu'il fallait nous dire bonsoir, je cherchais à retarder le moment où elle me l'eût dit. « Voulez-vous, pour vous distraire les premiers jours, que je dise à Bloch de vous envoyer sa cousine Esther à l'endroit où vous serez, il fera cela pour moi. » « Je ne sais pas pourquoi vous dites cela (je le disais pour tâcher d'arracher un aveu à Albertine) ; je ne tiens qu'à une seule personne, c'est à vous », me dit Albertine, dont les paroles me remplirent de douceur. Mais aussitôt quel mal elle me fit : « Je me rappelle très bien que j'ai donné ma photographie à Esther parce qu'elle insistait beaucoup et que je voyais que cela lui ferait plaisir, mais quant à avoir eu de l'amitié pour elle ou à avoir envie de la voir jamais... » Et pourtant Albertine était de caractère si léger qu'elle ajouta : « Si elle veut me voir, moi ça m'est égal, elle est très gentille, mais je n'y tiens aucunement. » Ainsi quand je lui avais parlé de la photographie d'Esther que m'avait envoyée Bloch (et que je n'avais même pas encore reçue quand j'en avais parlé à Albertine) mon amie avait compris que Bloch m'avait montré une photographie d'elle, donnée par elle à Esther. Dans mes pires suppositions, je ne m'étais jamais figuré qu'une pareille intimité avait pu exister entre Albertine et Esther. Albertine n'avait rien trouvé à me répondre quand j'avais parlé de la photographie. Et maintenant me

193

croyant bien à tort au courant elle trouvait plus habile d'avouer. J'étais accablé. « Et puis Albertine, je vous demande en grâce une chose, c'est de ne jamais chercher à me revoir. Si jamais, ce qui peut arriver dans un an, dans deux ans, dans trois ans, nous nous trouvions dans la même ville, évitez-moi. » Et voyant qu'elle ne répondait pas affirmativement à ma prière : « Mon Albertine, ne me revoyez jamais en cette vie. Cela me ferait trop de peine. Car j'avais vraiment de l'amitié pour vous, vous savez. Je sais bien que quand je vous ai raconté l'autre jour que je voulais revoir l'amie dont nous avions parlé à Balbec, vous avez cru que c'était arrangé. Mais non, je vous assure que cela m'était bien égal. Vous êtes persuadée que j'avais résolu depuis longtemps de vous quitter, que ma tendresse était une comédie. » « Mais non, vous êtes fou, je ne l'ai pas cru, dit-elle tristement. » « Vous avez raison, il ne faut pas le croire, je vous aimais vraiment, pas d'amour peut-être, mais de grande, de très grande amitié, plus que vous ne pouvez croire. » « Mais si, je le crois. Et si vous vous figurez que moi je ne vous aime pas ! » « Cela me fait une grande peine de vous quitter. » « Et moi mille fois plus grande », me répondit Albertine. Et déjà depuis un moment je sentais que je ne pouvais plus retenir les larmes qui montaient à mes yeux. Et ces larmes ne venaient pas du tout du même genre de tristesse que j'éprouvais jadis quand je disais à Gilberte : « Il vaut mieux que nous ne nous voyions plus, la vie nous sépare. » Sans doute quand j'écrivais cela à Gilberte, je me disais que quand j'aimerais non plus elle, mais une autre, l'excès de mon amour diminuerait celui que j'aurais peut-être pu inspirer, comme s'il y avait fatalement entre deux êtres une

194

certaine quantité d'amour disponible, où le trop-pris
par l'un est retiré à l'autre, et que, de l'autre aussi,
comme de Gilberte, je serais condamné à me séparer.
Mais la situation était toute différente pour bien des
raisons, dont la première, qui avait à son tour produit
les autres, était que ce défaut de volonté que ma
grand'mère et ma mère avaient redouté pour moi,
à Combray, et devant laquelle l'une et l'autre, tant
un malade a d'énergie pour imposer sa faiblesse,
avaient successivement capitulé, ce défaut de volonté
avait été en s'aggravant d'une façon de plus en plus
rapide. Quand j'avais senti que ma présence fatiguait
Gilberte, j'avais encore assez de forces pour renoncer
à elle ; je n'en avais plus, quand j'avais fait la même
constatation pour Albertine et je ne songeais qu'à la
retenir à tout prix. De sorte que, si j'écrivais à Gilberte
que je ne la verrais plus, et dans l'intention de ne plus
la voir en effet, je ne le disais à Albertine que par
pur mensonge et pour amener une réconciliation.
Ainsi nous présentions-nous l'un à l'autre une apparence qui était bien différente de la réalité. Et sans
doute il en est toujours ainsi quand deux êtres sont
face à face ; puisque chacun d'eux ignore une partie
de ce qui est dans l'autre (même ce qu'il sait, il ne
peut en partie le comprendre) et que tous deux
manifestent ce qui leur est le moins personnel, soit
qu'ils n'aient pas démêlé eux-mêmes et jugent
négligeable ce qui l'est le plus, soit que des avan-
tages insignifiants et qui ne tiennent pas à eux
leur semblent plus importants et plus flatteurs.
Mais dans l'amour ce malentendu est porté au
degré suprême parce que, sauf peut-être quand on
est enfant, on tâche que l'apparence qu'on prend,
plutôt que de refléter exactement notre pensée,

soit ce que cette pensée juge le plus propre à nous faire obtenir ce que nous désirons, et qui pour moi, depuis que j'étais rentré, était de pouvoir garder Albertine aussi docile que par le passé, qu'elle ne me demandât pas dans son irritation une liberté plus grande, que je souhaitais lui donner un jour, mais qui en ce moment où j'avais peur de ses velléités d'indépendance, m'eût rendu trop jaloux. A partir d'un certain âge, par amour-propre et par sagacité, ce sont les choses qu'on désire le plus auxquelles on a l'air de ne pas tenir. Mais en amour, la simple sagacité — qui d'ailleurs n'est probablement pas la vraie sagesse — nous force assez vite à ce génie de duplicité. Tout ce que j'avais, enfant, rêvé de plus doux dans l'amour et qui me semblait de son essence même, c'était, devant celle que j'aimais, d'épancher librement ma tendresse, ma reconnaissance pour sa bonté, mon désir d'une perpétuelle vie commune. Mais je m'étais trop bien rendu compte par ma propre expérience et d'après celle de mes amis, que l'expression de tels sentiments est loin d'être contagieuse. Une fois qu'on a remarqué cela, on ne se « laisse plus aller » ; je m'étais gardé dans l'après-midi de dire à Albertine toute la reconnaissance que je lui avais de ne pas être restée au Trocadéro. Et ce soir, ayant eu peur qu'elle me quittât, j'avais feint de désirer la quitter, feinte qui ne m'était pas seulement dictée d'ailleurs, par les enseignements que j'avais cru recueillir de mes amours précédentes et dont j'essayais de faire profiter celui-ci.

Cette crainte qu'Albertine allât peut-être me dire : « Je veux certaines heures où je sorte seule, je veux pouvoir m'absenter vingt-quatre heures », enfin je ne sais quelle demande de la sorte, que je ne cherchais pas à définir, mais qui m'épouvantait, cette crainte m'avait un instant effleuré avant et pendant la soirée Verdurin. Mais elle s'était dissipée, contredite d'ailleurs par le souvenir de tout ce qu'Albertine me disait sans cesse de son bonheur à la maison. L'intention de me quitter, si elle existait chez Albertine, ne se manifestait que d'une façon obscure, par certains regards tristes, certaines impatiences, des phrases qui ne voulaient nullement dire cela, mais qui, si on raisonnait (et on n'avait même pas besoin de raisonner car on devine immédiatement ce langage de la passion, les gens du peuple eux-mêmes comprennent ces phrases qui ne peuvent s'expliquer que par la vanité, la rancune, la jalousie, d'ailleurs inexprimées, mais que dépiste aussitôt chez l'interlocuteur une faculté intuitive qui, comme ce « bon sens » dont parle Descartes, est la chose du monde la plus répandue) révélaient la présence en elle d'un sentiment qu'elle cachait et qui pouvait la conduire à faire des plans pour une autre vie sans moi. De même que cette intention ne s'exprimait pas dans ses paroles d'une façon logique, de même le pressentiment de cette intention, que j'avais depuis ce soir, restait en moi tout aussi vague. Je continuais à vivre sur l'hypothèse qui admettait pour vrai tout ce que me disait Albertine. Mais il se peut qu'en moi, pendant ce temps là, une hypothèse toute contraire, et à laquelle je ne voulais pas penser, ne me quittât pas ; cela est d'autant plus probable, que, sans cela, je n'eusse nullement été gêné de dire à Albertine que j'étais allé chez les Verdurin, et que, sans cela, le peu d'étonnement que me causa sa colère n'eût pas été compréhensible. De sorte que ce qui vivait probable-

ment en moi, c'était l'idée d'une Albertine entièrement
contraire à celle que ma raison s'en faisait, à celle
aussi que ses paroles à elle dépeignaient, une Albertine pourtant pas absolument inventée, puisqu'elle
était comme un miroir antérieur de certains mouvements qui se produisirent chez elle, comme sa mauvaise humeur que je fusse allé chez les Verdurin.
D'ailleurs depuis longtemps mes angoisses fréquentes,
ma peur de dire à Albertine que je l'aimais, tout cela
correspondait à une autre hypothèse qui expliquait
bien plus de choses et avait aussi cela pour elle, que,
si on adoptait la première, la deuxième devenait
plus probable, car en me laissant aller à des effusions
de tendresse avec Albertine, je n'obtenais d'elle
qu'une irritation (à laquelle d'ailleurs elle assignait
une autre cause).

En analysant d'après cela, d'après le système inva-
riable de ripostes dépeignant exactement le contraire de ce que j'éprouvais, je peux être assuré que
si, ce soir-là, je lui dis que j'allais la quitter, c'était —
même avant que je m'en fusse rendu compte — parce
que j'avais peur qu'elle voulût une liberté (je n'aurais pas trop su dire quelle était cette liberté qui me
faisait trembler, mais enfin une liberté telle qu'elle
eût pu me tromper, ou du moins que je n'aurais plus
pu être certain qu'elle ne me trompât pas) et que
je voulais lui montrer par orgueil, par habileté, que
j'étais bien loin de craindre cela, comme déjà, à
Balbec, quand je voulais qu'elle eût une haute idée
de moi et, plus tard, quand je voulais qu'elle n'eût
pas le temps de s'ennuyer avec moi. Enfin, pour l'ob-
jection qu'on pourrait opposer à cette deuxième
hypothèse, — l'informulée, — que tout ce qu'Albertine me disait toujours signifiait au contraire que

sa vie préférée était la vie chez moi, le repos, la lecture, la solitude, la haine des amours saphiques, etc.,
il serait inutile de s'y arrêter. Car si de son côté
Albertine avait voulu juger de ce que j'éprouvais
par ce que je lui disais, elle aurait appris exactement
le contraire de la vérité, puisque je ne manifestais
jamais le désir de la quitter que quand je ne pouvais
pas me passer d'elle, et qu'à Balbec je lui avais avoué
aimer une autre femme, une fois Andrée, une autre
fois une personne mystérieuse, les deux fois où la
jalousie m'avait rendu de l'amour pour Albertine.
Mes paroles ne reflétaient donc nullement mes sentiments. Si le lecteur n'en a que l'impression assez
faible, c'est qu'étant narrateur je lui expose mes
sentiments en même temps que je lui répète mes
paroles. Mais si je lui cachais les premiers et s'il
connaissait seulement les secondes, mes actes, si
peu en rapport avec elles, lui donneraient si souvent
l'impression d'étranges revirements qu'il me croirait
à peu près fou. Procédé qui ne serait pas du reste
beaucoup plus faux que celui que j'ai adopté, car
les images qui me faisaient agir, si opposées à celles
qui se peignaient dans mes paroles, étaient à ce
moment là fort obscures ; je ne connaissais qu'im-
parfaitement la nature suivant laquelle j'agissais ;
aujourd'hui, j'en connais clairement la vérité sub-
jective. Quant à sa vérité objective, c'est-à-dire si
les inclinations de cette nature saisissaient plus
exactement que mon raisonnement les intentions
véritables d'Albertine, si j'ai eu raison de me fier
à cette nature et si au contraire elle n'a pas altéré
les intentions d'Albertine au lieu de les démêler,
c'est ce qu'il m'est difficile de dire. Cette crainte
vague éprouvée par moi chez les Verdurin qu'Al-

bertine me quittât s'était d'abord dissipée. Quand j'étais rentré ç'avait été avec le sentiment d'être un prisonnier, nullement de retrouver une prisonnière. Mais la crainte dissipée m'avait ressaisi avec plus de force, quand, au moment où j'avais annoncé à Albertine que j'étais allé chez les Verdurin, j'avais vu se superposer à son visage une apparence d'énigmatique irritation qui n'y affleurait pas du reste pour la première fois. Je savais bien qu'elle n'était que la cristallisation dans la chair de griefs raisonnés, d'idées claires pour l'être qui les forme et qui les tait, synthèse devenue visible mais non plus rationnelle, et que celui qui en recueille le précieux résidu sur le visage de l'être aimé, essaye à son tour, pour comprendre ce qui se passe en celui-ci, de ramener par l'analyse à ses éléments intellectuels. L'équation approximative de cette inconnue qu'était pour moi la pensée d'Albertine, m'avait à peu près donné : « Je savais ses soupçons, j'étais sûr qu'il chercherait à les vérifier, et pour que je ne puisse pas le gêner, il a fait tout son petit travail en cachette. » Mais si c'est avec de telles idées, et qu'elle ne m'avait jamais exprimées, que vivait Albertine, ne devait-elle pas prendre en horreur, n'avoir plus la force de mener, ne pouvait-elle pas d'un jour à l'autre décider de cesser une existence où, si elle était, au moins de désir, coupable, elle se sentait devinée, traquée, empêchée de se livrer jamais à ses goûts, sans que ma jalousie en fût désarmée, où si elle était innocente d'intention et de fait, elle avait le droit, depuis quelque temps, de se sentir découragée, en voyant que depuis Balbec, où elle avait mis tant de persévérance à éviter de jamais rester seule avec Andrée, jusqu'à aujourd'hui où elle avait renoncé à aller

chez les Verdurin et à rester au Trocadéro, elle n'avait
pas réussi à regagner ma confiance. D'autant plus
que je ne pouvais pas dire que sa tenue ne fût parfaite. Si à Balbec, quand on parlait de jeunes filles
qui avaient mauvais genre, elle avait eu souvent
des rires, des éploiements de corps, des imitations
de leur genre, qui me torturaient à cause de ce que
je supposais que cela signifiait pour ses amies, depuis
qu'elle savait mon opinion là-dessus, dès qu'on faisait
allusion à ce genre de choses, elle cessait de prendre
part à la conversation, non seulement avec la parole,
mais avec l'expression du visage. Soit pour ne pas
contribuer aux malveillances qu'on disait sur telle
ou telle, soit pour toute autre raison, la seule chose
qui frappait alors, dans ses traits si mobiles, c'est
qu'à partir du moment où on avait effleuré ce sujet,
ils avaient témoigné de leur distraction, en gardant
exactement l'expression qu'ils avaient un instant
avant. Et cette immobilité d'une expression même
légère pesait comme un silence ; il eût été impossible
de dire qu'elle blâmât, qu'elle approuvât, qu'elle
connût ou non ces choses. Chacun de ses traits n'était
plus en rapport qu'avec un autre de ses traits. Son
nez, sa bouche, ses yeux formaient une harmonie
parfaite, isolée du reste ; elle avait l'air d'un pastel et
de ne pas plus avoir entendu ce qu'on venait de dire
que si on l'avait dit devant un portrait de Latour.

Mon esclavage, encore perçu par moi, quand en
donnant au cocher l'adresse de Brichot, j'avais vu
la lumière de la fenêtre, avait cessé de me peser peu
après, quand j'avais vu qu'Albertine avait l'air de
sentir si cruellement le sien. Et pour qu'il lui parût
moins lourd, qu'elle n'eût pas l'idée de le rompre
d'elle-même, le plus habile m'avait semblé de lui

donner l'impression qu'il n'était pas définitif et que
je souhaitais moi-même qu'il prît fin. Voyant que ma
feinte avait réussi, j'aurais pu me trouver heureux,
d'abord parce que ce que j'avais tant redouté, la
volonté que je supposais à Albertine de partir, se
trouvait écartée, et ensuite, parce que, en dehors
même du résultat visé, en lui-même le succès de ma
feinte, en prouvant que je n'étais pas absolument
pour Albertine un amant dédaigné, un jaloux bafoué,
dont toutes les ruses sont d'avance percées à jour,
redonnait à notre amour une espèce de virginité,
faisant renaître pour lui le temps où elle pouvait
encore, à Balbec, croire si facilement que j'en aimais
une autre. Car elle ne l'aurait sans doute plus cru,
mais elle ajoutait foi à mon intention simulée de
nous séparer à tout jamais ce soir. Elle avait
l'air de se méfier que la cause en pût être chez
les Verdurin. Par un besoin d'apaiser le trouble
où me mettait ma simulation de rupture, je lui
dis : « Albertine, pouvez-vous me jurer que vous ne
m'avez jamais menti ? » Elle regarda fixement dans
le vide puis me répondit : « Oui, c'est-à-dire non.
J'ai eu tort de vous dire qu'Andrée avait été très
emballée sur Bloch, nous ne l'avions pas vu. »
« Mais alors pourquoi ? » « Parce que j'avais peur
que vous ne croyiez d'autres choses d'elle, c'est tout ».
Je lui dis que j'avais vu un auteur dramatique très
ami de Léa, à qui elle avait dit d'étranges choses
(je pensais par là lui faire croire que j'en savais plus
long que je ne disais sur l'amie de la cousine de
Bloch). Elle regarda encore dans le vide et me dit :
« J'ai eu tort, en vous parlant tout à l'heure de Léa,
de vous cacher un voyage de trois semaines que j'ai
fait avec elle. Mais je vous connaissais si peu à l'épo-

que où il a eu lieu ! » « C'était avant Balbec ? » « Avant
le second, oui. » Et le matin même, elle m'avait dit
qu'elle ne connaissait pas Léa, et il y avait un instant,
qu'elle ne l'avait vue que dans sa loge ! Je regardais
une flambée brûler d'un seul coup un roman que
j'avais mis des millions de minutes à écrire. A quoi
bon ? A quoi bon ? Certes je comprenais bien que
ces faits, Albertine me les révélait parce qu'elle pensait que je les avais appris indirectement de Léa, et
qu'il n'y avait aucune raison pour qu'il n'en existât
pas une centaine de pareils. Je comprenais ainsi que
les paroles d'Albertine, quand on l'interrogeait, ne
contenaient jamais un atome de vérité, que, la vérité,
elle ne la laissait échapper que malgré elle, comme un
brusque mélange qui se faisait en elle, entre les faits
qu'elle était jusque-là décidée à cacher et la croyance
qu'on en avait eu connaissance. « Mais deux choses,
ce n'est rien, dis-je à Albertine, allons jusqu'à quatre
pour que vous me laissiez des souvenirs. Qu'est-ce
que vous me pouvez révéler d'autre ? » Elle regarda
encore dans le vide. A quelles croyances à la vie
future adaptait-elle le mensonge, avec quels Dieux
moins coulants qu'elle n'avait cru, essayait-elle de
s'arranger ? Ce ne dut pas être commode, car son
silence et la fixité de son regard durèrent assez longtemps. « Non, rien d'autre, finit-elle pas dire. » Et
malgré mon insistance, elle se buta, aisément maintenant, à « rien d'autre ». Et quel mensonge ! Car, du
moment qu'elle avait ces goûts, jusqu'au jour où
elle avait été enfermée chez moi, combien de fois,
dans combien de demeures, de promenades elle
avait dû les satisfaire ! Les Gomorrhéennes sont à la
fois assez rares et assez nombreuses pour que, dans
quelque foule que ce soit, l'une ne passe pas inaperçue

aux yeux de l'autre. Dès lors le ralliement est facile.

Je me souvins avec horreur d'un soir qui, à l'époque, m'avait seulement semblé ridicule. Un de mes amis m'avait invité à dîner au restaurant avec sa maîtresse et un autre de ses amis qui avait aussi amené la sienne. Elles ne furent pas longues à se comprendre, mais, si impatientes de se posséder, que, dès le potage, les pieds se cherchaient, trouvant souvent le mien. Bientôt les jambes s'entrelacèrent. Mes deux amis ne voyaient rien ; j'étais au supplice. Une des deux femmes, qui n'y pouvait tenir, se mit sous la table, disant qu'elle avait laissé tomber quelque chose. Puis l'une eut la migraine et demanda à monter au lavabo. L'autre s'aperçut qu'il était l'heure d'aller rejoindre une amie au théâtre. Finalement je restai seul avec mes deux amis qui ne se doutaient de rien. La migraineuse redescendit, mais demanda à rentrer seule attendre son amant chez lui afin de prendre un peu d'antipyrine. Elles devinrent très amies, se promenaient ensemble, l'une habillée en homme et qui levait des petites filles et les ramenait chez l'autre, les initiait. L'autre avait un petit garçon, dont elle faisait semblant d'être mécontente, et le faisait corriger par son amie, qui n'y allait pas de main morte. On peut dire qu'il n'y a pas de lieu, si public qu'il fût, où elles ne fissent ce qui est le plus secret.

« Mais Léa a été tout le temps de ce voyage parfaitement convenable avec moi, me dit Albertine. Elle était même plus réservée que bien des femmes du monde. » « Est-ce qu'il y a des femmes du monde qui ont manqué de réserve avec vous, Albertine ? » « Jamais. » « Alors qu'est-ce que vous voulez dire ? » « Eh ! bien, elle était moins libre dans ses expressions. » « Exemple ? » « Elle n'aurait pas, comme bien des femmes qu'on reçoit, employé le mot : embêtant, ou le mot : se ficher du monde. » Il me semblait qu'une partie du roman qui n'avait pas brûlé encore, tombait enfin en cendres.

Mon découragement aurait duré. Les paroles d'Albertine, quand j'y songeais, y faisaient succéder une colère folle. Elle tomba devant une sorte d'attendrissement. Moi aussi, depuis que j'étais rentré et déclarais vouloir rompre, je mentais aussi. Et cette volonté de séparation, que je simulais avec persévérance, entraînait peu à peu pour moi quelque chose de la tristesse que j'aurais éprouvée si j'avais vraiment voulu quitter Albertine.

D'ailleurs, même en repensant par à coups, par élancements, comme on dit pour les autres douleurs physiques, à cette vie orgiaque qu'avait menée Albertine avant de me connaître, j'admirais davantage la docilité de ma captive et je cessais de lui en vouloir.

Sans doute, jamais, durant notre vie commune, je n'avais cessé de laisser entendre à Albertine que cette vie ne serait vraisemblablement que provisoire, de façon qu'Albertine continuât à y trouver quelque charme. Mais ce soir, j'avais été plus loin, ayant craint que de vagues menaces de séparation ne fussent plus suffisantes, contredites qu'elles seraient sans doute, dans l'esprit d'Albertine, par son idée d'un grand amour jaloux pour elle, qui m'aurait, semblait-elle dire, fait aller enquêter chez les Verdurin.

Ce soir-là je pensai que, parmi les autres causes qui avaient pu me décider brusquement, sans même m'en rendre compte qu'au fur et à mesure, à jouer cette comédie de rupture, il y avait surtout que, quand, dans une de ces impulsions comme en avait mon père, je menaçais un être dans sa sécurité, comme je n'avais pas, comme lui, le courage de réaliser une menace, pour ne pas laisser croire qu'elle n'avait été que paroles en l'air, j'allais assez loin dans les apparences de la réalisation et ne me repliais que quand l'adversaire, ayant eu vraiment l'illusion de ma sincérité, avait tremblé pour tout de bon. D'ailleurs, dans ces mensonges, nous sentons bien qu'il y a de la vérité, que, si la vie n'apporte pas de changements à nos amours, c'est nous-mêmes qui voudrons en apporter ou en feindre, et parler de séparation, tant nous sentons que tous les amours et toutes choses évoluent rapidement vers l'adieu. On veut pleurer les larmes qu'il apportera, bien avant qu'il survienne. Sans doute y avait-il cette fois, dans la scène que j'avais jouée, une raison d'utilité. J'avais soudain tenu à garder Albertine parce que je la sentais éparse en d'autres êtres auxquels je ne pouvais l'empêcher de se joindre. Mais eût-elle à jamais renoncé à tous pour moi, que j'aurais peut-être résolu plus fermement encore de ne la quitter jamais, car la séparation est, par la jalousie, rendue cruelle, mais par la reconnaissance, impossible. Je sentais en tout cas que je livrais la grande bataille où je devais vaincre ou succomber. J'aurais offert à Albertine en une heure tout ce que je possédais, parce que je me disais : tout dépend de cette bataille, mais ces batailles ressemblent moins à celles d'autrefois qui duraient quelques heures qu'à une bataille contemporaine qui n'est finie ni le lendemain, ni le surlendemain, ni la semaine suivante. On donne toutes ses forces, parce qu'on croit toujours que ce sont les dernières dont on aura besoin. Et plus d'une année se passe sans amener la « décision ».

LA PRISONNIÈRE

Peut-être une inconsciente réminiscence de scènes menteuses faites par M. de Charlus, auprès duquel j'étais quand la crainte d'être quitté par Albertine s'était emparée de moi, s'y ajoutait-elle. Mais, plus tard, j'ai entendu raconter par ma mère ceci, que j'ignorais alors et qui me donne à croire que j'avais trouvé tous les éléments de cette scène en moi-même, dans ces réserves obscures de l'hérédité que certaines émotions, agissant en cela comme, sur l'épargne de nos forces emmagasinées, les médicaments analogues à l'alcool et au café, nous rendent disponibles. Quand ma tante Léonie apprenait par Eulalie que Françoise, sûre que sa maîtresse ne sortirait jamais plus, avait manigancé en secret quelque sortie que ma tante devait ignorer, celle-ci, la veille, faisait semblant de décider qu'elle essayerait le lendemain d'une promenade. À Françoise incrédule elle faisait non seulement préparer d'avance ses affaires, faire prendre l'air à celles qui étaient depuis longtemps enfermées, mais même commander la voiture, régler, à un quart-d'heure près, tous les détails de la journée. Ce n'était que quand Françoise, convaincue ou du moins ébranlée, avait été forcée d'avouer à ma tante les projets qu'elle-même avait formés, que celle-ci renonçait publiquement aux siens pour ne pas, disait-elle, entraver ceux de Françoise. De même, pour qu'Albertine ne pût pas croire que j'exagérais et pour la faire aller le plus loin possible dans l'idée que nous nous quittions, tirant moi-même les déductions de ce que je venais d'avancer, je m'étais mis à anticiper le temps qui allait commencer le lendemain et qui durerait toujours, le temps où nous serions séparés, adressant à Albertine les mêmes recommandations que si nous n'allions pas nous réconcilier tout à l'heure. Comme les généraux qui jugent que pour qu'une feinte réussisse à tromper l'ennemi, il faut la pousser à fond, j'avais engagé dans celle-ci presque autant de mes forces de sensibilité, que si elle avait été véritable. Cette scène de séparation fictive finissait par me faire presque autant de chagrin que si elle avait été réelle, peut-être parce qu'un des deux acteurs, Albertine, en la croyant telle, ajoutait pour l'autre à l'illusion. Alors qu'on vivait au jour le jour, qui, même pénible, restait supportable, retenu dans le terre-à-terre par le lest de l'habitude et par cette certitude que le lendemain, dût-il être cruel, contiendrait la présence de l'être auquel on tient, voici que follement je détruisais toute cette pesante vie. Je ne la détruisais, il est vrai, que d'une façon fictive, mais cela suffisait pour me désoler ; peut-être parce que les paroles tristes que l'on prononce, même mensongèrement, portent en elles leur tristesse et nous l'injectent profondément ; peut-être parce qu'on sait qu'en simulant des adieux, on évoque par anticipation une heure qui viendra fatalement plus tard ; puis l'on n'est pas bien assuré qu'on ne vient pas de déclancher le mécanisme qui la fera sonner. Dans tout bluff, il y a, si petite qu'elle soit, une part d'incertitude sur ce que va faire celui qu'on trompe. Si cette comédie de séparation allait aboutir à une séparation ! On ne peut en envisager la possibilité, même invraisemblable, sans un serrement de cœur. On est doublement anxieux, car la séparation se produirait alors au moment où elle serait insupportable, où on vient d'avoir de la souffrance par la femme qui vous quitterait avant de vous avoir guéri, au moins apaisé. Enfin, nous n'avons plus le point d'appui de l'habitude sur laquelle nous nous reposons, même dans le chagrin. Nous venons volontairement de nous en priver, nous avons donné à la journée présente une importance exceptionnelle, nous l'avons détachée des journées contiguës; elle flotte sans racines comme un jour de départ; notre imagination cessant d'être paralysée par l'habitude s'est éveillée, nous avons soudain adjoint à notre amour quotidien des rêveries sentimentales qui le grandissent énormément, nous rendent indispensable une présence, sur laquelle, justement, nous ne sommes plus absolument certains de pouvoir compter. Sans doute, c'est justement afin d'assurer pour l'avenir cette présence, que nous nous sommes livrés au jeu de pouvoir nous en passer. Mais ce jeu, nous y avons été pris nous-même, nous avons recommencé à souffrir parce que nous avons fait quelque chose de nouveau, d'inaccoutumé et qui se trouve ressembler ainsi à ces cures qui doivent guérir plus tard le mal dont on souffre, mais dont les premiers effets sont de l'aggraver.

J'avais les larmes aux yeux, comme ceux qui, seuls dans leur chambre, imaginent, selon les détours capricieux de leur rêverie, la mort d'un être qu'il aiment, se représentent si minutieusement la douleur qu'ils auraient, qu'ils finissent par l'éprouver. Ainsi en multipliant les recommandations à Albertine sur la conduite qu'elle aurait à tenir à mon égard quand nous allions être séparés, il me semblait que j'avais presque autant de chagrin que si nous n'avions pas dû nous réconcilier tout à l'heure. Et puis étais-je si sûr de le pouvoir, de faire revenir Albertine à l'idée de la vie commune, et, si j'y réussissais pour ce soir, que chez elle, l'état d'esprit que cette scène avait

209

dissipé, ne renaîtrait pas ? Je me sentais, mais ne me croyais pas maître de l'avenir, parce que je comprenais que cette sensation venait seulement de ce qu'il n'existait pas encore et qu'ainsi je n'étais pas accablé de sa nécessité. Enfin, tout en mentant, je mettais peut-être dans mes paroles plus de vérité que je ne croyais. Je venais d'avoir un exemple, quand j'avais dit à Albertine que je l'oublierais vite ; c'était ce qui m'était en effet arrivé avec Gilberte, que je m'abstenais maintenant d'aller voir pour éviter non pas une souffrance, mais une corvée. Et certes, j'avais souffert en écrivant à Gilberte que je ne la verrais plus, et je n'allais que de temps en temps chez elle. Or toutes les heures d'Albertine m'appartenaient, et en amour, il est plus facile de renoncer à un sentiment que de perdre une habitude. Mais tant de paroles douloureuses concernant notre séparation, si la force de les prononcer m'était donnée parce que je les savais mensongères, en revanche elles étaient sincères dans la bouche d'Albertine quand je l'entendis crier : « Ah ! c'est promis, je ne vous reverrai jamais. Tout plutôt que de vous voir pleurer comme cela, mon chéri. Je ne veux pas vous faire de chagrin. Puisqu'il le faut, on ne se verra plus. » Elles étaient sincères, ce qu'elles n'eussent pu être de ma part, parce que, d'une part, comme Albertine n'avait pour moi que de l'amitié, le renoncement qu'elles promettaient lui coûtait moins ; parce que d'autre part, dans une séparation, c'est celui qui n'aime pas d'amour qui dit les choses tendres, l'amour ne s'exprimant pas directement ; parce qu'enfin mes larmes, qui eussent été si peu de chose dans un grand amour, lui paraissaient presque extraordinaires et la bouleversaient, transposées dans le domaine de cette

amitié où elle restait, de cette amitié plus grande
que la mienne, à ce qu'elle venait de dire, ce qui
n'était peut-être pas tout à fait inexact, car les mille
bontés de l'amour peuvent finir par éveiller, chez
l'être qui l'inspire en ne l'éprouvant pas, une affection, une reconnaissance, moins égoïstes que le sentiment qui les a provoquées, et qui, peut-être, après
des années de séparation, quand il ne restera rien
de lui chez l'ancien amant, subsisteront toujours
chez l'aimée.

« Ma petite Albertine, répondis-je, vous êtes bien
gentille de me le promettre. Du reste les premières
années du moins, j'éviterai les endroits où vous
serez. Vous ne savez pas si vous irez cet été à Balbec ? Parce que dans ce cas-là je m'arrangerais pour
ne pas y aller. » Maintenant, si je continuais à pro-
gresser ainsi, devançant les temps dans mon invention mensongère, ce n'était pas moins pour faire
peur à Albertine, que pour me faire mal à moi-même.
Comme un homme qui n'avait d'abord que des motifs
peu importants de se fâcher, se grise tout à fait par
les éclats de sa propre voix, et se laisse emporter
par une fureur engendrée non par ses griefs, mais
par sa colère elle-même en voie de croissance, ainsi,
je roulais de plus en plus vite, sur la pente de ma
tristesse, vers un désespoir de plus en plus profond, et
avec l'inertie d'un homme qui sent le froid le saisir,
n'essaye pas de lutter et trouve même à frissonner
une espèce de plaisir. Et si j'avais enfin tout à l'heure
comme j'y comptais bien la force de me ressaisir,
de réagir et de faire machine en arrière, bien plus que
du chagrin qu'Albertine m'avait fait en accueillant
si mal mon retour, c'était de celui que j'avais éprouvé
à imaginer, pour feindre de les régler, les formalités

241

d'une séparation imaginaire, à en prévoir les suites,
que le baiser d'Albertine, au moment de me dire
bonsoir, aurait aujourd'hui à me consoler. En tous
cas ce bonsoir, il ne fallait pas que ce fût elle qui me
le dit d'elle-même, ce qui m'eût rendu plus difficile
le revirement par lequel je lui proposerais de renoncer à notre séparation. Aussi, je ne cesssais de lui
rappeler que l'heure de nous dire ce bonsoir était
depuis longtemps venue, ce qui, en me laissant
l'initiative, me permettait de le retarder encore d'un
moment. Et ainsi je semais d'allusions à la nuit déjà
si avancée, à notre fatigue, les questions que je posais
à Albertine. « Je ne sais pas où j'irai, répondit-elle
à la dernière, d'un air préoccupé. Peut-être j'irai
en Touraine chez ma tante. » Et ce premier projet
qu'elle ébauchait me glaça comme s'il commençait
à réaliser effectivement notre séparation définitive.
Elle regarda la chambre, le pianola, les fauteuils
de satin bleu. « Je ne peux pas me faire encore à
l'idée que je ne verrai plus tout cela ni demain, ni
après demain, ni jamais. Pauvre petite chambre.
Il me semble que c'est impossible ; cela ne peut pas
m'entrer dans la tête. » « Il le fallait, vous étiez
malheureuse ici. » « Mais non, je n'étais pas malheureuse, c'est maintenant que je le serai. » Mais non,
je vous assure c'est mieux pour vous. » « Pour vous
peut-être ! » Je me mis à regarder fixement dans le
vide, comme si, en proie à une grande hésitation, je
me débattais contre une idée qui me fût venue à
l'esprit. Enfin tout d'un coup : « Écoutez, Albertine,
vous dites que vous êtes plus heureuse ici, que vous
allez être malheureuse. » « Bien sûr. » « Cela me boule-
verse ; voulez-vous que nous essayions de prolonger
de quelques semaines, qui sait, semaine par semaine,

on peut peut-être arriver très loin, vous savez qu'il
y a des provisoires qui peuvent finir par durer toujours. » « Oh ! ce que vous seriez gentil ! » « Seulement
alors c'est de la folie de nous être fait mal comme
cela pour rien pendant des heures, c'est comme un
voyage pour lequel on s'est préparé et puis qu'on ne
fait pas. Je suis moulu de chagrin. » Je l'assis sur mes
genoux, je pris le manuscrit de Bergotte qu'elle
désirait tant et j'écrivis sur la couverture : « A ma
petite Albertine, en souvenir d'un renouvellement
de bail. » Maintenant, lui dis-je, allez dormir jusqu'à
demain, ma chérie, car vous devez être brisée. »
« Je suis surtout bien contente. » M'aimez-vous un
petit peu ? » « Encore cent fois plus qu'avant. »

J'aurais eu tort d'être heureux de la petite comédie, n'eût-elle pas été jusqu'à cette forme véritable
de mise en scène où je l'avais poussée. N'eussions-
nous fait que parler simplement de séparation que
c'eût été déjà grave. Ces conversations que l'on
tient ainsi, on croit le faire non seulement sans sincérité, ce qui est en effet, mais librement. Or elles
sont généralement, à notre insu, chuchoté malgré
nous, le premier murmure d'une tempête que nous ne
soupçonnons pas. En réalité ce que nous exprimons
alors c'est le contraire de notre désir (lequel est de
vivre toujours avec celle que nous aimons) mais
c'est aussi cette impossibilité de vivre ensemble qui
fait notre souffrance quotidienne, souffrance préférée
par nous à celle de la séparation et qui finira malgré nous par nous séparer. D'habitude, pas tout d'un
coup cependant. Le plus souvent il arrive — ce ne
fut pas, on le verra, mon cas avec Albertine — que,
quelque temps après les paroles auxquelles on ne
croyait pas, on met en action un essai informe de

séparation voulue, non douloureuse, temporaire. On demande à la femme, pour qu'ensuite elle se plaise mieux avec nous, pour que nous échappions d'autre part momentanément à des tristesses et des fatigues continuelles, d'aller faire sans nous, ou de nous laisser faire sans elle, un voyage de quelques jours, les premiers — depuis bien longtemps — passés, ce qui nous eût semblé impossible, sans elle. Très vite elle revient prendre sa place à notre foyer. Seulement cette séparation, courte, mais réalisée, n'est pas aussi arbitrairement décidée et aussi certainement la seule que nous nous figurons. Les mêmes tristesses recommencent, la même difficulté de vivre ensemble s'accentue, seule la séparation n'est plus quelque chose d'aussi difficile ; on a commencé par en parler, on l'a ensuite exécutée sous une forme amiable. Mais ce ne sont que des prodromes que nous n'avons pas reconnus. Bientôt à la séparation momentanée et souriante succèdera la séparation atroce et définitive que nous avons préparée sans le savoir.

« Venez dans ma chambre dans cinq minutes pour que je puisse vous voir un peu, mon petit chéri. Vous serez plein de gentillesse. Mais je m'endormirai vite après, car je suis comme une morte. » Ce fut une morte en effet que je vis quand j'entrai ensuite dans sa chambre. Elle s'était endormie, aussitôt couchée, ses draps roulés comme un suaire autour de son corps avaient pris, avec leurs beaux plis, une rigidité de pierre. On. eût dit, comme dans certains Jugements Derniers du Moyen-Age, que la tête seule surgissait hors de la tombe, attendant dans son sommeil la trompette de l'archange. Cette tête avait été surprise par le sommeil presque renversée, les che-

214

veux hirsutes. Et en voyant ce corps insignifiant couché là, je me demandais quelle table de logarithmes il constituait pour que toutes les actions auxquelles il avait pu être mêlé, depuis un poussement de coude jusqu'à un frôlement de robe, pussent me causer, étendues à l'infini de tous les points qu'il avait occupé dans l'espace et dans le temps, et de temps à autre brusquement revivifiées dans mon souvenir, des angoisses si douloureuses, et que je savais pourtant déterminées par des mouvements, des désirs d'elle qui m'eussent été chez une autre, chez elle-même, cinq ans avant, cinq ans après, si indifférents. Tout cela était mensonge, mais mensonge pour lequel je n'avais le courage de chercher d'autre solution que ma mort. Ainsi je restais, dans la pelisse que je n'avais pas encore retirée depuis mon retour de chez les Verdurin, devant ce corps tordu, cette figure allégorique de quoi ? de ma mort ? de mon amour ? Bientôt je commençai à entendre sa respiration égale. J'allai m'asseoir au bord de son lit pour faire cette cure calmante de brise et de contemplation. Puis je me retirai tout doucement pour ne pas la réveiller.

Il était si tard que, dès le matin, je recommandai à Françoise de marcher bien doucement quand elle aurait à passer devant sa chambre. Aussi Françoise, persuadée que nous avions passé la nuit dans ce qu'elle appelait des orgies, recommanda ironiquement aux autres domestiques de ne pas « éveiller la Princesse ». Et c'était une des choses que je craignais, que Françoise un jour ne pût plus se contenir, fût insolente avec Albertine et que cela n'amenât des complications dans notre vie. Françoise n'était plus alors, comme à l'époque où elle souffrait de voir,

Eulalie bien traitée par ma tante, d'âge à supporter vaillamment sa jalousie. Celle-ci altérait, paralysait le visage de notre servante à tel point que par moments je me demandais si, sans que je m'en fusse aperçu, elle n'avait pas eu, à la suite de quelque crise de colère, une petite attaque. Ayant ainsi demandé qu'on préservât le sommeil d'Albertine, je ne pus moi-même en trouver aucun. J'essayais de comprendre quel était le véritable état d'esprit d'Albertine. Par la triste comédie que j'avais jouée, est-ce à un péril réel que j'avais paré, et, malgré qu'elle prétendît se sentir si heureuse à la maison, avait-elle eu vraiment par moments l'idée de vouloir sa liberté, ou au contraire fallait-il croire ses paroles ?

Laquelle des deux hypothèses était la vraie ? S'il m'arrivait souvent, s'il devait m'arriver surtout d'étendre un cas de ma vie passée jusqu'aux dimensions de l'histoire, quand je voulais essayer de comprendre un événement politique, inversement, ce matin-là, je ne cessai d'identifier, malgré tant de différences et pour tâcher d'en comprendre la portée, notre scène de la veille avec un incident diplomatique qui venait d'avoir lieu. J'avais peut-être le droit de raisonner ainsi. Car il était bien probable qu'à mon insu l'exemple de M. de Charlus m'avait guidé dans cette scène mensongère que je lui avais si souvent vu jouer avec tant d'autorité ; et d'autre part, était-elle chez lui, autre chose qu'une inconsciente importation dans le domaine de la vie privée, de la tendance profonde de sa race allemande, provocatrice par ruse et, par orgueil, guerrière s'il le faut. Diverses personnes, parmi lesquelles le prince de Monaco, ayant suggéré au Gouvernement français l'idée, que, s'il ne se séparait pas de M. Del-

216

cassé, l'Allemagne menaçante ferait effectivement la guerre, le Ministre des Affaires étrangères avait été prié de démissionner. Donc le Gouvernement français avait admis l'hypothèse d'une intention de nous faire la guerre si nous ne cédions pas. Mais d'autres personnes pensaient qu'il ne s'était agi que d'un simple « bluff » et que si la France avait tenu bon l'Allemagne n'eût pas tiré l'épée. Sans doute le scénario était non seulement différent, mais presque inverse, puisque la menace de rompre avec moi n'avait jamais été proférée par Albertine ; mais un ensemble d'impressions avait amené chez moi la croyance qu'elle y pensait, comme le Gouvernement français avait eu cette croyance pour l'Allemagne. D'autre part, si l'Allemagne désirait la paix, avoir provoqué chez le gouvernement français l'idée qu'elle voulait la guerre était une contestable et dangereuse habileté. Certes, ma conduite avait été assez adroite, si c'était la pensée que je ne me déciderais jamais à rompre avec elle qui provoquait chez Albertine de brusques désirs d'indépendance. Et n'était-il pas difficile de croire qu'elle n'en avait pas, de se refuser à voir toute une vie secrète en elle, dirigée vers la satisfaction de son vice, rien qu'à la colère avec laquelle elle avait appris que j'étais allé chez les Verdurin, s'écriant : « J'en étais sûre », et achevant de tout dévoiler en disant : « Ils devaient avoir Mlle Vinteuil chez eux. » Tout cela corroboré par la rencontre d'Albertine et de Mme Verdurin que m'avait révélée Andrée. Mais peut-être pourtant ces brusques désirs d'indépendance, me disais-je, quand j'essayais d'aller contre mon instinct, étaient causés — à supposer qu'ils existassent — ou finiraient par l'être, par l'idée contraire, à savoir que je n'avais

217

jamais eu l'intention de l'épouser, que c'était quand je faisais, comme involontairement, allusion à notre séparation prochaine que je disais la vérité, que je la quitterais de toute façon un jour ou l'autre, croyance que ma scène de ce soir n'aurait pu alors que fortifier et qui pouvait finir par engendrer chez elle cette résolution : « Si cela doit fatalement arriver un jour ou l'autre, autant en finir tout de suite. » Les préparatifs de guerre que le plus faux des adages préconise pour faire triompher la volonté de paix, créent au contraire d'abord la croyance chez chacun des deux adversaires que l'autre veut la rupture, croyance qui amène la rupture, et, quand elle a eu lieu, cette autre croyance chez chacun des deux que c'est l'autre qui l'a voulue. Même si la menace n'était pas sincère, son succès engage à la recommencer. Mais le point exact jusqu'où le bluff peut réussir est difficile à déterminer ; si l'un va trop loin, l'autre qui avait jusque là cédé, s'avance à son tour ; le premier, ne sachant plus changer de méthode, habitué à l'idée qu'avoir l'air de ne pas craindre la rupture est la meilleure manière de l'éviter (ce que j'avais fait ce soir avec Albertine), et d'ailleurs poussé à préférer, par fierté, succomber plutôt que de céder, persévère dans sa menace jusqu'au moment où personne ne peut plus reculer. Le bluff peut aussi être mêlé à la sincérité, alterner avec elle, et il est possible que ce qui était un jeu hier devienne une réalité demain. Enfin il peut arriver aussi qu'un des adversaires soit réellement résolu à la guerre, il se pouvait qu'Albertine, par exemple, eût l'intention tôt ou tard de ne plus continuer cette vie, ou au contraire que l'idée ne lui en fût jamais venue à l'esprit, et que mon imagination l'eût inventée de toutes pièces. Telles furent les différentes hypothèses que j'envisageai pendant qu'elle dormait ce matin-là. Pourtant quant à la dernière, je peux dire que je n'ai jamais, dans les temps qui suivirent, menacé Albertine de la quitter que pour répondre à une idée de mauvaise liberté d'elle, idée qu'elle ne m'exprimait pas, mais qui me semblait être impliquée par certains mécontentements mystérieux, par certaines paroles, certains gestes, dont cette idée était la seule explication possible et pour lesquels elle se refusait à m'en donner aucune. Encore, bien souvent, je les constatais sans faire aucune allusion à une séparation possible, espérant qu'ils provenaient d'une mauvaise humeur qui finirait ce jour-là. Mais celle-ci durait parfois sans rémission pendant des semaines entières, où Albertine semblait vouloir provoquer un conflit, comme s'il y avait à ce moment-là, dans une région plus ou moins éloignée, des plaisirs qu'elle savait, dont sa claustration chez moi la privait et qui l'influençaient jusqu'à ce qu'ils eussent pris fin, comme ces modifications atmosphériques qui, jusqu'au coin de notre feu, agissent sur nos nerfs, même si elles se produisent aussi loin que les îles Baléares.

Ce matin-là, pendant qu'Albertine dormait et que j'essayais de deviner ce qui était caché en elle, je reçus une lettre de ma mère où elle m'exprimait son inquiétude de ne rien savoir de nos décisions par cette phrase de Mme de Sévigné : « Pour moi je suis persuadée qu'il ne se mariera pas ; mais alors pourquoi troubler cette fille qu'il n'épousera jamais ? Pourquoi risquer de lui faire refuser des partis qu'elle ne regardera plus qu'avec mépris ? Pourquoi troubler l'esprit d'une personne qu'il serait si aisé d'éviter ? » Cette lettre de ma mère me ramenait sur terre. Que

219

vais-je chercher une âme mystérieuse, interpréter un visage et me sentir entouré de pressentiments que je n'ose approfondir, me dis-je. Je rêvais, la chose est toute simple. Je suis un jeune homme indécis et il s'agit d'un de ces mariages dont on est quelque temps à savoir s'ils se feront ou non. Il n'y a rien là de particulier à Albertine. Cette pensée me donna une détente profonde mais courte. Bien vite je me dis ; on peut tout ramener en effet, si on en considère l'aspect social, au plus courant des faits divers. Du dehors, c'est peut-être ainsi que je le verrais. Mais je sais bien que ce qui est vrai, ce qui du moins est vrai aussi, c'est tout ce que j'ai pensé, c'est ce que j'ai lu dans les yeux d'Albertine, ce sont les craintes qui me torturent, c'est le problème que je me pose sans cesse relativement à Albertine. L'histoire du fiancé hésitant et du mariage rompu peut correspondre à cela, comme un certain compte-rendu de théâtre fait par un courriériste de bon sens peut donner le sujet d'une pièce d'Ibsen. Mais il y a autre chose que ces faits qu'on raconte. Il est vrai que cette autre chose existe peut-être, si on savait la voir, chez tous les fiancés hésitants et dans tous les mariages qui traînent, parce qu'il y a peut-être du mystère dans la vie de tous les jours. Il m'était possible de le négliger concernant la vie des autres, mais celle d'Albertine et la mienne je la vivais par le dedans.

Albertine ne me dit pas plus, à partir de cette soirée, qu'elle n'avait fait dans le passé : « Je sais que vous n'avez pas confiance en moi, je vais essayer de dissiper vos soupçons. » Mais cette idée, qu'elle n'exprima jamais, eût pu servir d'explication à ses moindres actes. Non seulement elle s'arrangeait à ne jamais être seule un moment, de façon que je ne pusse ignorer ce qu'elle avait fait, si je n'en croyais pas ses propres déclarations, mais même quand elle avait à téléphoner à Andrée, ou au garage, ou au manège, ou ailleurs, elle prétendait que c'était trop ennuyeux de rester seule pour téléphoner avec le temps que les demoiselles mettaient à vous donner la communication, et elle s'arrangeait pour que je fusse auprès d'elle à ce moment-là, ou, à mon défaut, Françoise, comme si elle eût craint que je pusse imaginer des communications téléphoniques blâmables et servant à donner de mystérieux rendez-vous. Hélas ! tout cela ne me tranquillisait pas. J'eus un jour de découragement. Aimé m'avait renvoyé la photographie d'Esther en me disant que ce n'était pas elle. Alors Albertine avait d'autres amies intimes que celle à qui, par le contre-sens qu'elle avait fait en écoutant mes paroles, j'avais, en croyant parler de tout autre chose, découvert qu'elle avait donné sa photographie. Je renvoyai cette photographie à Bloch. Celle que j'aurais voulu voir, c'était celle qu'Albertine avait donnée à Esther. Comment y était-elle ? Peut-être décolletée, qui sait? Mais je n'osais en parler à Albertine (car j'aurais eu l'air de ne pas avoir vu la photographie), ni à Bloch, à l'égard duquel je ne voulais pas avoir l'air de m'intéresser à Albertine. Et cette vie, qu'eût reconnue si cruelle pour moi et pour Albertine quiconque eût connu mes soupçons et son esclavage, du dehors, pour Françoise, passait pour une vie de plaisirs immérités que savait habilement se faire octroyer cette « enjôleuse » et, comme disait Françoise, qui employait beaucoup plus le féminin que le masculin, étant plus envieuse des femmes, cette « charlatante ». Même,

221

comme Françoise, à mon contact, avait enrichi son vocabulaire de termes nouveaux, mais en les arrangeant à sa mode, elle disait d'Albertine qu'elle n'avait jamais connu une personne d'une telle « perfidité », qui savait me « tirer mes sous » en jouant si bien la comédie (ce que Françoise, qui prenait aussi facilement le particulier pour le général que le général pour le particulier et qui n'avait que des idées assez vagues sur la distinction des genres dans l'art dramatique, appelait « savoir jouer la pantomime »). Peut-être cette erreur sur notre vraie vie, à Albertine et à moi, en étais-je moi-même un peu responsable par les vagues confirmations que, quand je causais avec Françoise, j'en laissais habilement échapper, par désir soit de la taquiner, soit de paraître sinon aimé, du moins heureux. Et pourtant, de ma jalousie, de la surveillance que j'exerçais sur Albertine, et desquelles j'eusse tant voulu que Françoise ne se doutât pas, celle-ci ne tarda pas à deviner la réalité, guidée, comme le spirite qui, les yeux bandés, trouve un objet, par cette intuition qu'elle avait des choses qui pouvaient m'être pénibles, et qui ne se laissait pas détourner du but par les mensonges que je pouvais dire pour l'égarer, et aussi par cette haine clairvoyante qui la poussait, — plus encore qu'à croire ses ennemies plus heureuses, plus rouées comédiennes qu'elles n'étaient — à découvrir ce qui pouvait les perdre et précipiter leur chute. Françoise n'a certainement jamais fait de scènes à Albertine. Mais je connaissais l'art de l'insinuation de Françoise, le parti qu'elle savait tirer d'une mise en scène significative, et je ne peux pas croire qu'elle ait résisté à faire comprendre quotidiennement à Albertine le rôle humilié que celle-ci jouait à la maison, à l'affoler par la

peinture, savamment exagérée, de la claustration
à laquelle mon amie était soumise. J'ai trouvé une
fois Françoise, ayant ajusté de grosses lunettes,
qui fouillait dans mes papiers et en replaçait parmi
eux un où j'avais noté un récit relatif à Swann et à
l'impossibilité où il était de se passer d'Odette.
L'avait-elle laissé traîner par mégarde dans la
chambre d'Albertine ? D'ailleurs, au-dessus de tous
les sous-entendus de Françoise qui n'en avait été en
bas que l'orchestration chuchotante et perfide, il est
vraisemblable qu'avait dû s'élever, plus haute, plus
nette, plus pressante, la voix accusatrice et calom-
nieuse des Verdurin, irrités de voir qu'Albertine me
retenait involontairement, et moi elle volontairement, loin du petit clan. Quant à l'argent que je
dépensais pour Albertine, il m'était presque impossible de le cacher à Françoise, puisque je ne pouvais
lui cacher aucune dépense. Françoise avait peu de
défauts, mais ces défauts avaient créé chez elle, pour
les servir, de véritables dons qui souvent lui man-
quaient hors de l'exercice de ces défauts. Le principal
était la curiosité appliquée à l'argent dépensé par
nous pour d'autres qu'elle. Si j'avais une note à
régler, un pourboire à donner, j'avais beau me
mettre à l'écart, elle trouvait une assiette à ranger,
une serviette à prendre, quelque chose qui lui permît
de s'approcher. Et si peu de temps que je lui lais-
sasse, la renvoyant avec fureur, cette femme qui n'y
voyait presque plus clair, qui savait à peine compter,
dirigée par ce même goût qui fait qu'un tailleur en
vous voyant suppute instinctivement l'étoffe de
votre habit et même ne peut s'empêcher de le palper,
ou qu'un peintre est sensible à un effet de couleurs,
Françoise voyait à la dérobée, calculait instantané-

ment ce que je donnais. Et pour qu'elle ne pût pas dire à Albertine que je corrompais son chauffeur, je prenais les devants et, m'excusant du pourboire, disais : « J'ai voulu être gentil avec le chauffeur, je lui ai donné dix francs. » Françoise, impitoyable et à qui son coup d'œil de vieil aigle presque aveugle avait suffi, me répondait : « Mais non, Monsieur lui a donné 43 francs de pourboire. Il a dit à Monsieur qu'il y avait 45 francs, Monsieur lui a donné 100 francs et il ne lui a rendu que 12 francs. » Elle avait eu le temps de voir et de compter le chiffre du pourboire que j'ignorais moi-même. Je me demandai si Albertine, se sentant surveillée, ne réaliserait pas elle-même cette séparation dont je l'avais menacée, car la vie en changeant fait des réalités avec nos fables. Chaque fois que j'entendais ouvrir une porte, j'avais ce tressaillement que ma grand'mère avait pendant son agonie chaque fois que je sonnais. Je ne croyais pas qu'elle sortît sans me l'avoir dit, mais c'était mon inconscient qui pensait cela, comme c'était l'inconscient de ma grand'mère qui palpitait aux coups de sonnette, alors qu'elle n'avait plus sa connaissance. Un matin même, j'eus tout d'un coup la brusque inquiétude qu'elle était non pas seulement sortie, mais partie : je venais d'entendre une porte qui me semblait bien la porte de sa chambre. A pas de loups j'allai jusqu'à cette chambre, j'entrai, je restai sur le seuil. Dans la pénombre les draps étaient gonflés en demi-cercle, ce devait être Albertine qui, le corps incurvé, dormait les pieds et la tête au mur. Seuls, dépassant le lit, les cheveux de cette tête, abondants et noirs, me firent comprendre que c'était elle, qu'elle n'avait pas ouvert sa porte, pas bougé, et je sentis ce demi-cercle immobile et vivant, où tenait toute une vie humaine et qui était la seule chose à laquelle j'attachais du prix, je sentis qu'il était là, en ma possession dominatrice.

Si le but d'Albertine était de me rendre du calme, elle y réussit en partie ; ma raison d'ailleurs ne demandait qu'à me prouver que je m'étais trompé sur les mauvais projets d'Albertine, comme je m'étais peut-être trompé sur ses instincts vicieux. Sans doute je faisais, dans la valeur des arguments que ma raison me fournissait, la part du désir que j'avais de les trouver bons. Mais pour être équitable et avoir chance de voir la vérité, à moins d'admettre qu'elle ne soit jamais connue que par le pressentiment, par une émanation télépathique, ne fallait-il pas me dire que si ma raison, en cherchant à amener ma guérison, se laissait mener par mon désir, en revanche, en ce qui concernait Mlle Vinteuil, les vices d'Albertine, ses intentions d'avoir une autre vie, son projet de séparation, lesquels étaient les corollaires de ses vices, mon instinct avait pu, lui, pour tâcher de me rendre malade, se laisser égarer par ma jalousie. D'ailleurs sa séquestration, qu'Albertine s'arrangeait elle-même si ingénieusement à rendre absolue, en m'ôtant la souffrance, m'ôta peu à peu le soupçon et je pus recommencer, quand le soir ramenait mes inquiétudes, à trouver dans la présence d'Albertine l'apaisement des premiers jourst. Assise à côé de mon lit, elle parlait avec moi d'une de ces toilettes ou d'un de ces objets que je ne cessais de lui donner pour tâcher de rendre sa vie plus douce et sa prison plus belle. Albertine n'avait d'abord pensé qu'aux toilettes et à l'ameublement. Maintenant l'argenterie l'intéressait. Aussi avais-je interrogé M. de Charlus sur la vieille argenterie française, et cela parce que, quand

nous avions fait le projet d'avoir un yacht, —projet
jugé irréalisable par Albertine, et par moi-même,
chaque fois que, me mettant à croire à sa vertu, ma
jalousie diminuant ne comprimait plus d'autres désirs
où elle n'avait point de place et qui demandaient
aussi de l'argent pour être satisfaits — nous avions
à tout hasard, et sans qu'elle crût d'ailleurs que nous
en aurions jamais un, demandé des conseils à Elstir.
Or, tout autant que pour l'habillement des femmes,
le goût du peintre était raffiné et difficile pour l'ameublement des yachts. Il n'y admettait que des meubles
anglais et de la vieille argenterie. Cela avait amené
Albertine, depuis que nous étions revenus de Balbec,
à lire des ouvrages sur l'art de l'argenterie, sur les
poinçons des vieux ciseleurs. Mais la vieille argenterie ayant été fondue par deux fois, au moment des
traités d'Utrecht quand le Roi lui-même, imité en
cela par les grands seigneurs, donna sa vaisselle, et
en 1789, est rarissime. D'autre part, les orfèvres
modernes ont eu beau reproduire toute cette argenterie d'après les dessins du Pont-aux-Choux, Elstir
trouvait ce vieux neuf indigne d'entrer dans la demeure d'une femme de goût, fût-ce une demeure
flottante. Je savais qu'Albertine avait lu la descrip-
tion des merveilles que Roelliers avait faites pour
Mme du Barry. Elle mourait d'envie, s'il en existait
encore quelques pièces, de les voir, moi de les lui
donner. Elle avait même commencé de jolies collections qu'elle installait avec un goût charmant dans
une vitrine et que je ne pouvais regarder sans attendrissement et sans crainte car l'art avec lequel elle
les disposait était celui fait de patience, d'ingéniosité, de nostalgie, de besoin d'oublier, auquel se
livrent les captifs. Pour les toilettes, ce qui lui plai-

sait surtout à ce moment, c'était tout ce que faisait Fortuny. Ces robes de Fortuny, dont j'avais vu l'une sur Mme de Guermantes, c'était celles dont Elstir, quand il nous parlait des vêtements magnifiques des contemporaines de Carpaccio et du Titien, nous avait annoncé la prochaine apparition, renaissant de leurs cendres, somptueuses, car tout doit revenir, comme il est écrit aux voûtes de Saint-Marc, et comme le proclament, buvant aux urnes de marbre et de jaspe des chapiteaux byzantins, les oiseaux qui signifient à la fois la mort et la résurrection. Dès que les femmes avaient commencé à en porter, Albertine s'était rappelée les promesses d'Elstir, elle en avait désiré et nous devions aller en choisir une. Or ces robes, si elles n'étaient pas de ces véritables anciennes, dans lesquelles les femmes aujourd'hui ont un peu trop l'air costumées et qu'il est plus joli de garder comme pièces de collection (j'en cherchais d'ailleurs aussi de telles pour Albertine), n'avaient pas non plus la froideur du pastiche, du faux ancien. A la façon des décors de Sert, de Bakst et de Benoist, qui à ce moment évoquaient dans les ballets russes les époques d'art les plus aimées, — à l'aide d'œuvres d'art imprégnées de leur esprit et pourtant originales, — ces robes de Fortuny, fidèlement antiques mais puissamment originales, faisaient apparaître comme un décor, avec une plus grande force d'évocation même, qu'un décor, puisque le décor restait à imaginer, la Venise tout encombrée d'Orient où elles auraient été portées, dont elles étaient, mieux qu'une relique dans la châsse de Saint-Marc évocatrice du soleil et des turbans environnants, la couleur fragmentée, mystérieuse et complémentaire. Tout avait péri de ce temps, mais tout renaissait, évoqué pour les relier entre elles par la splendeur du paysage et le grouillement de la vie, par le surgissement parcellaire et survivant des étoffes des dogaresses. J'avais voulu une ou deux fois demander à ce sujet conseil à Mme de Guermantes. Mais la duchesse n'aimait guère les toilettes qui font costume. Elle-même, quoiqu'en possédant, n'était jamais si bien qu'en velours noir avec des diamants. Et pour des robes telles que celles de Fortuny, elle n'était pas d'un très utile conseil. Du reste j'avais scrupule, en lui en demandant, de lui sembler n'aller la voir que lorsque par hasard j'avais besoin d'elle, alors que je refusais d'elle depuis longtemps plusieurs invitations par semaine. Je n'en recevais pas que d'elle, du reste, avec cette profusion. Certes, elle et beaucoup d'autres femmes, avaient toujours été très aimables pour moi. Mais ma claustration avait certainement décuplé cette amabilité. Il semble que dans la vie mondaine, reflet insignifiant de ce qui se passe en amour, la meilleure manière qu'on vous recherche, c'est de se refuser. Un homme calcule tout ce qu'il peut citer de traits glorieux pour lui, afin de plaire à une femme, il varie sans cesse ses habits, veille sur sa mine, elle n'a pas pour lui une seule des attentions qu'il reçoit de cette autre, qu'en la trompant, et malgré qu'il paraisse devant elle malpropre et sans artifice pour plaire, il s'est à jamais attachée. De même si un homme regrettait de ne pas être assez recherché par le monde, je ne lui conseillerais pas de faire plus de visites, d'avoir encore un plus bel équipage, je lui dirais de ne se rendre à aucune invitation, de vivre enfermé dans sa chambre, de n'y laisser entrer personne, et qu'alors on ferait queue devant sa porte. Ou plutôt je ne le lui dirais pas. Car c'est une façon assurée d'être recherché qui ne réussit que comme celle d'être aimé, c'est-à-dire si on ne l'a nullement adoptée pour cela, si, par exemple on garde toujours la chambre parce qu'on est gravement malade, ou qu'on croit l'être, ou qu'on y tient une maîtresse enfermée et qu'on préfère au monde, (où tous les trois à la fois) pour qui ce sera une raison, sans qu'il sache l'existence de cette femme, et simplement parce que vous vous refusez à lui, de vous préférer à tous ceux qui s'offrent, et de s'attacher à vous.

« Il faudra que nous nous occupions bientôt de vos robes de Fortuny », dis-je un soir à Albertine. Et certes, pour elle qui les avait longtemps désirées, qui les choisissait longuement avec moi, qui en avait d'avance la place réservée non seulement dans ses armoires mais dans son imagination, posséder ces robes, dont, pour se décider entre tant d'autres, elle examinait longuement chaque détail, serait quelque chose de plus que pour une femme trop riche qui a plus de robes qu'elle n'en désire et ne les regarde même pas. Pourtant, malgré le sourire avec lequel Albertine me remercia en me disant : « Vous êtes trop gentil », je remarquai combien elle avait l'air fatigué et même triste.

En attendant que fussent achevées ces robes, je m'en fis prêter quelques-unes, même parfois seulement des étoffes, et j'en habillais Albertine, je les drapais sur elle ; elle se promenait dans ma chambre avec la majesté d'une dogaresse et la grâce d'un mannequin. Seulement mon esclavage à Paris m'était rendu plus pesant par la vue de ces robes qui m'évoquaient Venise. Certes Albertine était bien plus prisonnière que moi. Et c'était une chose curieuse comme, à travers les murs de sa prison, le destin, qui trans-

forme les êtres, avait pu passer, la changer dans
son essence même et de la jeune fille de Balbec
faire une ennuyeuse et docile captive. Oui, les murs
de la prison n'avaient pas empêché cette influence
de traverser ; peut-être même est-ce eux qui l'avaient
produite. Ce n'était plus la même Albertine, parce
qu'elle n'était pas, comme à Balbec, sans cesse en
fuite sur sa bicyclette, introuvable à cause du
nombre de petites plages où elle allait coucher
chez des amies et où d'ailleurs ses mensonges la
rendaient plus difficile à atteindre ; parce qu'enfermée chez moi, docile et seule, elle n'était même
plus ce qu'à Balbec, quand j'avais pu la trouver, elle
était sur la plage, cet être fuyant, prudent et fourbe,
dont la présence se prolongeait de tant de rendez-
vous qu'elle était habile à dissimuler, qui la faisaient
aimer parce qu'ils faisaient souffrir, en qui, sous sa
froideur avec les autres et ses réponses banales, on
sentait le rendez-vous de la veille et celui du lendemain, et pour moi une pensée de dédain et de ruse ;
parce que le vent de la mer ne gonflait plus ses vêtements, parce que, surtout, je lui avais coupé les ailes,
qu'elle avait cessé d'être une Victoire, qu'elle était
une pesante esclave dont j'aurais voulu me débarrasser.

Alors, pour changer le cours de mes pensées,
plutôt que de commencer avec Albertine une
partie de cartes ou de dames, je lui demandais de
me faire un peu de musique. Je restais dans mon lit
et elle allait s'asseoir au bout de la chambre devant
le pianola, entre les portants de la bibliothèque.
Elle choisissait des morceaux ou tout nouveaux ou
qu'elle ne m'avait encore joués qu'une fois ou deux,
car, commençant à me connaître, elle savait que je

n'aimais proposer à mon attention que ce qui m'était
encore obscur, heureux de pouvoir, au cours de ces
exécutions successives, rejoindre les unes aux autres,
grâce à la lumière croissante mais hélas ! dénaturante
et étrangère de mon intelligence, les lignes fragmen-
taires et interrompues de la construction, d'abord
presque ensevelie dans la brume. Elle savait, et, je
crois comprenait, la joie que donnait, les premières
fois, à mon esprit, ce travail de modelage d'une
nébuleuse encore informe. Elle devinait qu'à la
troisième ou quatrième exécution, mon intelligence,
en ayant atteint, par conséquent mis à la même distance, toutes les parties, et n'ayant plus d'activité
à déployer à leur égard, les avait réciproquement
étendues et immobilisées sur un plan uniforme. Elle
ne passait pas cependant encore à un nouveau morceau, car, sans peut-être bien se rendre compte du
travail qui se faisait en moi, elle savait qu'au moment
où le travail de mon intelligence était arrivé à dissiper
le mystère d'une œuvre, il était bien rare que, par
compensation, elle n'eût pas, au cours de sa tâche
néfaste, attrapé telle ou telle réflexion profitable.
Et le jour où Albertine disait : « Voilà un rouleau que
nous allons donner à Françoise pour qu'elle nous le
fasse changer contre un autre », souvent il y avait
pour moi sans doute un morceau de musique de
moins dans le monde, mais une vérité de plus.
Pendant qu'elle jouait, de la multiple chevelure
d'Albertine, je ne pouvais voir qu'une coque de
cheveux noirs en forme de cœur appliquée au long
de l'oreille comme le nœud d'une infante de Velas-
quez. De même que le volume de cet Ange musicien
était constitué par les trajets multiples entre les
différents points du passé que son souvenir occupait

231

en moi, et ses différents sièges, depuis la vue, jusqu'aux sensations les plus intérieures de mon être,
qui m'aidaient à descendre dans l'intimité du sien,
la musique qu'elle jouait avait aussi un volume,
produit par la visibilité inégale des différentes phrases, selon que j'avais plus ou moins réussi à y mettre
de la lumière et à rejoindre les unes aux autres les
lignes d'une construction qui m'avait d'abord paru
presque tout entière noyée dans le brouillard.

Je m'étais si bien rendu compte qu'il était absurde
d'être jaloux de Mlle de Vinteuil et de son amie,
puisqu'Albertine depuis son aveu ne cherchait nullement à les voir, et de tous les projets de villégiature
que nous avions formés avait écarté d'elle-même
Combray, si proche de Montjouvain, que, souvent, ce
que je demandais à Albertine de me jouer, et sans que
cela me fît souffrir, c'était de la musique de Vinteuil.
Une seule fois cette musique de Vinteuil avait été une
cause indirecte de jalousie pour moi. En effet Albertine, qui savait que j'en avais entendu jouer chez Mme
Verdurin par Morel, me parla un soir de celui-ci en
me manifestant un vif désir d'aller l'entendre, de le
connaître. C'était justement peu de temps après que
j'avais appris l'existence de la lettre, involontairement interceptée par M. de Charlus, de Léa à Morel.
Je me demandai si Léa n'avait pas parlé de lui à
Albertine. Les mots de « grande sale, grande vicieuse »
me revenaient à l'esprit avec horreur. Mais justement parce qu'ainsi la musique de Vinteuil fut liée
douloureusement à Léa — non plus à Mlle Vinteuil et
à son amie — quand la douleur causée par Léa fut
apaisée, je pus dès lors entendre cette musique sans
souffrance ; un mal m'avait guéri de la possibilité
des autres. De cette musique de Vinteuil des phrases

inaperçues chez Mme Verdurin, larves obscures alors indistinctes, devenaient d'éblouissantes architectures ; et certaines devenaient des amies, que j'avais à peine distinguées au début, qui au mieux m'avaient paru laides et dont je n'aurais jamais cru qu'elles fussent comme ces gens antipathiques au premier abord qu'on découvre seulement tels qu'ils sont une fois qu'on les connaît bien. Entre les deux états il y avait une vraie transmutation. D'autre part des phases distinctes la première fois dans la musique entendue chez Mme Verdurin, mais que je n'avais pas alors reconnues là, je les identifiais maintenant avec des phrases des autres œuvres, comme cette phrase de la Variation religieuse pour orgue qui, chez Mme Verdurin, avait passé inaperçue pour moi dans le septuor, où pourtant, sainte qui avait descendu les degrés du Sanctuaire, elle se trouvait mêlée aux fées familières du musicien. D'autre part la phrase qui m'avait paru trop peu mélodique, trop mécaniquement rythmée, de la joie titubante des cloches de midi, maintenant c'était celle que j'aimais le mieux, soit que je fusse habitué à sa laideur, soit que j'eusse découvert sa beauté. Cette réaction sur la déception que causent d'abord les chefs-d'œuvre, on peut en effet l'attribuer à un affaiblissement de l'impression initiale ou à l'effort nécessaire pour dégager la vérité. Deux hypothèses qui se représentent pour toutes les questions importantes, les questions de la réalité de l'Art, de la réalité de l'Éternité de l'âme ; c'est un choix qu'il faut faire entre elles ; et pour la musique de Vinteuil, ce choix se représentait à tout moment sous bien des formes. Par exemple cette musique me semblait quelque chose de plus vrai que tous les livres connus. Par instants je pensais que cela tenait à ce que ce qui est senti par nous de la vie, ne l'étant pas sous formes d'idées, sa traduction littéraire, c'est-à-dire intellectuelle en en rendant compte, l'explique, l'analyse, mais ne le recompose pas comme la musique, où les sons semblent prendre l'inflexion de l'être, reproduire cette pointe intérieure et extrême des sensations qui est la partie qui nous donne cette ivresse spécifique que nous retrouvons de temps en temps et que quand nous disons : « Quel beau temps, quel beau soleil ! » nous ne faisons nullement connaître au prochain, en qui le même soleil et le même temps éveillent des vibrations toutes différentes. Dans la musique de Vinteuil, il y avait ainsi de ces visions qu'il est impossible d'exprimer et presque défendu de constater, puisque, quand au moment de s'endormir, on reçoit la caresse de leur irréel enchantement, à ce moment même où la raison nous a déjà abandonnés, les yeux se scellent et avant d'avoir eu le temps de connaître non seulement l'ineffable mais l'invisible, on s'endort. Il me semblait même quand je m'abandonnais à cette hypothèse où l'art serait réel, que c'était même plus que la simple joie nerveuse d'un beau temps ou d'une nuit d'opium que la musique peut rendre : une ivresse plus réelle, plus féconde, du moins à ce que je pressentais. Il n'est pas possible qu'une sculpture, une musique qui donne une émotion qu'on sent plus élevée, plus pure, plus vraie, ne corresponde pas à une certaine réalité spirituelle. Elle en symbolise sûrement une, pour donner cette impression de profondeur et de vérité. Ainsi rien ne ressemblait plus qu'une telle phrase de Vinteuil à ce plaisir particulier que j'avais quelquefois éprouvé dans ma vie, par exemple devant les clochers de Martinville, certains arbres d'une route

234

de Balbec ou, plus simplement, au début de cet
ouvrage, en buvant une certaine tasse de thé.

Sans pousser plus loin cette comparaison, je sentais
que les rumeurs claires, les bruyantes couleurs que
Vinteuil nous envoyait du monde où il composait,
promenaient devant mon imagination avec insistance, mais trop rapidement pour qu'elle pût l'ap-
préhender, quelque chose que je pourrais comparer
à la soierie embaumée d'un géranium. Seulement,
tandis que, dans le souvenir, ce vague peut être sinon
approfondi, du moins précisé grâce à un repérage de
circonstances, qui expliquent pourquoi une certaine
saveur a pu nous rappeler des sensations lumineuses,
les sensations vagues données par Vinteuil venant
non d'un souvenir, mais d'une impression (comme
celle des clochers de Martinville), il aurait fallu trouver, de la fragrance de géranium de sa musique, non
une explication matérielle, mais l'équivalent profond, la fête inconnue et colorée (dont ses œuvres
semblaient les fragments disjoints, les éclats aux
cassures écarlates), le mode selon lequel il « entendait »
et projetait hors de lui l'univers. Cette qualité inconnue d'un monde unique et qu'aucun autre musicien ne nous avait jamais fait voir, peut-être est-ce
en cela, disais-je à Albertine, qu'est la preuve la plus
authentique du génie, bien plus que dans le contenu
de l'œuvre elle-même. « Même en littérature ? me
demandait Albertine. » « Même en littérature. » Et
repensant à la monotonie des œuvres de Vinteuil,
j'expliquais à Albertine que les grands littérateurs
n'ont jamais fait qu'une seule œuvre, ou plutôt n'ont
jamais que réfracté à travers des milieux divers une
même beauté qu'ils apportent au monde. S'il n'était
pas si tard, ma petite, lui disais-je, je vous montre-

rais cela chez tous les écrivains que vous lisez pendant que je dors, je vous montrerais la même identité que chez Vinteuil. Ces phrases types, que vous commencez à reconnaître comme moi, ma petite Albertine, les mêmes dans la sonate, dans le septuor, dans les autres œuvres, ce serait par exemple, si vous voulez, chez Barbey d'Aurevilly, une réalité cachée révélée par une trace matérielle, la rougeur physiologique de l'Ensorcelée, d'Aimée de Spens, de la Clotte, la main du Rideau Cramoisi, les vieux usages, les vieilles coutumes, les vieux mots, les métiers anciens et singuliers derrière lesquels il y a le Passé, l'histoire orale faite par les pâtres du terroir, les nobles cités normandes parfumées d'Angleterre et jolies comme un village d'Écosse, la cause de malédictions contre lesquelles on ne peut rien, la Vellini, le Berger, une même sensation d'anxiété dans un passage, que ce soit la femme cherchant son mair dans une *Vieille Maîtresse*, ou le mari dans l'*Ensorcelée* parcourant la lande et l'Ensorcelée elle-même au sortir de la messe. Ce sont encore des phrases types de Vinteuil que cette géométrie du tailleur de pierre dans les romans de Thomas Hardy.

Les phrases de Vinteuil me firent penser à la petite phrase et je dis à Albertine qu'elle avait été comme l'hymne national de l'amour de Swann et d'Odette, « les parents de Gilberte que vous connaissez. Vous m'avez dit qu'elle n'avait pas mauvais genre. Mais n'a-t-elle pas essayé d'avoir des relations avec vous ? Elle m'a parlé de vous. » « Oui, comme ses parents la faisaient chercher en voiture au cours par les trop mauvais temps, je crois qu'elle me ramena une fois et m'embrassa », dit-elle au bout d'un moment en riant et comme si c'était une confidence amusante.

« Elle me demanda tout d'un coup si j'aimais les femmes. » (Mais si elle ne faisait que croire se rappeler que Gilberte l'avait ramenée, comment pouvait-elle dire avec autant de précision que Gilberte lui avait posé cette question bizarre ?) « Même, je ne sais quelle idée baroque me prit de la mystifier, je lui répondis que oui. » (On aurait dit qu'Albertine craignait que Gilberte m'eût raconté cela et qu'elle ne voulût pas que je constatasse qu'elle me mentait.) « Mais nous ne fîmes rien du tout. » (C'était étrange, si elles avaient échangé ces confidences, qu'elles n'eussent rien fait, surtout qu'avant cela même, elles s'étaient embrassées dans la voiture, au dire d'Albertine.) « Elle m'a ramené comme cela quatre ou cinq fois, peut-être un peu plus, et c'est tout. » J'eus beaucoup de peine à ne poser aucune question, mais me dominant pour avoir l'air de n'attacher à tout cela aucune importance, je revins à Thomas Hardy. « Rappelez-vous les tailleurs de pierre dans *Jude l'obscur*, dans la *Bien-Aimée*, les blocs de pierre que le père extrait de l'Ile venant par bateaux s'entasser dans l'atelier du fils où elles deviennent statues ; dans les *Yeux Bleus* le parallélisme des tombes, et aussi la ligne parallèle du bateau, et les wagons contigus où sont les deux amoureux, et la morte ; le parallélisme entre la *Bien-Aimée* où l'homme aime trois femmes et les *Yeux Bleus* où la femme aime trois hommes, etc., et enfin tous ces romans superposables les uns aux autres, comme les maisons verticalement entassées en hauteur sur le sol pierreux de l'île. Je ne peux pas vous parler comme cela en une minute des plus grands, mais vous verriez dans Stendhal un certain sentiment de l'altitude se liant à la vie spirituelle : le lieu élevé où Julien Sorel est prisonnier, la tour au haut de laquelle

est enfermée Fabrice, le clocher où l'Abbé Barnès
s'occupe d'astrologie et d'où Fabrice jette un si
beau coup d'œil. Vous m'avez dit que vous aviez vu
certains tableaux de Vermeer, vous vous rendez bien
compte que ce sont les fragments d'un même monde,
que c'est toujours, quelque génie avec lequel ils soient
recréés, la même table, le même tapis, la même
femme, la même nouvelle et unique beauté, énigme, à
cette époque où rien ne lui ressemble ni ne l'explique
si on ne cherche pas à l'apparenter par les sujets,
mais à dégager l'impression particulière que la
couleur produit. Eh ! bien cette beauté nouvelle, elle
reste identique dans toutes les œuvres de Dostoïewski,
la femme de Dostoïewski (aussi particulière qu'une
femme de Rembrandt) avec son visage mystérieux,
dont la beauté avenante se change brusquement,
comme si elle avait joué la comédie de la bonté, en
une insolence terrible (bien qu'au fond il semble qu'elle
soit plutôt bonne), n'est-ce pas toujours la même, que
ce soit Nastasia Philipovna écrivant des lettres
d'amour à Aglaé et lui avouant qu'elle la hait, ou dans
une visite entièrement identique à celle-là — à celle
aussi où Nastasia Philipovna insulte les parents de
Vania — Grouchenka, aussi gentille chez Katherina
Ivanovna que celle-ci l'avait cru terrible, puis brusquement dévoilant sa méchanceté en insultant
Katherina Ivanovna (bien que Grouchenka au
fond soit bonne) ; Grouchenka, Nastasia, figures
aussi originales, aussi mystérieuses non pas seulement
que les courtisanes de Carpacio mais que la Bethsa-
bée de Rembrandt. Comme, chez Vermeer, il y a
création d'une certaine âme, d'une certaine couleur
des étoffes et des lieux, il n'y a pas seulement chez
Dostoïevski création d'êtres mais de demeures, et

la maison de l'Assassinat dans *Crime et Châtiment*
avec son dvornik, n'est-elle pas presque aussi merveilleuse que le chef-d'œuvre de la maison de l'Assassinat dans Dostoïevski, cette sombre et si longue,
et si haute, et si vaste maison de Rogojine où il tue
Nastasia Philipovna. Cette beauté nouvelle et terrible d'une maison, cette beauté nouvelle et mixte
d'un visage de femme, voilà ce que Dostoïevski
a apporté d'unique au monde, et les rapprochements
que des critiques littéraires peuvent faire entre lui
et Gogol, ou entre lui et Paul de Kock, n'ont aucun
intérêt, étant extérieurs à cette beauté secrète.
Du reste si je t'ai dit que c'est de roman à roman
la même scène, c'est au sein d'un même roman que
les mêmes scènes, les mêmes personnages se repro-
duisent si le roman est très long. Je pourrais te le
montrer facilement dans la *Guerre et la Paix* et certaine scène dans une voiture... » « Je n'avais pas
voulu vous interrompre, mais puisque je vois que
vous quittez Dostoïevski, j'aurais peur d'oublier.
Mon petit, qu'est-ce que vous avez voulu dire l'autre
jour quand vous m'avez dit : « C'est comme le côté
Dostoïevski de Mme de Sévigné. Je vous avoue
que je n'ai pas compris. Cela me semble tellement
différent. » « Venez, petite fille, que je vous embrasse
pour vous remercier de vous rappeler si bien ce que
je dis, vous retournerez au pianola après. Et j'avoue
que ce que j'avais dit là était assez bête. Mais je
l'avais dit pour deux raisons. La première est une
raison particulière. Il est arrivé que Mme de Sévigné,
comme Elstir, comme Dostoïevski, au lieu de présenter les choses dans l'ordre logique, c'est-à-dire en
commençant par la cause, nous montre d'abord
l'effet, l'illusion qui nous frappe. C'est ainsi que

239

Dostoïevski présente ses personnages. Leurs actions nous apparaissent aussi trompeuses que ces effets d'Elstir où la mer a l'air d'être dans le ciel. Nous sommes tout étonnés d'apprendre que cet homme sournois est au fond excellent, ou le contraire ». « Oui, mais un exemple pour Mme de Sévigné ». « J'avoue, lui répondis-je en riant, que c'est très tiré par les cheveux, mais enfin je pourrais trouver des exemples ». — « Mais est-ce qu'il a jamais assassiné quelqu'un, Dostoïevski ? Les romans que je connais de lui pourraient tous s'appeler l'Histoire d'un crime. C'est une obsession chez lui, ce n'est pas naturel qu'il parle toujours de ça ». « Je ne crois pas, ma petite Albertine, je connais mal sa vie. Il est certain que comme tout le monde il a connu le péché, sous une forme ou sous une autre, et probablement sous une forme que les lois interdisent. En ce sens-là il devait être un peu criminel, comme ses héros, qui ne le sont d'ailleurs pas tout à fait, qu'on condamne avec des circonstances atténuantes. Et ce n'était même peut-être pas la peine qu'il fût criminel. Je ne suis pas romancier ; il est possible que les créateurs soient tentés par certaines formes de vie qu'ils n'ont pas personnellement éprouvées. Si je viens avec vous à Versailles comme nous avons convenu, je vous montrerai le portrait de l'honnête homme par excellence, du meilleur des maris, Choderlos de Laclos qui a écrit le plus effroyablement pervers des livres, et juste en face celui de Mme de Genlis qui écrivit des contes moraux et ne se contenta pas de tromper la duchesse d'Orléans, mais la supplicia en détournant d'elle ses enfants. Je reconnais tout de même que chez Dostoïevski cette préoccupation de l'assassinat a quelque chose d'extraordinaire et qui me le rend très étranger. Je suis déjà stupéfait quand j'entends Baudelaire dire :

Si le viol, le poignard, l'incendie
N'ont pas encore brodé de leurs plaisants dessins
Le canevas banal de nos piteux destins,
C'est que notre âme, hélas ! n'est pas assez hardie.

Mais je peux au moins croire que Baudelaire n'est pas sincère. Tandis que Dostoïevski..... Tout cela me semble aussi loin de moi que possible à moins que j'aie en moi des parties que j'ignore, car on ne se réalise que successivement. Chez Dostoïevski je trouve des puits excessivement profonds, mais sur quelques points, isolés de l'âme humaine. Mais c'est un grand créateur. D'abord le monde qu'il peint a vraiment l'air d'avoir été créé par lui. Tous ces bouffons qui reviennent sans cesse, tous ces Lebedeff, Karamazoff, Ivolguine, Segreff, cet incroyable cortège, c'est une humanité plus fantastique que celle qui peuple la *Ronde de Nuit* de Rembrandt. Et peut-être n'est-elle fantastique que de la même manière, par l'éclairage et le costume, et est-elle au fond courante. En tout cas elle est à la fois pleine de vérités profondes et uniques, n'appartenant qu'à Dostoïevski. Cela a presque l'air, ces bouffons, d'un emploi qui n'existe plus, comme certains personnages de la comédie antique, et pourtant comme ils révèlent des aspects vrais de l'âme humaine ! Ce qui m'assomme, c'est la manière solennelle dont on parle et dont on écrit sur Dostoïevski. Avez-vous remarqué le rôle que l'amour-propre et l'orgueil jouent chez ses personnages ? On dirait que pour lui l'amour et la haine la plus éperdue, la bonté et la traîtrise, la timidité et l'insolence, ne sont que deux états

d'une même nature, l'amour-propre, l'orgueil empê-
chant Aglaé Nastasia, le Capitaine dont Mitia tire
la barbe, Krassotkine, l'ennemi - ami d'Alioscha,
de se montrer tels qu'ils sont en réalité. Mais il y a
encore bien d'autres grandeurs. Je connais très peu
de ses livres. Mais n'est-ce pas un motif sculptural
et simple, digne de l'art le plus antique, une frise
interrompue et reprise où se déroulerait la vengeance
et l'expiation, que le crime du père Karamazof
engrossant la pauvre folle, le mouvement mystérieux, animal, inexpliqué, par lequel la mère, étant
à son insu l'instrument des vengeances du destin,
obéissant aussi obscurément à son instinct de mère,
peut-être à un mélange de ressentiment et de reconnaissance physique pour le violateur, va accoucher
chez le père Karamazoff. Ceci c'est le premier épisode,
mystérieux, grand, auguste comme une création
de la Femme dans les sculptures d'Orvieto. Et en
réplique, le second épisode plus de vingt ans après,
le meurtre du père Karamazoff, l'infamie sur la
famille Karamazoff par ce fils de la folle, Smerdiakoff, suivi peu après d'un même acte aussi mys-
térieusement sculptural et inexpliqué, d'une beauté
aussi obscure et naturelle, que l'accouchement dans
le jardin du père Karamazoff, Smerdiakoff se pendant son crime accompli. Quant à Dostoïevski je ne le
quittais pas tant que vous croyez en parlant de
Tolstoï qui l'a beaucoup imité. Chez Dostoïevski
il y a, concentré et grognon, beaucoup de ce qui
s'épanouira chez Tolstoï. Il y a, chez Dostoïevski,
cette maussaderie anticipée des primitifs que les
disciples éclairciront ». « Mon petit, comme c'est
assommant que vous soyez si paresseux. Regardez
comme vous voyez la littérature d'une façon plus

intéressante qu'on ne nous la faisait étudier ; les devoirs qu'on nous faisait faire sur *Esther* : « Monsieur », vous vous rappelez », me dit-elle en riant, moins pour se moquer de ses maîtres et d'elle-même que pour le plaisir de retrouver dans sa mémoire, dans notre mémoire commune, un souvenir déjà un peu ancien. Mais tandis qu'elle me parlait et comme je pensais à Vinteuil, à son tour c'était l'autre hypothèse, l'hypothèse matérialiste, celle du néant qui se présentait à moi. Je me mettais à douter, je me disais qu'après tout il se pourrait que, si les phrases de Vinteuil semblaient l'expression de certains états de l'âme analogues à celui que j'avais éprouvé en goûtant la madeleine trempée dans la tasse de thé, rien ne m'assurait que le vague de tels états fût une marque de leur profondeur, mais seulement de ce que nous n'avons pas encore su les analyser, qu'il n'y aurait donc rien de plus réel en eux que dans d'autres. Pourtant ce bonheur, ce sentiment de certitude dans le bonheur pendant que je buvais la tasse de thé, que je respirais aux Champs-Élysées une odeur de vieux bois, ce n'était pas une illusion. En tout cas, me disait l'esprit du doute, même si ces états sont dans la vie plus profonds que d'autres, et sont inanalysables à cause de cela même, parce qu'ils mettent en jeu trop de forces dont nous ne nous sommes pas encore rendu compte, le charme de certaines phrases de Vinteuil fait penser à eux parce qu'il est lui aussi inanalysable, mais cela ne prouve pas qu'il ait la même profondeur ; la beauté d'une phrase de musique pure paraît facilement l'image ou du moins la parente d'une impression intellectuelle que nous avons eue, mais simplement parce qu'elle est inintellectuelle. Et pourquoi alors croyons-nous particulièrement profondes ces phrases mystérieuses qui hantent certains ouvrages et ce septuor de Vinteuil ?

Ce n'était pas du reste que de la musique de lui que me jouait Albertine ; le pianola était par moments pour nous comme une lanterne magique scientifique (historique et géographique) et sur les murs de cette chambre de Paris, pourvue d'inventions plus modernes que celle de Combray, je voyais, selon qu'Albertine jouait du Rameau ou du Borodine s'étendre tantôt une tapisserie du xviiie siècle semée d'amours sur un fond de roses, tantôt la steppe orientale où les sonorités s'étouffent dans l'illimité des distances et le feutrage de la neige. Et ces décorations fugitives étaient d'ailleurs les seules de ma chambre, car si, au moment où j'avais hérité de ma tante Léonie, je m'étais promis d'avoir des collections comme Swann, d'acheter des tableaux, des statues, tout mon argent passait à avoir des chevaux, une automobile, des toilettes pour Albertine. Mais ma chambre ne contenait-elle pas une œuvre d'art plus précieuse que toutes celles-là ? C'était Albertine elle-même. Je la regardais. C'était étrange pour moi de penser que c'était elle, elle que j'avais cru si longtemps impossible même à connaître, qui aujourd'hui, bête sauvage domestiquée, rosier à qui j'avais fourni le tuteur, le cadre, l'espalier de sa vie, était ainsi assise, chaque jour, chez elle, près de moi, devant le pianola, adossée à ma bibliothèque. Ses épaules que j'avais vues baissées et sournoises quand elle rapportait les clubs de golf, s'appuyaient à mes livres. Ses belles jambes, que le premier jour j'avais imaginées avec raison avoir manœuvré pendant toute son adolescence les pédales d'une bicyclette,

montaient et descendaient tour à tour sur celles du
pianola où Albertine devenue d'une élégance qui me
la faisait sentir plus à moi, parce que c'était de moi
qu'elle lui venait, posait ses souliers en toile d'or.
Ses doigts, jadis familiers du guidon, se posaient
maintenant sur les touches comme ceux d'une
Sainte Cécile. Son cou dont le tour, vu de mon lit,
était plein et fort, à cette distance et sous la lumière
de la lampe paraissait plus rose, moins rose pourtant
que son visage incliné de profil, auquel mes regards,
venant des profondeurs de moi-même, chargés de
souvenirs et brûlants de désir, ajoutaient un tel brill-
lant, une telle intensité de vie que son relief semblait
s'enlever et tourner avec la même puissance presque
magique que le jour, à l'hôtel de Balbec, où ma vue
était brouillée par mon trop grand désir de l'embrasser ; j'en prolongeais chaque surface au delà
de ce que j'en pouvais voir et sous ce qui me le
cachait et ne me faisait que mieux sentir — paupières qui fermaient à demi les yeux, chevelure qui
cachait le haut des joues — le relief de ces plans
superposés. Ses yeux luisaient comme, dans un
minerai où l'opale est encore engaînée, les deux
plaques seules encore polies, qui, devenues plus
brillantes que du métal, font apparaître, au milieu
de la matière aveugle qui les surplombe, comme
les ailes de soie mauve d'un papillon qu'on aurait
mis sous verre. Ses cheveux noirs et crespelés,
montrant des ensembles différents selon qu'elle
se tournait vers moi pour me demander ce qu'elle
devait jouer, tantôt une aile magnifique, aiguë
à sa pointe, large à sa base, noire, empennée et
triangulaire, tantôt tressant le relief de leurs bou-
cles en une chaîne puissante et variée, pleine de

crêtes, de lignes de partage, de précipices, avec leur
fouetté si riche et si multiple, semblaient dépasser
la variété que réalise habituellement la nature,
et répondre plutôt au désir d'un sculpteur qui
accumule les difficultés pour faire valoir la souplesse,
la fougue, le fondu, la vie de son exécution, et faisaient ressortir davantage, en les interrompant pour
les recouvrir, la courbe animée et comme la rotation
du visage lisse et rose, du mat verni d'un bois peint.
Et par contraste avec tant de relief, par l'harmonie
aussi qui les unissait à elle, qui avait adapté son
attitude à leur forme et à leur utilisation, le pianola
qui la cachait à demi comme un buffet d'orgue, la
bibliothèque, tout ce coin de la chambre semblait
réduit à n'être plus que le sanctuaire éclairé, la crèche
de cet ange musicien, œuvre d'art qui, tout à l'heure,
par une douce magie, allait se détacher de sa niche
et offrir à mes baisers sa substance précieuse et rose.
Mais non, Albertine n'était nullement pour moi une
œuvre d'art. Je savais ce que c'était qu'admirer une
femme d'une façon artistique, j'avais connu Swann.
De moi-même d'ailleurs j'étais, de n'importe quelle
femme qu'il s'agît, incapable de le faire, n'ayant
aucune espèce d'esprit d'observation extérieure,
ne sachant jamais ce qu'était ce que je voyais,
et j'étais émerveillé quand Swann ajoutait rétrospectivement pour moi une dignité artistique —
en la comparant, comme il se plaisait à le faire
galamment devant elle-même, à quelque portrait
de Luini, en retrouvant dans sa toilette, la robe ou
les bijoux d'un tableau de Giorgione — à une femme
qui m'avait semblé insignifiante. Rien de tel chez
moi. Le plaisir et la peine qui me venaient d'Albertine ne prenaient jamais pour m'atteindre le

détour du goût et de l'intelligence ; même, pour dire
vrai, quand je commençais à regarder Albertine
comme un ange musicien merveilleusement patiné
et que je me félicitais de posséder, elle ne tardait pas
à me devenir indifférente ; je m'ennuyais bientôt
auprès d'elle, mais ces instants-là duraient peu :
on n'aime que ce en quoi on poursuit quelque chose
d'inaccessible, on n'aime que ce qu'on ne possède
pas, et bien vite, je me remettais à me rendre compte
que je ne possédais pas Albertine. Dans ses yeux je
voyais passer tantôt l'espérance, tantôt le souvenir,
peut-être le regret, de joies que je ne devinais pas,
auxquelles dans ce cas elle préférait renoncer plutôt
que de me les dire, et que, n'en saisissant que certaines lueurs dans ses prunelles, je n'apercevais pas
plus que le spectateur qu'on n'a pas laissé entrer
dans la salle et qui, collé au carreau vitré de la porte,
ne peut rien apercevoir de ce qui se passe sur la scène.
Je ne sais si c'était le cas pour elle, mais c'est une
étrange chose, comme un témoignage chez les plus
incrédules d'une croyance au bien, que cette persévérance dans le mensonge qu'ont tous ceux qui nous
trompent. On aurait beau leur dire que leur mensonge
fait plus de peine que l'aveu, ils auraient beau s'en
rendre compte, qu'ils mentiraient encore l'instant
d'après, pour rester conformes à ce qu'ils nous ont
dit d'abord que nous étions pour eux. C'est ainsi
qu'un athée qui tient à la vie, se fait tuer pour ne
pas donner un démenti à l'idée qu'on a de sa bra-
voure. Pendant ces heures, quelquefois je voyais
flotter sur elle, dans ses regards, dans sa moue, dans
son sourire, le reflet de ces spectacles intérieurs dont
la contemplation la faisait ces soirs-là dissemblable,
éloignée de moi à qui ils étaient refusés. « A quoi

pensez-vous, ma chérie ? » « Mais à rien. » Quelquefois, pour répondre à ce reproche que je lui faisais de ne me rien dire, tantôt elle me disait des choses qu'elle n'ignorait pas que je savais aussi bien que tout le monde (comme ces hommes d'État qui ne vous annonceraient pas la plus petite nouvelle, mais vous parlent en revanche de celle qu'on a pu lire dans les journaux de la veille), tantôt elle me racontait sans précision aucune, en des sortes de fausses confidences, des promenades en bicyclette qu'elle faisait à Balbec, l'année avant de me connaître. Et comme si j'avais deviné juste autrefois, en inférant de lui qu'elle devait être une jeune fille très libre, faisant de très longues parties, l'évocation qu'elle faisait de ces promenades insinuait entre les lèvres d'Albertine ce même mystérieux sourire qui m'avait séduit les premiers jours sur la digue de Balbec. Elle me parlait aussi de ces promenades qu'elle avait faites avec des amies, dans la campagne hollandaise, de ses retours le soir à Amsterdam, à des heures tardives, quand une foule compacte et joyeuse de gens qu'elle connaissait presque tous emplissait les rues, les bords des canaux, dont je croyais voir se refléter dans les yeux brillants d'Albertine, comme dans les glaces incertaines d'une rapide voiture, les feux innombrables et fuyants. Comme la soi-disant curiosité esthétique mériterait plutôt le nom d'indifférence auprès de la curiosité douloureuse, inlassable, que j'avais des lieux où Albertine avait vécu, de ce qu'elle avait pu faire tel soir, des sourires, des regards qu'elle avait eus, des mots qu'elle avait dits, des baisers qu'elle avait reçus. Non, jamais la jalousie que j'avais eue un jour de Saint-Loup, si elle avait persisté, ne m'eût donné cette immense inquiétude. Cet amour entre femmes était quelque chose de trop inconnu, dont rien ne permettait d'imaginer avec certitude, avec justesse, les plaisirs, la qualité. Que de gens, que de lieux (même qui ne la concernaient pas directement, de vagues lieux de plaisir où elle avait pu en goûter), que de milieux (où il y a beaucoup de monde, où on est frôlé) Albertine — comme une personne qui faisant passer sa suite, toute une société, au contrôle devant elle, la fait entrer au théâtre, — du seuil de mon imagination ou de mon souvenir, où je ne me souciais pas d'eux, avait introduits dans mon cœur ! Maintenant la connaissance que j'avais d'eux était interne, immédiate, spasmodique, douloureuse. L'amour, c'est l'espace et le temps rendus sensibles au cœur.

Et peut-être pourtant, entièrement fidèle je n'eusse pas souffert d'infidélités que j'eusse été incapable de concevoir, mais ce qui me torturait à imaginer chez Albertine, c'était mon propre désir perpétuel de plaire à de nouvelles femmes, d'ébaucher de nouveaux romans, c'était de lui supposer ce regard que je n'avais pu, l'autre jour, même à côté d'elle, m'empêcher de jeter sur les jeunes cyclistes assises aux tables du bois de Boulogne. Comme il n'est de connaissance, on peut presque dire qu'il n'est de jalousie que de soi-même. L'observation compte peu. Ce n'est que du plaisir ressenti par soi-même qu'on peut tirer savoir et douleur.

Par instants, dans les yeux d'Albertine, dans la brusque inflammation de son teint, je sentais comme un éclair de chaleur passer furtivement dans des régions plus inaccessibles pour moi que le ciel, et où évoluaient les souvenirs, à moi inconnus, d'Albertine. Alors cette beauté qu'en pensant aux années successives où j'avais connu Albertine soit sur la plage de Balbec, soit à Paris, je lui avais trouvée depuis peu et qui consistait en ce que mon amie se développait sur tant de plans et contenait tant de jours écoulés, cette beauté prenait pour moi quelque chose de déchirant. Alors sous ce visage rosissant, je sentais se creuser comme un gouffre l'inexhaustible espace des soirs où je n'avais pas connu Albertine. Je pouvais bien prendre Albertine sur mes genoux, tenir sa tête dans mes mains ; je pouvais la caresser, passer longuement mes mains sur elle, mais, comme si j'eusse manié une pierre qui enferme la saline des océans immémoriaux ou le rayon d'une étoile, je sentais que je touchais seulement l'enveloppe close d'un être qui par l'intérieur accédait à l'infini. Combien je souffrais de cette position où nous a réduits l'oubli de la nature qui, en instituant la division des corps, n'a pas songé à rendre possible l'interpénétration des âmes (car si son corps était au pouvoir du mien, sa pensée échappait aux prises de ma pensée). Et je me rendais compte qu'Albertine n'était pas même pour moi la merveilleuse captive dont j'avais cru enrichir ma demeure, tout en y cachant aussi parfaitement sa présence, même à ceux qui venaient me voir et qui ne la soupçonnaient pas, au bout du couloir, dans la chambre voisine, que ce personnage dont tout le monde ignorait qu'il tenait enfermée dans une bouteille la Princesse de la Chine ; m'invitant sous une forme pressante, cruelle et sans issue, à la recherche du passé, elle était plutôt comme une grande déesse du Temps. Et s'il a fallu que je perdisse pour elle des années, ma fortune, — et pourvu que je puisse me dire, ce qui n'est pas sûr, hélas,

qu'elle n'y a, elle, pas perdu, — je n'ai rien à regretter.
Sans doute la solitude eût mieux valu, plus féconde,
moins douloureuse. Mais si j'avais mené la vie de
collectionneur que me conseillait Swann, (que me
reprochait de ne pas connaître M. de Charlus, quand
avec un mélange d'esprit, d'insolence et de goût
il me disait : « Comme c'est laid chez vous ! »)
quelles statues, quels tableaux longuement poursui-
vis, enfin possédés, ou même, à tout mettre au
mieux, contemplés avec désintéressement, m'eussent,
comme la petite blessure qui se cicatrisait assez vite,
mais que la maladresse inconsciente d'Albertine,
des indifférents, ou de mes propres pensées ne tardait pas à rouvrir, donné accès hors de moi-même,
sur ce chemin de communication privé, mais qui
donne sur la grande route où passe ce que nous ne
connaissons que du jour où nous en avons souffert,
la vie des autres ?

Quelquefois il faisait un si beau clair de lune,
qu'une heure après qu'Albertine était couchée,
j'allais jusqu'à son lit pour lui dire de regarder la
fenêtre. Je suis sûr que c'est pour cela que j'allais
dans sa chambre et non pour m'assurer qu'elle y était
bien. Quelle apparence qu'elle pût et souhaitât
s'en échapper ? Il eût fallu une collusion invraisemblable avec Françoise. Dans la chambre sombre,
je ne voyais rien que sur la blancheur de l'oreiller
un mince diadème de cheveux noirs. Mais j'entendais
la respiration d'Albertine. Son sommeil était si profond que j'hésitais d'abord à aller jusqu'au lit. Puis,
je m'asseyais au bord. Le sommeil continuait de couler
avec le même murmure. Ce qui est impossible à dire
c'est à quel point ses réveils étaient gais. Je l'embras-
sais, je la secouais. Aussitôt elle s'arrêtait de dormir,

mais, sans même l'intervalle d'un instant, éclatait
de rire, me disant en nouant ses bras à mon cou :
« J'étais justement en train de me demander si tu
ne viendrais pas », et elle riait tendrement de plus
belle. On aurait dit que sa tête charmante, quand
elle dormait, n'était pleine que de gaîté, de tendresse et de rire. Et en l'éveillant j'avais seulement,
comme quand on ouvre un fruit, fait fuser le jus
jaillissant qui désaltère.

L'hiver cependant finissait ; la belle saison revint, et souvent comme Albertine venait seulement
de me dire bonsoir, ma chambre, mes rideaux, le
mur au-dessus des rideaux étant encore tout noirs,
dans le jardin des religieuses voisines, j'entendais,
riche et précieuse dans le silence comme un harmo-
nium d'église, la modulation d'un oiseau inconnu
qui, sur le mode lydien, chantait déjà matines
et au milieu de mes ténèbres mettait la riche note
éclatante du soleil qu'il voyait. Une fois même,
nous entendîmes tout d'un coup la cadence régulière
d'un appel plaintif. C'étaient les pigeons qui commen-
çaient à roucouler. « Cela prouve qu'il fait déjà
jour », dit Albertine ; et le sourcil presque froncé,
comme si elle manquait en vivant chez moi les plaisirs de la belle saison, « le printemps est commencé
pour que les pigeons soient revenus ». La ressemblance entre leur roucoulement et le chant du coq
était aussi profonde et aussi obscure que, dans le
septuor de Vinteuil, la ressemblance entre le thème
de l'adagio et celui du dernier morceau, qui est bâti
sur le même thème-clef que le premier mais tellement transformé par les différences de tonalité,
de mesure, que le public profane s'il ouvre un ouvrage sur Vinteuil, est étonné de voir qu'ils sont

bâtis tous trois sur les quatre mêmes notes, quatre notes qu'il peut d'ailleurs jouer d'un doigt au piano sans retrouver aucun des trois morceaux. Tel ce mélancolique morceau exécuté par les pigeons était une sorte de chant du coq en mineur, qui ne s'élevait pas vers le ciel, ne montait pas verticalement, mais régulier comme le braiement d'un âne, enveloppé de douceur, allait d'un pigeon à l'autre sur une même ligne horizontale, et jamais ne se redressait, ne changeait sa plainte latérale en ce joyeux appel qu'avaient poussé tant de fois l'allegro de l'introduction et le finale.

Bientôt les nuits raccourcirent davantage et avant les heures anciennes du matin, je voyais déjà dépasser des rideaux de ma fenêtre la blancheur quotidiennement accrue du jour. Si je me résignais à laisser encore mener à Albertine cette vie, où, malgré ses dénégations, je sentais qu'elle avait l'impression d'être prisonnière, c'était seulement parce que chaque jour j'étais sûr que le lendemain je pourrais me mettre, en même temps qu'à travailler, à me lever, à sortir, à préparer un départ pour quelque propriété que nous achèterions et où Albertine pourrait mener plus librement et sans inquiétude pour moi la vie de campagne ou de mer, de navigation ou de chasse, qui lui plairait. Seulement, le lendemain, ce temps passé que j'aimais et détestais tour à tour en Albertine, il arrivait que (comme quand il est le présent, entre lui et nous, chacun, par intérêt, ou politesse, ou pitié, travaille à tisser un rideau de mensonges que nous prenons pour la réalité), rétrospectivement une des heures qui le composaient, et même de celles que j'avais cru connaître, me présentait tout d'un coup un aspect qu'on n'es-

sayait plus de me voiler et qui était alors tout différent de celui sous lequel elle m'était apparue. Derrière tel regard, à la place de la bonne pensée que
j'avais cru y voir autrefois, c'était un désir insoupçonné jusque-là qui se révélait, m'aliénant une
nouvelle partie de ce cœur d'Albertine que j'avais
cru assimilé au mien. Par exemple, quand Andrée
avait quitté Balbec au mois de juillet, Albertine ne
m'avait jamais dit qu'elle dût bientôt la revoir,
et je pensais qu'elle l'avait revue même plus tôt
qu'elle n'eût cru, puisque, à cause de la grande tristesse que j'avais eue à Balbec, cette nuit du 14 septembre, elle m'avait fait ce sacrifice de ne pas y
rester et de revenir tout de suite à Paris. Quand elle
était arrivée le 15, je lui avais demandé d'aller voir
Andrée et lui avais dit : « A-t-elle été contente de
vous revoir ? » Or un jour Mme Bontemps était
venue pour apporter quelque chose à Albertine ;
je la vis un instant et lui dis qu'Albertine était sortie
avec Andrée : « Elles sont allées se promener dans la
campagne. » « Oui, me répondit Mme Bontemps.
Albertine n'est pas difficile en fait de campagne.
Ainsi il y a trois ans, tous les jours il fallait aller aux
Buttes-Chaumont. » A ce nom de Buttes-Chaumont,
où Albertine m'avait dit n'être jamais allée, ma respiration s'arrêta un instant. La réalité est la plus
habile des ennemies. Elle prononce ses attaques sur
les points de notre cœur où nous ne les attendions
pas, et où nous n'avions pas préparé de défense.
Albertine avait-elle menti à sa tante, alors, en lui
disant qu'elle allait tous les jours aux Buttes-Chaumont, à moi, depuis, en me disant qu'elle ne les
connaissait pas ? « Heureusement, ajouta Mme Bontemps, que cette pauvre Andrée va bientôt partir

pour une campagne plus vivifiante, pour la vraie
campagne, elle en a bien besoin, elle a si mauvaise
mine. Il est vrai qu'elle n'a pas eu cet été le temps
d'air qui lui est nécessaire. Pensez qu'elle a quitté
Balbec à la fin de juillet, croyant revenir en septembre, et comme son frère s'est démis le genou,
elle n'a pas pu revenir. » Alors Albertine l'attendait
à Balbec et me l'avait caché. Il est vrai que c'était
d'autant plus gentil de m'avoir proposé de revenir.
A moins que... « Oui, je me rappelle qu'Albertine
m'avait parlé de cela (ce n'était pas vrai). Quand
donc a eu lieu cet accident ? Tout cela est un peu
brouillé dans ma tête. » « Mais à mon sens, il a eu
lieu juste à point, car un jour plus tard, la location
de la villa était commencée et la grand'mère d'Andrée
aurait été obligée de payer un mois inutile. Il s'est
cassé la jambe le 14 septembre, elle a eu le temps
de télégraphier à Albertine le 15 au matin qu'elle
ne viendrait pas et Albertine de prévenir l'agence.
Un jour plus tard, cela courait jusqu'au 15 octobre. »
Ainsi sans doute quand Albertine changeant d'avis,
m'avait dit : « Partons ce soir », ce qu'elle voyait
c'était un appartement, celui de la grand'mère
d'Andrée, où, dès notre retour, elle allait pouvoir
retrouver l'amie que, sans que je m'en doutasse,
elle avait cru revoir bientôt à Balbec. Les paroles
si gentilles, pour revenir avec moi, qu'elle avait eues,
en contraste avec son *opiniâtre* refus d'un peu avant,
j'avais cherché à les attribuer à un revirement de
son bon cœur. Elles étaient tout simplement le reflet
d'un changement intervenu dans une situation que
nous ne connaissons pas, et qui est tout le secret de
la variation de la conduite des femmes qui ne nous
aiment pas. Elles nous refusent obstinément un

rendez-vous pour le lendemain, parce qu'elles sont fatiguées, parce que leur grand-père exige qu'elles dînent chez lui : « Mais venez après », insistons-nous. « Il me retient très tard. Il pourra me raccompagner. » Simplement elles ont un rendez-vous avec quelqu'un qui leur plaît. Soudain celui-ci n'est plus libre. Et elles viennent nous dire le regret de nous avoir fait de la peine, qu'envoyant promener leur grand-père, elles resteront auprès de nous, ne tenant à rien d'autre. J'aurais dû reconnaître ces phrases dans le langage que m'avait tenu Albertine, le jour de mon départ de Balbec, mais pour interpréter ce langage j'aurais dû me souvenir alors de deux traits particuliers du caractère d'Albertine qui me revenaient maintenant à l'esprit, l'un pour me consoler, l'autre pour me désoler, car nous trouvons de tout dans notre mémoire ; elle est une espèce de pharmacie, de laboratoire de chimie, où on met au hasard la main tantôt sur une drogue calmante, tantôt sur un poison dangereux. Le premier trait, le consolant, fut cette habitude de faire servir une même action au plaisir de plusieurs personnes, cette utilisation multiple de ce qu'elle faisait, qui était caractéristique chez Albertine. C'était bien dans son caractère, revenant à Paris (le fait qu'Andrée ne revenait pas pouvait lui rendre incommode de rester à Balbec sans que cela signifiât qu'elle ne pouvait pas se passer d'Andrée), de tirer de ce seul voyage une occasion de toucher deux personnes qu'elle aimait sincèrement, moi, en me faisant croire que c'était pour ne pas me laisser seul, pour que je ne souffrisse pas, par dévouement pour moi, Andrée, en la persuadant que, du moment qu'elle ne venait pas à Balbec, elle ne voulait pas y rester un instant de

LA PRISONNIÈRE

plus, qu'elle n'avait prolongé son séjour que pour la voir et qu'elle accourait dans l'instant vers elle. Or, le départ d'Albertine avec moi succédait en effet d'une façon si immédiate d'une part à mon chagrin, à mon désir de revenir à Paris, d'autre part à la dépêche d'Andrée, qu'il était tout naturel qu'Andrée et moi, ignorant respectivement elle mon chagrin, moi sa dépêche, nous eussions pu croire que le départ d'Albertine était l'effet de la seule cause que chacun de nous connût et qu'il suivait en effet à si peu d'heures de distance et si inopinément. Et dans ce cas, je pouvais encore croire que m'accompagner avait été le but réel d'Albertine, qui n'avait pas voulu négliger pourtant une occasion de s'en faire un titre à la gratitude d'Andrée. Mais malheureusement je me rappelai presque aussitôt un autre trait de caractère d'Albertine, et qui était la vivacité avec laquelle la saisissait la tentation irrésistible d'un plaisir. Or je me rappelais, quand elle eut décidé de partir, quelle impatience elle avait d'arriver au tram, comme elle avait bousculé le Directeur qui, en cherchant à nous retenir, aurait pu nous faire manquer l'omnibus, les haussements d'épaule de connivence qu'elle me faisait et dont j'avais été si touché, quand, dans le tortillard, M. de Cambremer nous avait demandé si nous ne pouvions pas « remettre à huitaine ». Oui, ce qu'elle voyait devant ses yeux à ce moment-là, ce qui la rendait si fiévreuse de partir, ce qu'elle était impatiente de retrouver, c'était cet appartement inhabité que j'avais vu une fois, appartenant à la grand'mère d'Andrée, laissé à la garde d'un vieux valet de chambre, appartement luxueux, en plein midi, mais si vide, si silencieux que le soleil avait l'air de mettre des housses sur le canapé, sur les

257

fauteuils de la chambre où Albertine et Andrée
demanderaient au gardien respectueux, peut-être
naïf, peut-être complice, de les laisser se reposer. Je la
voyais tout le temps maintenant, vide, avec un lit
ou un canapé, cette chambre, où, chaque fois qu'Albertine avait l'air pressé et sérieux, elle partait
pour retrouver son amie, sans doute arrivée avant
elle parce qu'elle était plus libre. Je n'avais jamais
pensé jusque-là à cet appartement qui maintenant
avait pour moi une horrible beauté. L'inconnu de
la vie des êtres est comme celui de la nature, que
chaque découverte scientifique ne fait que reculer
mais n'annule pas. Un jaloux exaspère celle qu'il
aime en la privant de mille plaisirs sans importance,
mais ceux qui sont le fond de la vie de celle-ci,
elle les abrite là où, dans les moments où son intelligence croit montrer le plus de perspicacité et où
les tiers le renseignent le mieux, il n'a pas idée de
chercher. Enfin du moins Andrée allait partir. Mais
je ne voulais pas qu'Albertine pût me mépriser,
comme ayant été dupe d'elle et d'Andrée. Un jour
ou l'autre, je le lui dirais. Et ainsi je la forcerais
peut-être à me parler plus franchement, en lui
montrant que j'étais informé, tout de même, des
choses qu'elle me cachait. Mais je ne voulais pas lui
parler de cela encore, d'abord parce que, si près de
la visite de sa tante, elle eût compris d'où me venait
mon information, eût tari cette source et n'en eût
pas redouté d'inconnues. Ensuite parce que je ne
voulais pas risquer, tant que je ne serais pas absolument certain de garder Albertine aussi longtemps
que je voudrais, de causer en elle trop de colères
qui auraient pu avoir pour effet de lui faire désirer
me quitter. Il est vrai que si je raisonnais, cher-

chais la vérité, pronostiquais l'avenir d'après ses
paroles, lesquelles approuvaient toujours tous mes
projets, exprimant combien elle aimait cette vie,
combien sa claustration la privait peu, je ne doutais
pas qu'elle restât toujours auprès de moi. J'en étais
même fort ennuyé, je sentais m'échapper la vie,
l'univers, auxquels je n'avais jamais goûté, échangés
contre une femme dans laquelle je ne pouvais plus
rien trouver de nouveau. Je ne pouvais même pas
aller à Venise, où, pendant que je serais couché,
je serais trop torturé par la crainte des avances que
pourraient lui faire le gondolier, les gens de l'hôtel,
les Vénitiennes. Mais si je raisonnais au contraire
d'après l'autre hypothèse, celle qui s'appuyait
non sur les paroles d'Albertine, mais sur des silences,
des regards, des rougeurs, des bouderies, et même
des colères, dont il m'eût été bien facile de lui montrer qu'elles étaient sans cause et dont j'aimais
mieux avoir l'air de ne pas m'apercevoir, alors je
me disais que cette vie lui était insupportable, que
tout le temps elle se trouvait privée de ce qu'elle
aimait, et que fatalement elle me quitterait un jour.
Tout ce que je voulais, si elle le faisait, c'était que
je pusse choisir le moment où cela ne me serait pas
trop pénible, et puis dans une saison où elle ne
pourrait aller dans aucun des endroits où je me représentais ses débauches, ni à Amsterdam, ni chez
Andrée qu'elle retrouverait, il est vrai, quelques
mois plus tard. Mais d'ici là je me serais calmé et
cela me serait devenu indifférent. En tous cas,
il fallait attendre pour y songer que fût guérie la
petite rechute qu'avait causée la découverte des
raisons pour lesquelles Albertine, à quelques heures
de distance, avait voulu ne pas quitter, puis quitter

immédiatement Balbec. Il fallait laisser le temps de
disparaître aux symptômes qui ne pouvaient aller
qu'en s'atténuant si je n'apprenais rien de nouveau,
mais qui étaient encore trop aigus pour ne pas
rendre plus douloureuse, plus difficile, une opération
de rupture, reconnue maintenant inévitable, mais
nullement urgente et qu'il valait mieux pratiquer
« à froid ». Ce choix du moment, j'en étais le
maître, car si elle voulait partir avant que je
l'eusse décidé, au moment où elle m'annoncerait
qu'elle avait assez de cette vie, il serait toujours
temps d'aviser à combattre ses raisons, de lui
laisser plus de liberté, de lui promettre quelque
grand plaisir prochain qu'elle souhaiterait elle-
même d'attendre, voire, si je ne trouvais de recours
qu'en son cœur, de lui assurer mon chagrin. J'étais
donc bien tranquille à ce point de vue, n'étant pas
d'ailleurs en cela très logique avec moi-même. Car,
dans les hypothèses où je ne tenais précisément
pas compte des choses qu'elle disait et qu'elle annon-
çait, je supposais que, quand il s'agirait de son
départ, elle me donnerait d'avance ses raisons,
me laisserait les combattre et les vaincre. Je sentais que ma vie avec Albertine n'était pour ma part,
quand je n'étais pas jaloux, qu'ennui, pour l'autre
part, quand j'étais jaloux, que souffrance. A supposer qu'il y eût du bonheur, il ne pouvait durer.
J'étais dans le même esprit de sagesse qui m'inspirait à Balbec, quand, le soir où nous avions été
heureux après la visite de Mme de Cambremer,
je voulais la quitter, parce que je savais qu'à prolonger, je ne gagnerais rien. Seulement, maintenant
encore, je m'imaginais que le souvenir que je garde-
rais d'elle serait comme une sorte de vibration pro-

longée par une pédale de la dernière minute de notre
séparation. Aussi je tenais à choisir une minute
douce, afin que ce fût elle qui continuât à vibrer
en moi. Il ne fallait pas être trop difficile, attendre
trop, il fallait être sage. Et pourtant, ayant tant
attendu, ce serait folie de ne pas attendre quelques
jours de plus, jusqu'à ce qu'une minute acceptable
se présentât, plutôt que de risquer de la voir partir
avec cette même révolte que j'avais autrefois quand
maman s'éloignait de mon lit sans me dire bonsoir,
ou quand elle me disait adieu à la gare. A tout hasard
je multipliais les gentillesses que je pouvais lui
faire. Pour les robes de Fortuny, nous nous étions
enfin décidés pour une bleue et or doublée de rose
qui venait d'être terminée. Et j'avais commandé
tout de même les cinq auxquelles elle avait renoncé
avec regret, par préférence pour celle-là. Pourtant
à la venue du printemps, deux mois ayant passé
depuis ce que m'avait dit sa tante, je me laissai
emporter par la colère un soir. C'était justement
celui où Albertine avait revêtu pour la première
fois la robe de chambre bleu et or de Fortuny qui,
en m'évoquant Venise, me faisait plus sentir encore
ce que je sacrifiais pour elle, qui ne m'en savait
aucun gré. Si je n'avais jamais vu Venise, j'en rêvais
sans cesse depuis ces vacances de Pâques qu'encore
enfant j'avais dû y passer, et plus anciennement
encore, depuis les gravures du Titien et les photo-
graphies de Giotto que Swann m'avais jadis données
à Combray. La robe de Fortuny que portait ce soir-
là Albertine me semblait comme l'ombre tentatrice
de cette invisible Venise. Elle était envahie d'or-
nementation arabe, comme les palais de Venise
dissimulés à la façon des sultanes derrière un voile

ajouré de pierre, comme les reliures de la Bibliothèque Ambrosienne, comme les colonnes desquelles les oiseaux orientaux qui signifient alternativement la mort et la vie se répétaient dans le miroitement de l'étoffe, d'un bleu profond qui, au fur et à mesure que mon regard s'y avançait, se changeait en or malléable, par ces mêmes transmutations qui, devant les gondoles qui s'avancent, changent en métal flamboyant l'azur du grand canal. Et les manches étaient doublées d'un rose cerise, qui est si particulièrement vénitien qu'on l'appelle rose Tiepolo.

Dans la journée, Françoise avait laissé échapper devant moi qu'Albertine n'était contente de rien, que, quand je lui faisais dire que je sortirais avec elle, ou que je ne sortirais pas, que l'automobile viendrait la prendre, ou ne viendrait pas, elle haussait presque les épaules et répondait à peine poliment. Ce soir où je la sentais de mauvaise humeur et où la première grande chaleur m'avait énervé, je ne pus retenir ma colère et lui reprochai son ingratitude : « Oui, vous pouvez demander à tout le monde, criai-je de toutes mes forces, hors de moi, vous pouvez demander à Françoise, ce n'est qu'un cri. » Mais aussitôt je me rappelai qu'Albertine m'avait dit une fois combien elle me trouvait l'air terrible quand j'étais en colère, et m'avait appliqué les vers d'Esther :

> *Jugez combien ce front irrité contre moi*
> *Dans mon âme troublée a dû jeter d'émoi.*
> *Hélas sans frissonner quel cœur audacieux*
> *Soutiendrait les éclairs qui partent de ses yeux.*

J'eus honte de ma violence. Et pour revenir sur

ce que j'avais fait, sans cependant que ce fût une défaite, de manière que ma paix fût une paix armée et redoutable, en même temps qu'il me semblait utile de montrer à nouveau que je ne craignais pas une rupture pour qu'elle n'en eût pas l'idée : « Pardonnez-moi, ma petite Albertine, j'ai honte de ma violence, j'en suis désespéré. Si nous ne pouvons plus nous entendre, si nous devons nous quitter, il ne faut pas que ce soit ainsi, ce ne serait pas digne de nous. Nous nous quitterons, s'il le faut, mais avant tout je tiens à vous demander pardon bien humblement de tout mon cœur. » Je pensais que, pour réparer cela et m'assurer de ses projets de rester pour le temps qui allait suivre, au moins jusqu'à ce qu'Andrée fût partie, ce qui était dans trois semaines, il serait bon dès le lendemain de chercher quelque plaisir plus grand que ceux qu'elle avait encore eus et à assez longue échéance ; aussi, puisque j'allais effacer l'ennui que je lui avais causé, peut-être ferais-je bien de profiter de ce moment pour lui montrer que je connaissais mieux sa vie qu'elle ne croyait. La mauvaise humeur qu'elle ressentirait serait effacée demain par mes gentillesses, mais l'avertissement resterait dans son esprit. « Oui, ma petite Albertine, pardonnez-moi si j'ai été violent. Je ne suis pas tout à fait aussi coupable que vous croyez. Il y a des gens méchants qui cherchent à nous brouiller, je n'avais jamais voulu vous en parler pour ne pas vous tourmenter. Mais je finis par être affolé quelquefois de certaines dénonciations. « Ainsi tenez, lui dis-je, maintenant on me tourmente, on me persécute à me parler de vos relations, mais avec Andrée. » « Avec Andrée ? » s'écria-t-elle, la mauvaise humeur enflammant son visage. Et l'étonnement ou le désir de paraître étonnée écarquillait ses yeux. « C'est charmant ! Et peut-on savoir qui vous a dit ces belles choses, est-ce que je pourrais leur parler à ces personnes, savoir sur quoi elles appuient leurs infamies ? » « Ma petite Albertine, je ne sais pas, ce sont des lettres anonymes, mais de personnes que vous trouveriez peut-être assez facilement (pour lui montrer que je ne croyais pas qu'elle cherchait), car elles doivent bien vous connaître. La dernière, je vous l'avoue (et je vous cite celle-là justement parce qu'il s'agit d'un rien et qu'elle n'a rien de pénible à citer) m'a pourtant exaspéré. Elle me disait que si, le jour où nous avons quitté Balbec, vous aviez d'abord voulu rester et partir ensuite, c'est que dans l'intervalle vous aviez reçu une lettre d'Andrée vous disant qu'elle ne viendrait pas. » « Je sais très bien qu'Andrée m'a écrit qu'elle ne viendrait pas, elle m'a même télégraphié, je ne peux pas vous montrer la dépêche parce que je ne l'ai pas gardée, mais ce n'était pas ce jour-là, qu'est-ce que vous vouliez que cela me fasse qu'Andrée vînt à Balbec ou non ? » « Qu'est-ce que vous vouliez que cela me fasse » était une preuve de colère et que « cela lui faisait » quelque chose, mais pas forcément une preuve qu'Albertine était revenue uniquement par désir de voir Andrée. Chaque fois qu'Albertine voyait un des motifs réels, ou allégués, d'un de ses actes, découvert par une personne à qui elle avait donné un autre motif, Albertine était en colère, la personne fût-elle celle pour laquelle elle avait fait réellement l'acte. Albertine croyait-elle que ces renseignements sur ce qu'elle faisait, ce n'était pas des anonymes qui me les envoyaient malgré moi, mais moi qui les

264

sollicitais avidement, on n'aurait pu nullement le déduire des paroles qu'elle me dit ensuite, où elle avait l'air d'accepter ma version des lettres anonymes, mais de son air de colère contre moi, colère qui n'avait l'air que d'être l'explosion de ses mauvaise humeurs antérieures, tout comme l'espionnage auquel elle eût, dans cette hypothèse, cru que je m'étais livré, n'eût été que l'aboutissant d'une surveillance de tous ses actes dont elle n'eût plus douté depuis longtemps. Sa colère s'étendit même jusqu'à Andrée et se disant sans doute que, maintenant, je ne serais plus tranquille même quand elle sortirait avec Andrée : « D'ailleurs Andrée m'exaspère. Elle est assommante. Je ne veux plus sortir avec elle. Vous pouvez l'annoncer aux gens qui vous ont dit que j'étais revenue à Paris pour elle. Si je vous disais que depuis tant d'années que je connais Andrée, je ne saurais pas vous dire comment est sa figure tant je l'ai peu regardée ! » Or à Balbec, la première année, elle m'avait dit : « Andrée est ravissante. » Il est vrai que cela ne voulait pas dire qu'elle eût des relations amoureuses avec elle, et même je ne l'avais jamais entendu parler alors qu'avec indignation de toutes les relations de ce genre. Mais ne pouvait-elle avoir changé même sans se rendre compte qu'elle avait changé, en ne croyant pas que ses jeux avec une amie fussent la même chose que les relations immorales, assez peu précises dans son esprit, qu'elle flétrissait chez les autres ? N'était-ce pas aussi possible que ce même changement, et cette même inconscience de changement qui s'étaient produits dans ses relations avec moi, dont elle avait repoussé à Balbec avec tant d'indignation les baisers qu'elle devait me donner elle-même ensuite chaque jour, et que, je l'espérais du moins, elle me donnerait encore bien longtemps, et qu'elle allait me donner dans un instant ? « Mais, ma chérie, comment voulez-vous que je le leur annonce puisque je ne les connais pas ? » Cette réponse était si forte qu'elle aurait dû dissoudre les objections et les doutes que je voyais cristallisés dans les prunelles d'Albertine. Mais elle les laissa intacts. Je m'étais tu et pourtant elle continuait à me regarder avec cette attention persistante qu'on prête à quelqu'un qui n'a pas fini de parler. Je lui demandai de nouveau pardon. Elle me répondit qu'elle n'avait rien à me pardonner. Elle était redevenue très douce. Mais sous son visage triste et défait, il me semblait qu'un secret s'était formé. Je savais bien qu'elle ne pouvait me quitter sans me prévenir, d'ailleurs elle ne pouvait ni le désirer (c'était dans huit jours qu'elle devait essayer les nouvelles robes de Fortuny), ni décemment le faire, ma mère revenant à la fin de la semaine et sa tante également. Pourquoi, puisque c'était impossible qu'elle partît, lui redis-je à plusieurs reprises que nous sortirions ensemble le lendemain pour aller voir des verreries de Venise que je voulais lui donner et fus-je soulagé de l'entendre me dire que c'était convenu. Quand elle put me dire bonsoir et que je l'embrassai, elle ne fit pas comme d'habitude, se détourna — c'était quelques instants à peine après le moment où je venais de penser à cette douceur qu'elle me donnât tous les soirs ce qu'elle m'avait refusé à Balbec — elle ne me rendit pas mon baiser. On aurait dit que, brouillée avec moi, elle ne voulait pas me donner un signe de tendresse qui eût plus tard pu me paraître comme une fausseté démentant cette brouille. On aurait dit qu'elle accor-

dait ses actes avec cette brouille et cependant avec
mesure, soit pour ne pas l'annoncer, soit parce que,
rompant avec moi des rapports charnels, elle voulait
cependant rester mon amie. Je l'embrassai alors une
seconde fois, serrant contre mon cœur l'azur miroi-
tant et doré du grand canal et les oiseaux accouplés,
symboles de mort et de résurrection. Mais une seconde fois elle s'écarta et, au lieu de me rendre
mon baiser, s'écarta avec l'espèce d'entêtement
instinctif et fatidique des animaux qui sentent la
mort. Ce pressentiment qu'elle semblait traduire me
gagna moi-même et me remplit d'une crainte si
anxieuse que quand elle fut arrivée à la porte, je
n'eus pas le courage de la laisser partir et la rappelai.
« Albertine, lui dis-je, je n'ai aucun sommeil. Si vous
même n'avez pas envie de dormir, vous auriez pu
rester encore un peu, si vous voulez, mais je n'y
tiens pas, et surtout je ne veux pas vous fatiguer. »
Il me semblait que si j'avais pu la faire déshabiller
et l'avoir dans sa chemise de nuit blanche, dans
laquelle elle semblait plus rose, plus chaude, où elle
irritait plus mes sens, la réconciliation eût été plus
complète. Mais j'hésitais un instant, car le bord bleu
de la robe ajoutait à son visage une beauté, une
illumination, un ciel sans lesquels elle m'eût semblé
plus dure. Elle revint lentement et me dit avec beaucoup de douceur et toujours le même visage abattu
et triste : « Je peux rester tant que vous voudrez,
je n'ai pas sommeil. » Sa réponse me calma, car tant
qu'elle était là, je sentais que je pouvais aviser à
l'avenir et elle recélait aussi de l'amitié, de l'obéis-
sance, mais d'une certaine nature, et qui me semblait
avoir pour limite ce secret que je sentais derrière
son regard triste, ses manières changées, moitié

malgré elle, moitié sans doute pour les mettre d'avance en harmonie avec quelque chose que je ne savais pas. Il me sembla que tout de même, il n'y aurait que de l'avoir tout en blanc, avec son cou nu, devant moi, comme je l'avais vue à Balbec dans son lit, qui me donnerait assez d'audace pour qu'elle fût obligée de céder. « Puisque vous êtes si gentille de rester un peu à me consoler, vous devriez enlever votre robe, c'est trop chaud, trop raide, je n'ose pas vous approcher pour ne pas froisser cette belle étoffe et il y a entre nous ces oiseaux symboliques. Déshabillez-vous, mon chéri. » « Non, ce ne serait pas commode de défaire ici cette robe. Je me déshabillerai dans ma chambre tout à l'heure. » « Alors vous ne voulez même pas vous asseoir sur mon lit ? » « Mais si. » Elle resta toutefois un peu loin, près de mes pieds. Nous causâmes. Je sais que je prononçai alors le mot mort comme si Albertine allait mourir. Il semble que les événements soient plus vastes que le moment où ils ont lieu et ne peuvent y tenir tout entiers. Certes ils débordent sur l'avenir par la mémoire que nous en gardons, mais ils demandent une place aussi au temps qui les précède. On peut dire que nous ne les voyons pas alors tels qu'ils seront, mais dans le souvenir ne sont-ils pas aussi modifiés ?

Quand je vis que d'elle-même, elle ne m'embrassait pas, comprenant que tout ceci était du temps perdu, que ce ne serait qu'à partir du baiser que commenceraient les minutes calmantes, et véritables, je lui dis : « Bonsoir, il est trop tard », parce que cela ferait qu'elle m'embrasserait, et nous continuerions ensuite. Mais après m'avoir dit : « Bonsoir, tâchez de bien dormir », exactement comme les deux premières fois, elle se contenta d'un baiser sur la joue. Cette fois je n'osai pas la rappeler, mais mon cœur battait si fort que je ne pus me recoucher. Comme un oiseau qui va d'une extrémité de sa cage à l'autre, sans arrêter je passais de l'inquiétude qu'Albertine pût partir à un calme relatif. Ce calme était produit par le raisonnement que je recommençais plusieurs fois par minute : « Elle ne peut pas partir en tout cas sans me prévenir, elle ne m'a nullement dit qu'elle partirait », et j'étais à peu près calmé. Mais aussitôt je me redisais : « Pourtant si demain j'allais la trouver partie. Mon inquiétude elle-même a bien sa cause en quelque chose ; pourquoi ne m'a-t-elle pas embrassé ? » Alors je souffrais horriblement du cœur. Puis il était un peu apaisé par le raisonnement que je recommençais, mais je finissais par avoir mal à la tête, tant ce mouvement de ma pensée était incessant et monotone. Il y a ainsi certains états moraux, et notamment l'inquiétude qui, ne nous présentant que deux alternatives, ont quelque chose d'aussi atrocement limité qu'une simple souffrance physique. Je refaisais perpétuellement le raisonnement qui donnait raison à mon inquiétude et celui qui lui donnait tort et me rassurait, sur un espace aussi exigu que le malade qui palpe sans s'arrêter, d'un mouvement interne, l'organe qui le fait souffrir, s'éloigne un instant du point douloureux, pour y revenir l'instant d'après. Tout à coup dans le silence de la nuit, je fus frappé par un bruit en apparence insignifiant, mais qui me remplit de terreur, le bruit de la fenêtre d'Albertine qui s'ouvrait violemment. Quand je n'entendis plus rien, je me demandai pourquoi ce bruit m'avait fait si peur.

En lui-même il n'avait rien de si extraordinaire ;
mais je lui donnais probablement deux significations
qui m'épouvantaient également. D'abord c'était
une convention de notre vie commune, comme je
craignais les courants d'air, qu'on n'ouvrît jamais
de fenêtre la nuit. On l'avait expliqué à Albertine
quand elle était venue habiter à la maison et bien
qu'elle fût persuadée que c'était de ma part une
manie et malsaine, elle m'avait promis de ne jamais
enfreindre cette défense. Et elle était si craintive
pour toutes ces choses qu'elle savait que je voulais,
les blâmât-elle, que je savais qu'elle eût plutôt dormi
dans l'odeur d'un feu de cheminée que d'ouvrir
sa fenêtre, de même que, pour l'événement le plus
important, elle ne m'eût pas fait réveiller le matin.
Ce n'était qu'une des petites conventions de notre
vie, mais du moment qu'elle violait celle-là sans m'en
avoir parlé, cela ne voulait-il pas dire qu'elle n'avait
plus rien à ménager, qu'elle les violerait aussi bien
toutes. Puis ce bruit avait été violent, presque mal
élevé, comme si elle avait ouvert rouge de colère
et disant : « Cette vie m'étouffe, tant pis, il me faut
de l'air ! » Je ne me dis pas exactement tout cela,
mais je continuai à penser, comme à un présage
plus mystérieux et plus funèbre qu'un cri de chouette,
à ce bruit de la fenêtre qu'Albertine avait ouverte.
Plein d'une agitation comme je n'en avais peut-être
pas eue depuis le soir de Combray où Swann avait
dîné à la maison, je marchai longtemps dans le couloir, espérant, par le bruit que je faisais, attirer
l'attention d'Albertine, qu'elle aurait pitié de moi
et m'appellerait, mais je n'entendais aucun bruit
venir de sa chambre. Peu à peu je sentis qu'il était
trop tard. Elle devait dormir depuis longtemps.

LA PRISONNIÈRE

Je retournai me coucher. Le lendemain, dès que je
m'éveillai, comme on ne venait jamais chez moi
quoiqu'il arrivât sans que j'eusse appelé, je sonnai
Françoise. Et en même temps je pensai : « Je vais
parler à Albertine d'un yacht que je veux lui faire
faire. » En prenant mes lettres, je dis à Françoise
sans la regarder : « Tout à l'heure j'aurai quelque
chose à dire à Mlle Albertine ; est-ce qu'elle est levée ? » « Oui, elle s'est levée de bonne heure. » Je
sentis se soulever en moi, comme dans un coup de
vent, mille inquiétudes, que je ne savais pas tenir
en suspens dans ma poitrine. Le tumulte y était
si grand que j'étais à bout de souffle comme dans
une tempête. « Ah ! mais où est-elle en ce moment ? »
« Elle doit être dans sa chambre. » « Ah ! bien ; eh !
bien, je la verrai tout à l'heure. » Je respirai, elle
était là, mon agitation retomba ; Albertine était ici,
il m'était presque indifférent qu'elle y fût. D'ailleurs
n'avais-je pas été absurde de supposer qu'elle aurait
pu ne pas y être. Je m'endormis, mais, malgré ma
certitude qu'elle ne me quitterait pas, d'un sommeil
léger et d'une légèreté relative à elle seulement.
Car les bruits qui ne pouvaient se rapporter qu'à
des travaux dans la cour, tout en les entendant
vaguement en dormant, je restais tranquille, tandis
que le plus léger frémissement qui venait de sa
chambre, quand elle sortait, ou rentrait sans bruit,
en appuyant si doucement sur le timbre, me faisait
tressauter, me parcourait tout entier, me laissait
le cœur battant, bien que je l'eusse entendu dans
un assoupissement profond, de même que ma grand'-
mère dans les derniers jours qui précédèrent sa mort
et où elle était plongée dans une immobilité que rien
ne troublait et que les médecins appelaient le coma,

271

se mettait, m'a-t-on dit, à trembler un instant comme une feuille quand elle entendait les trois coups de sonnette par lesquels j'avais l'habitude d'appeler Françoise, et que, même en les faisant plus légers, cette semaine-là, pour ne pas troubler le silence de la chambre mortuaire, personne, assurait Françoise, ne pouvait confondre, à cause d'une manière que j'avais et ignorais moi-même d'appuyer sur le timbre, avec les coups de sonnette de quelqu'un d'autre. Étais-je donc entré moi aussi en agonie, était-ce l'approche de la mort ?

Ce jour-là et le lendemain nous sortîmes ensemble, puisqu'Albertine ne voulait plus sortir avec Andrée. Je ne lui parlai même pas du yacht. Ces promenades m'avaient calmé tout à fait. Mais elle avait continué le soir à m'embrasser de la même manière nouvelle, de sorte que j'étais furieux. Je ne pouvais plus y voir qu'une manière de me montrer qu'elle me boudait, et qui me paraissait trop ridicule après les gentillesses qui je ne cessais de lui faire. Aussi, n'ayant plus d'elle même les satisfactions charnelles auxquelles je tenais, la trouvant laide dans la mauvaise humeur, sentis-je plus vivement la privation de toutes les femmes et des voyages dont ces premiers beaux jours réveillaient en moi le désir. Grâce sans doute au souvenir épars des rendez-vous oubliés que j'avais eus, collégien encore, avec des femmes, sous la verdure déjà épaisse, cette région du printemps où le voyage de notre demeure errante à travers les saisons venait depuis trois jours de s'arrêter, sous un ciel clément, et dont toutes les routes fuyaient vers des déjeuners à la campagne, des parties de canotage, des parties de plaisir, me semblait le pays des femmes aussi bien qu'il était celui des arbres, et le pays où le plaisir

partout offert devenait permis à mes forces conva-
lescentes. La résignation à la paresse, la résignation
à la chasteté, à ne connaître le plaisir qu'avec une
femme que je n'aimais pas, la résignation à rester
dans ma chambre, à ne pas voyager, tout cela était
possible dans l'Ancien Monde où nous étions la
veille encore, dans le monde vide de l'hiver, mais
non plus dans cet univers nouveau, feuillu, où je
m'étais éveillé comme un jeune Adam pour qui se
pose pour la première fois le problème de l'existence,
du bonheur, et sur qui ne pèse pas l'accumulation
des solutions négatives antérieures. La présence
d'Albertine me pesait, et, maussade, je la regardais
donc, en sentant que c'était un malheur que nous,
n'eussions pas rompu. Je voulais aller à Venise,
je voulais en attendant aller au Louvre voir des
tableaux vénitiens et au Luxembourg les deux
Elstir, qu'à ce qu'on venait de m'apprendre, la princesse de Guermantes venait de vendre à ce musée,
ceux que j'avais tant admirés, les « Plaisirs de la
Danse » et le « Portrait de la famille X. ». Mais
j'avais peur que, dans le premier, certaines poses
lascives ne donnassent à Albertine un désir, une
nostalgie de réjouissances populaires, la faisant se
dire que peut-être une certaine vie qu'elle n'avait
pas menée, une vie de feux d'artifice et de guin-
guettes, avait du bon. Déjà d'avance, je craignais
que, le 14 juillet, elle me demandât d'aller à un
bal populaire et je rêvais d'un événement impossible qui eût supprimé cette fête. Et puis il y
avait aussi là-bas, dans les Elstir, des nudités de
femmes dans des paysages touffus du Midi qui
pouvaient faire penser Albertine à certains plaisirs,
bien qu'Elstir, lui (mais ne rabaisserait-elle pas

273

l'œuvre ?) n'y eût vu que la beauté sculpturale,
pour mieux dire la beauté de blancs monuments,
que prennent des corps de femmes assis dans la verdure. Aussi je me résignai à renoncer à cela et je
voulus partir pour aller à Versailles. Albertine était
restée dans sa chambre, à lire, dans son peignoir
de Fortuny. Je lui demandai si elle voulait venir
à Versailles. Elle avait cela de charmant qu'elle était
toujours prête à tout, peut-être par cette habitude
qu'elle avait autrefois de vivre la moitié du temps
chez les autres, et comme elle s'était décidée à venir
à Paris, en deux minutes, elle me dit : « Je peux venir
comme cela, nous ne descendrons pas de voiture. »
Elle hésita une seconde entre deux manteaux pour
cacher sa robe de chambre — comme elle eût fait
entre deux amis différents à emmener, — en prit
un bleu sombre, admirable, piqua une épingle dans
un chapeau. En une minute, elle fut prête, avant
que j'eusse pris mon paletot, et nous allâmes à Versailles. Cette rapidité même, cette docilité absolue
me laissèrent plus rassuré, comme si en effet j'eusse
eu, sans avoir aucun motif précis d'inquiétude,
besoin de l'être. « Tout de même je n'ai rien à craindre
elle fait ce que je lui demande, malgré le bruit de la
fenêtre de l'autre nuit. Dès que j'ai parlé de sortir,
elle a jeté ce manteau bleu sur son peignoir et elle
est venue, ce n'est pas ce que ferait une révoltée,
une personne qui ne serait plus bien avec moi »,
me disais-je tandis que nous allions à Versailles.
Nous y restâmes longtemps. Le ciel tout entier
était fait de ce bleu radieux et un peu pâle comme le
promeneur couché dans un champ le voit parfois
au-dessus de sa tête, mais tellement uni, tellement
profond, qu'on sent que le bleu dont il est fait a été

employé sans aucun alliage et avec une si inépui-
sable richesse qu'on pourrait approfondir de plus
en plus sa substance, sans rencontrer un atome
d'autre chose que de ce même bleu. Je pensais à ma
grand'mère qui aimait dans l'art humain, dans la
nature, la grandeur, et qui se plaisait à regarder
monter dans ce même bleu le clocher de Saint-
Hilaire. Soudain j'éprouvai de nouveau la nostalgie
de ma liberté perdue en entendant un bruit que je
ne reconnus pas d'abord et que ma grand'mère
eût, lui aussi, tant aimé. C'était comme le bourdonnement d'une guêpe. « Tiens, me dit Albertine, il y a
un aéroplane, il est très haut, très haut. » Je regardais tout autour de moi, mais je ne voyais, sans
aucune tache noire, que la pâleur intacte du bleu
sans mélange. J'entendais pourtant toujours le
bourdonnement des ailes qui tout d'un coup entrèrent
dans le champ de ma vision. Là-haut de minuscules
ailes brunes et brillantes fronçaient le bleu uni du
ciel inaltérable. J'avais pu enfin attacher le bourdonnement à sa cause, à ce petit insecte qui trépi-
dait là-haut, sans doute à bien deux mille mètres
de hauteur ; je le voyais bruire. Peut-être quand les
distances sur terre n'étaient pas encore depuis
longtemps abrégées par la vitesse comme elles le
sont aujourd'hui, le sifflet d'un train passant à deux
kilomètres était-il pourvu de cette beauté qui
maintenant pour quelque temps encore nous émeut
dans le bourdonnement d'un aéroplane à deux
mille mètres, à l'idée que les distances parcourues
dans ce voyage vertical sont les mêmes que sur le
sol et que dans cette autre direction, où les mesures
nous paraissent autres parce que l'abord nous en
semblait inaccessible, un aéroplane à deux mille

mètres n'est pas plus loin qu'un train à deux kilomètres, est plus près même, le trajet identique
s'effectuant dans un milieu plus pur, sans séparation entre le voyageur et son point de départ, de
même que sur mer ou dans les plaines, par un temps
calme, le remous d'un navire déjà loin ou le souffle
d'un seul zéphyr rayent l'océan des eaux ou des blés.

« Au fond nous n'avons faim ni l'un ni l'autre,
on aurait pu passer chez les Verdurin, me dit Albertine, c'est leur heure et leur jour. » « Mais si vous
êtes fâchée contre eux ? » « Oh ! il y a beaucoup de
cancans contre eux, mais dans le fond ils ne sont
pas si mauvais que ça. Madame Verdurin a toujours
été très gentille pour moi. Et puis on ne peut pas
être toujours brouillé avec tout le monde. Ils ont des
défauts, mais qu'est-ce qui n'en a pas ? » « Vous n'êtes
pas habillée, il faudrait rentrer vous habiller, il serait
bien tard. » J'ajoutai que j'avais envie de goûter.
« Oui, vous avez raison, goûtons tout simplement »,
répondit Albertine avec cette admirable docilité
qui me stupéfiait toujours. Nous nous arrêtâmes dans
une grande pâtisserie située presque en dehors de
la ville et qui jouissait à ce moment-là d'une certaine vogue. Une dame allait sortir, qui demanda
ses affaires à la pâtissière. Et une fois que cette dame
fut partie, Albertine regarda à plusieurs reprises
la pâtissière comme si elle voulait attirer son attention pendant que celle-ci rangeait des tasses, des
assiettes, des petits fours, car il était déjà tard.
Elle s'approchait de moi seulement si je demandais
quelque chose. Et il arrivait alors que, comme la
pâtissière, d'ailleurs extrêmement grande, était debout pour nous servir et Albertine assise à côté de
moi, chaque fois, Albertine, pour tâcher d'attirer

son attention, levait verticalement vers elle un regard blond qui était obligé de faire monter d'autant plus haut la prunelle que, la pâtissière étant juste contre nous, Albertine n'avait pas la ressource d'adoucir la pente par l'obliquité du regard. Elle était obligée, sans trop lever la tête, de faire monter ses regards jusqu'à cette hauteur démesurée où étaient les yeux de la pâtissière. Par gentillesse pour moi, Albertine rabaissait vivement ses regards, et la pâtissière n'ayant fait aucune attention à elle, recommençait. Cela faisait une série de vaines élévations implorantes vers une inaccessible divinité. Puis la pâtissière n'eut plus qu'à ranger à une grande table voisine. Là le regard d'Albertine n'avait qu'à être naturel. Mais pas une fois celui de la pâtissière ne se posa sur mon amie. Cela ne m'étonnait pas, car je savais que cette femme, que je connaissais un petit peu, avait des amants, quoique mariée, mais cachait parfaitement ses intrigues, ce qui m'étonnait énormément à cause de sa prodigieuse stupidité. Je regardai cette femme pendant que nous finissions de goûter. Plongée dans ses rangements, elle était presque impolie pour Albertine à force de n'avoir pas un regard pour elle, dont l'attitude n'avait d'ailleurs rien d'inconvenant. L'autre rangeait, rangeait sans fin, sans une distraction. La remise en place des petites cuillers, des couteaux à fruits, eût été confiée, non à cette grande belle femme, mais par économie de travail humain à une simple machine, qu'on n'eût pas pu voir isolement aussi complet de l'attention d'Albertine, et pourtant elle ne baissait pas les yeux, ne s'absorbait pas, laissait briller ses yeux, ses charmes, en une attention à son seul travail. Il est vrai que si cette

pâtissière n'eût pas été une femme particulièrement
sotte (non seulement c'était sa réputation, mais je
le savais par expérience), ce détachement eût pu
être un comble d'habileté. Et je sais bien que l'être
le plus sot, si son désir ou son intérêt est en jeu,
peut, dans ce cas unique, au milieu de la nullité de
sa vie stupide, s'adapter immédiatement aux rouages
de l'engrenage le plus compliqué ; malgré tout
ç'eût été une supposition trop subtile pour une
femme aussi niaise que la pâtissière. Cette niaiserie
prenait même un tour invraisemblable d'impoli-
tesse ! Pas une seule fois, elle ne regarda Albertine
que pourtant elle ne pouvait pas ne pas voir. C'était
peu aimable pour mon amie, mais, dans le fond, je
fus enchanté qu'Albertine reçût cette petite leçon
et vît que souvent les femmes ne faisaient pas attention à elle. Nous quittâmes la pâtisserie, nous remon-
tâmes en voiture et nous avions déjà repris le chemin de la maison, quand j'eus tout à coup regret
d'avoir oublié de prendre à part cette pâtissière
et de la prier, à tout hasard, de ne pas dire à la dame
qui était partie quand nous étions arrivés, mon
nom et mon adresse, que la pâtissière, à cause de
commandes que j'avais souvent faites, devait savoir
parfaitement. Il était en effet inutile que la dame
pût par là apprendre indirectement l'adresse d'Albertine. Mais je trouvai trop long de revenir sur
nos pas pour si peu de chose, et que cela aurait l'air
d'y donner trop d'importance aux yeux de l'imbécile et menteuse pâtissière. Je songeais seulement
qu'il faudrait revenir goûter là, d'ici une huitaine,
pour faire cette recommandation et que c'est bien
ennuyeux, comme on oublie toujours la moitié de
ce qu'on a à dire, de faire les choses les plus simples

en plusieurs fois. A ce propos, je ne peux pas dire
combien, quand j'y pense, la vie d'Albertine était
recouverte de désirs alternés, fugitifs, souvent con-
tradictoires. Sans doute le mensonge la compliquait
encore, car, ne se rappelant plus au juste nos conversations, quand elle m'avait dit : « Ah ! voilà une
jolie fille et qui jouait bien au golf », et que lui
ayant demandé le nom de cette jeune fille, elle
m'avait répondu de cet air détaché, universel, supérieur, qui a sans doute toujours des parties libres,
car chaque menteur de cette catégorie l'emprunte
chaque fois pour un instant dès qu'il ne veut pas
répondre à une question, et il ne lui fait jamais
défaut : « Ah ! je ne sais pas (avec regret de ne pouvoir me renseigner) je n'ai jamais su son nom,
je la voyais au golf, mais je ne savais pas comment
elle s'appelait » ; — si, un mois après, je lui disais :
« Albertine, tu sais cette jolie fille dont tu m'as parlé,
qui jouait si bien au golf. » « Ah ! oui, me répondait-
elle sans réflexion, Émilie Daltier, je ne sais pas ce
qu'elle est devenue. » Et le mensonge, comme une
fortification de campagne, était reporté de la défense du nom, prise maintenant, sur les possibilités
de la retrouver. « Ah ! je ne sais pas, je n'ai jamais
su son adresse. Je ne vois personne qui pourrait vous
dire cela. Oh ! non, Andrée ne l'a pas connue. Elle
n'était pas de notre petite bande, aujourd'hui si
divisée. » D'autres fois le mensonge était comme
un vilain aveu : « Ah ! si j'avais trois cent mille
francs de rente... » Elle se mordait les lèvres. « Hé
bien que ferais-tu ? » « Je te demanderais, disait-
elle en m'embrassant, la permission de rester chez
toi. Où pourrais-je être plus heureuse ? » Mais,
même en tenant compte des mensonges, il était in-

croyable à quel point de vue sa vie était successive,
et fugitifs ses plus grands désirs. Elle était folle
d'une personne et au bout de trois jours n'eût pas
voulu recevoir sa visite. Elle ne pouvait pas attendre
une heure que je lui eusse fait acheter des toiles et
des couleurs, car elle voulait se remettre à la peinture.
Pendant deux jours elle s'impatientait, avait presque
des larmes, vite séchées, d'enfant à qui on a ôté sa
nourrice. Et cette instabilité de ses sentiments
à l'égard des êtres, des choses, des occupations, des
arts, des pays, était en vérité si universelle, que,
si elle a aimé l'argent, ce que je ne crois pas, elle
n'a pas pu l'aimer plus longtemps que le reste.
Quand elle disait : « Ah ! si j'avais trois cent mille
francs de rente ! » même si elle exprimait une pensée
mauvaise mais bien peu durable, elle n'eût pu s'y
rattacher plus longtemps qu'au désir d'aller aux
Rochers, dont l'édition de Mme de Sévigné de ma
grand'mère lui avait montré l'image, de retrouver
une amie de golf, de monter en aéroplane, d'aller
passer la Noël avec sa tante, ou de se remettre à la
peinture.

Nous revînmes très tard dans une nuit où, çà et là,
au bord du chemin, un pantalon rouge à côté d'un
jupon révélait des couples amoureux. Notre voiture
passa la porte Maillot pour rentrer. Aux monuments
de Paris s'était substitué, pur, linéaire, sans épaisseur,
le dessin des monuments de Paris, comme on eût
fait pour une ville détruite dont on eût voulu relever
l'image. Mais, au bord de celle-ci, s'élevait avec une
telle douceur la bordure bleu-pâle sur laquelle
elle se détachait que les yeux altérés cherchaient partout encore un peu de cette nuance délicieuse qui
leur était trop avarement mesurée : il y avait clair

de lune. Albertine l'admira. Je n'osai lui dire que j'en aurais mieux joui si j'avais été seul ou à la recherche d'une inconnue. Je lui récitai des vers ou des phrases de prose sur le clair de lune, lui montrant comment d'argenté qu'il était autrefois, il était devenu bleu avec Chateaubriand, avec le Victor Hugo d'*Éviradnus* et de la *Fête chez Thérèse*, pour redevenir jaune et métallique avec Baudelaire et Leconte de Lisle. Puis lui rappelant l'image qui figure le croissant de la lune à la fin de *Booz endormi*, je lui récitai toute la pièce. Nous rentrâmes. Le beau temps cette nuit-là fit un bond en avant comme un thermomètre monte à la chaleur. Par les matins tôt levés de printemps qui suivirent, j'entendais les tramways cheminer, à travers les parfums, dans l'air auquel la chaleur se mélangeait de plus en plus jusqu'à ce qu'il arrivât à la solidification et à la densité de midi. Quand l'air onctueux avait achevé d'y vernir et d'y isoler l'odeur du lavabo, l'odeur de l'armoire, l'odeur du canapé, rien qu'à la netteté avec laquelle, verticales et debout, elles se tenaient en tranches juxtaposées et distinctes, dans un clair-obscur nacré qui ajoutait un glacé plus doux au reflet des rideaux et des fauteuils de satin bleu, je me voyais, non par un simple caprice de mon imagination, mais parce que c'était effectivement possible, suivant dans quelque quartier neuf de la banlieue, pareil à celui où à Balbec habitait Bloch, les rues aveuglées de soleil et y trouvant non les fades boucheries et la blanche pierre de taille, mais la salle à manger de campagne où je pourrais arriver tout à l'heure, et les odeurs que j'y trouverais en arrivant, l'odeur du compotier de cerises et d'abricots, du cidre, du fromage de gruyère, tenues en suspens dans la lumineuse congélation de l'ombre qu'elles veinent délicatement comme l'intérieur d'une agate, tandis que les porte-couteaux en verre prismatique y irisent des arcs-en-ciel, ou piquent çà et là sur la toile cirée des ocellures de paon. Comme un vent qui s'enfle avec une progression régulière, j'entendais avec joie une automobile sous la fenêtre. Je sentais son odeur de pétrole. Elle peut sembler regrettable aux délicats (qui sont toujours des matérialistes) et à qui elle gâte la campagne, et à certains penseurs, (matérialistes à leur manière aussi), qui, croyant à l'importance du fait, s'imaginent que l'homme serait plus heureux, capable d'une poésie plus haute, si ses yeux étaient susceptibles de voir plus de couleurs, ses narines de connaître plus de parfums, travestissement philosophique de l'idée naïve de ceux qui croient que la vie était plus belle quand on portait, au lieu de l'habit noir, de somptueux costumes. Mais pour moi (de même qu'un arome, déplaisant en soi peut-être, de naphtaline et de vetiver, m'eût exalté en me rendant la pureté bleue de la mer le jour de mon arrivée à Balbec), cette odeur de pétrole qui, avec la fumée s'échappant de la machine, s'était tant de fois évanouie dans le pâle azur, par ces jours brûlants où j'allais de Saint-Jean de la Haise à Gourville, comme elle m'avait suivi dans mes promenades pendant ces après-midi d'été où Albertine était à peindre, faisait fleurir maintenant, de chaque côté de moi, bien que je fusse dans ma chambre obscure, les bleuets, les coquelicots et les trèfles incarnat, m'enivrait comme une odeur de campagne, non pas circonscrite et fixe, comme celle qui est apposée devant les aubépines et qui, retenue par ses éléments onctueux et denses, flotte avec une certaine stabilité devant la haie, mais comme une odeur devant quoi fuyaient les routes, changeait l'aspect du sol, accouraient les châteaux, pâlissait le ciel, se décuplaient les forces, une odeur qui était comme un symbole de bondissement et de puissance et qui renouvelait le désir que j'avais eu à Balbec de monter dans la cage de cristal et d'acier, mais cette fois pour aller non plus faire des visites dans des demeures familières avec une femme que je connaissais trop, mais faire l'amour dans des lieux nouveaux avec une femme inconnue. Odeur qu'accompagnait à tout moment l'appel des trompes d'automobile qui passaient, sur lequel j'adaptais des paroles comme une sonnerie militaire : « Parisien lève-toi, lève-toi, viens déjeuner à la campagne et faire du canot dans la rivière, à l'ombre sous les arbres, avec une belle fille ; lève-toi, lève-toi. » Et toutes ces rêveries m'étaient si agréables que je me félicitais de la « sévère loi » qui faisait que tant que je n'aurais pas appelé, aucun « timide mortel », fût-ce Françoise, fût-ce Albertine, ne s'aviserait de venir me troubler « au fond de ce palais » où « une majesté terrible affecte à mes sujets de me rendre invisible ». Mais tout à coup le décor changea ; ce ne fut plus le souvenir d'anciennes impressions, mais d'un ancien désir, tout récemment réveillé encore par la robe bleu et or de Fortuny, qui étendit devant moi un autre printemps, un printemps non plus du tout feuillu mais subitement dépouillé au contraire de ses arbres et de ses fleurs par ce nom que je venais de me dire : Venise, un printemps décanté, qui est réduit à son essence, et traduit l'allongement, l'échauffement,

l'épanouissement graduel de ses jours par la fermen-
tation progressive, non plus d'une terre impure,
mais d'une eau vierge et bleue, printanière sans
porter de corolles, et qui ne pourrait répondre au
mois de mai que par des reflets, travaillée par lui,
s'accordant exactement à lui dans la nudité rayon-
nante et fixe de son sombre saphir. Aussi bien,
pas plus que les saisons à ses bras de mer infleuris-
sables, les modernes années n'apportent de changement à la cité gothique ; je le savais, je ne pouvais
l'imaginer, mais, voilà ce que je voulais contem-
pler de ce même désir qui jadis, quand j'étais enfant,
dans l'ardeur même du départ, avait brisé en moi
la force de partir ; je voulais me trouver face à face
avec mes imaginations vénitiennes, voir comment
cette mer divisée enserrait de ses méandres, comme
les replis du fleuve Océan, une civilisation urbaine
et raffinée, mais qui, isolée par leur ceinture azurée,
s'était développée à part, avait eu à part ses écoles de
peinture et d'architecture, admirer ce jardin fabuleux
de fruits et d'oiseaux de pierre de couleur, fleuri
au milieu de la mer qui venait le rafraîchir, frappait
de son flux le fût des colonnes et, sur le puissant
relief des chapiteaux, comme un regard de sombre
azur qui veille dans l'ombre, posait par taches
et faisait remuer perpétuellement la lumière. Oui,
il fallait partir, c'était le moment. Depuis qu'Albertine n'avait plus l'air d'être fâchée contre moi,
sa possession ne me semblait plus un bien en échange
duquel on est prêt à donner tous les autres. Car
nous ne l'aurions fait que pour nous débarrasser
d'un chagrin, d'une anxiété, qui étaient apaisés
maintenant. Nous avons réussi à traverser le cer-
ceau de toile, à travers lequel nous avons cru un

moment que nous ne pourrions jamais passer. Nous avons éclairci l'orage, ramené la sérénité du sourire. Le mystère angoissant d'une haine sans cause connue et peut-être sans fin est dissipé. Dès lors nous nous retrouvons face à face avec le problème, momentané-ment écarté, d'un bonheur que nous savons impos-sible. Maintenant que la vie avec Albertine était redevenue possible, je sentais que je ne pourrais en tirer que des malheurs, puisqu'elle ne m'aimait pas ; mieux valait la quitter sur la douceur de son consen-tement que je prolongerais par le souvenir. Oui, c'était le moment ; il fallait m'informer bien exacte-ment de la date où Andrée allait quitter Paris, agir énergiquement auprès de Madame Bontemps de manière à être bien certain qu'à ce moment-là Albertine ne pourrait aller ni en Hollande, ni à Montjouvain. Il arriverait, si nous savions mieux analyser nos amours, de voir que souvent les femmes ne nous plaisent qu'à cause du contrepoids d'hommes à qui nous avons à les disputer, bien que nous souf-frions jusqu'à mourir d'avoir à les leur disputer ; le contrepoids supprimé, le charme de la femme tombe. On en a un exemple douloureux et préventif dans cette prédilection des hommes pour les femmes qui, avant de les connaître, ont commis des fautes, pour ces femmes qu'ils sentent enlisées dans le danger et qu'il leur faut, pendant toute la durée de leur amour, reconquérir ; un exemple postérieur au contraire, et nullement dramatique celui-là, dans l'homme qui, sentant s'affaiblir son goût pour la femme qu'il aime, applique spontanément les règles qu'il a dégagées, et pour être sûr qu'il ne cesse pas d'aimer la femme, la met dans un milieu dangereux où il lui faut la protéger chaque jour.

(Le contraire des hommes qui exigent qu'une femme renonce au théâtre, bien que d'ailleurs ce soit parce qu'elle avait été au théâtre qu'ils l'ont aimée).

Quand ainsi le départ d'Albertine n'aurait plus d'inconvénients, il faudrait choisir un jour de beau temps comme celui-ci — il allait y en avoir beaucoup — où elle me serait indifférente, où je serais tenté de mille désirs, il faudrait la laisser sortir sans la voir, puis me levant, me préparant vite, lui laisser un mot, en profitant de ce que, comme elle ne pourrait à cette époque aller en nul lieu qui m'agitât, je pourrais réussir, en voyage, à ne pas me représenter les actions mauvaises qu'elle pourrait faire, — et qui me semblaient en ce moment bien indifférentes du reste, — et sans l'avoir revue, partir pour Venise.

Je sonnai Françoise pour lui demander de m'acheter un guide et un indicateur, comme j'avais fait enfant, quand j'avais voulu déjà préparer un voyage à Venise, réalisation d'un désir aussi violent que celui que j'avais en ce moment ; j'oubliais que, depuis, il en était un que j'avais atteint, sans aucun plaisir, le désir de Balbec, et que Venise, étant aussi un phénomène visible, ne pourrait probablement pas plus que Balbec réaliser un rêve ineffable, celui du temps gothique, actualisé d'une mer printanière, et qui venait d'instant en instant frôler mon esprit d'une image enchantée, caressante, insaisissable, mystérieuse et confuse. Françoise ayant entendu mon coup de sonnette entra, assez inquiète de la façon dont je prendrais ses paroles et sa conduite. « J'étais bien ennuyée, me dit-elle, que Monsieur sonne si tard aujourd'hui. Je ne savais pas ce que je devais faire. Ce matin à huit heures made-

moiselle Albertine m'a demandé ses malles, j'osais
pas y refuser, j'avais peur que Monsieur me dispute
si je venais l'éveiller. J'ai eu beau la catéchismer,
lui dire d'attendre une heure parce que je pensais
toujours que Monsieur allait sonner ; elle n'a pas
voulu, elle m'a laissé cette lettre pour Monsieur,
et à neuf heures elle est partie. » Alors — tant on
peut ignorer ce qu'on a en soi, puisque j'étais persuadé de mon indifférence pour Albertine — mon
souffle fut coupé, je tins mon cœur de mes deux mains
brusquement mouillées par une certaine sueur
que je n'avais jamais connue depuis la révélation
que mon amie m'avait faite dans le petit tram relativement à l'amie de Mademoiselle Vinteuil, sans que
je pusse dire autre chose que : « Ah ! très bien, vous
avez bien fait naturellement de ne pas m'éveiller,
laissez-moi un instant, je vais vous sonner tout à
l'heure. »

ACHEVÉ D'IMPRIMER
LE 14 NOVEMBRE 1923
PAR F. PAILLART A
ABBEVILLE (SOMME)

www.ingramcontent.com/pod-product-compliance
Lightning Source LLC
Chambersburg PA
CBHW052016020726
47501CB00004B/1093